D1926295

Nadja Nollau

Herzen im Schleudergang

Roman

UNIVERSO

Über die Autorin:
Nadja Nollau lebt in München und arbeitet als Journalistin und freie Autorin; unter anderem schrieb sie gemeinsam mit Christine Neubauer den Bestseller „Die Vollweib-Diät". Im Lauf ihrer langjährigen journalistischen Tätigkeit hat sie sich auf die Themen Gesundheit, Fitness, Ernährung und Psychologie konzentriert. Herzen im Schleudergang ist ihr erster Roman.

Genehmigte Lizenzausgabe
Universo ist ein Imprint des Karl Müller Verlages –
SILAG Media AG, Liebigstr. 1–9, 40764 Langenfeld

Copyright © 2012 by dotbooks GmbH, München
Umschlagfotomotiv: RuthBlack - veer.com

PEFC
PEFC/32-31-039
PEFC zertifiziert
Dieses Produkt stammt aus nachhaltig bewirtschafteten Wäldern und kontrollierten Quellen
www.pefc.de

Dieses Buch wurde auf Pamo Classic von Arctic Paper gedruckt.

ISBN-Nr. 978-3-95674-169-2
Printed in EU 2014

Prolog

Es gibt Tage, die könnten spurlos aus dem Kalender verschwinden, so wie das 13. Stockwerk in einem Hotel oder die Reihe 13 im Flugzeug. Niemand würde diesen Tagen eine Träne nachweinen. Dann gibt es Tage, die verschwinden ganz von selbst in dem großen, dunklen Loch der Gleichförmigkeit. Oder können Sie sich noch daran erinnern, was Sie am Dienstag vor zwei Wochen gemacht haben? Zerbrechen Sie sich nicht den Kopf. Wenn es Ihnen nicht sofort einfällt, dann war es eben genau einer dieser völlig belanglosen Tage.

Auch der heutige Tag beginnt vielleicht wie immer, gewöhnlich und vorhersehbar. Und er würde vermutlich wie viele vor ihm gemütlich im Reich der Vergessenheit verschwinden, wenn nicht an seinem Ende etwas völlig Verrücktes geschehen würde. Wer weiß das schon am Morgen? Wenn jedoch das Wunder passiert, dann begreifen wir das garantiert erst viel später. Die denkwürdigen Tage erkennen wir nicht auf Anhieb. Manchmal haben wir halt eine lange Leitung.

1

Sie ließ das Öl langsam auf seinen nackten Rücken tropfen. Stimulating oil stand auf dem Etikett. Versonnen sah sie zu, wie das Öl über seine Wirbelsäule floss. Sanft berührte sie ihn mit den Händen. Dann begannen ihre Fingerspitzen, wie von selbst über seine gebräunte Haut zu tanzen, um das stimulierende, duftende Öl auf seinem Rücken zu verteilen.

Für knapp eine Stunde zählte nichts außer ihnen beiden. Es gab keinen Grund zur Eile, und sie hatte auch nicht vor, irgendetwas zu überstürzen. Sie nahm sich Zeit, seine Haut, seine Muskeln, seine Schultern, jeden einzelnen seiner Wirbel zu erkunden. Mit den Händen wanderte sie an seinem Rückgrat hinab, bis sie die Wölbung seines Pos spüren konnte. Er seufzte leise. Sie wusste genau, was sie zu tun hatte. Sie war ein Profi.

Konzentriert bearbeitete sie den nackten Körper, der vor ihr lag. Nach und nach verstärkte sie den Druck und massierte seine Muskeln immer fester. Ihre Finger gruben sich in sein Fleisch. An seinem Atem konnte sie hören, dass sie auf der richtigen Spur war, während sie sich weiter über seinen Körper bewegte. Auch ihr Atem ging nun schneller.

„Ja, genau so, da ist es“, stöhnte eine tiefe Stimme, die zu dem Körper gehörte, mit dem Kristina gerade so hingebungsvoll beschäftigt war. „Fester, ja, noch mehr.“

Halt die Klappe, Blödmann, dachte sie und packte noch fester zu. Mit der Zunge fuhr sie sich über die Lippen. Ihr T-Shirt klebte an ihrem Körper. Es war erst Ende Mai, aber seit zwei Tagen herrschten Temperaturen wie im Hochsommer. Heute kam ihr diese ungewohnte Hitze unerträglich vor.

Um die feuchte Schwüle während der Arbeit aushalten zu können, hatte sie am Morgen den Ventilator aus dem Keller geholt. Das Gerät lief auf Hochtouren. Sie genoss den leichten Windzug, den der kleine Quirl ihr ins Gesicht blies. Mit geschlossenen Augen träumte sich Kristina an einen Traumstrand. Eine sanfte Brise wehte übers Meer, spielte mit ihrem Haar und liebkoste ihre Haut. Salz auf meiner Haut, schoss es ihr durch den Kopf, während sie einem Schweißtropfen nachspürte, der ihr den Rücken hinunterlief.

„Sie können ruhig etwas fester massieren", sagte die tiefe Stimme. Der dazugehörige Körper kam unter ihren Händen in Bewegung. Der Oberkörper richtete sich auf, und der Kopf drehte sich zu ihr.

Kristina blickte in ein von der Sonne gegerbtes Gesicht, dessen Besitzer mit einem Waran verwandt sein musste. Guten Morgen, Matula, knurrte Kristina innerlich. So hatte sie ihn getauft. Menschen andere Namen zu geben, das war eine Marotte von ihr.

Wo bist du nur mit deinen Gedanken?, mahnte sie sich im Stillen und atmete tief durch. Daran war nur diese elende Hitze schuld. Da musste man ja auf dumme Ideen kommen. Ob das wohl schon die Wechseljahre mit dieser fliegenden Hitze waren? Quatsch! Schließlich war sie erst 45.

Kristina zwinkerte ihrem Patienten freundlich zu und drückte dessen Oberkörper energisch zurück auf die Liege. Justus Claussen kam seit gut einem Monat wegen seiner Verspannungen in Nacken und Rücken zu ihr in die Praxis. Sie wunderte sich nicht über seine diversen Wehwehchen. Der Jurist betätigte sich privat als Extremsportler. Mountainbiking, Klettern, Drachenfliegen, Kajakfahren – was auch immer eine Herausforderung darstellte, er nahm sie an. Zurzeit frönte er seinem neuesten Hobby, dem Fallschirmspringen. Und er ließ nichts unversucht, um sie zu einem gemeinsamen Sprung zu überreden.

„Besser als jeder Orgasmus", meinte er nun – wie jedes Mal.

Dann hast du was verpasst, du Alpha-Männchen, dachte Kristina. Was konnte an einem Sprung aus dem Flugzeug so gigantisch sein, dass es guten Sex in den Schatten stellte? Vielleicht fehlte es dem Waran einfach an der dazu notwendigen Feinmotorik. Sie jedenfalls würde weder das eine noch das andere mit ihm ausprobieren, sondern schön auf dem Boden der Tatsachen bleiben. Besser als jeder Orgasmus? Kristina seufzte leise. Orgasmus – was war das? Sie musste schon tief in ihrem Gedächtnis kramen, um sich an ihren letzten zu erinnern. Das Leben konnte ganz schön gemein sein.

Ein Blick auf die Wanduhr verriet ihr, dass sie zum Ende kommen konnte. Nach ein paar letzten Handgriffen deckte sie den nackten Rücken mit einem flauschigen Handtuch zu und verließ auf Zehenspitzen den Behandlungsraum. Matula schnarchte inzwischen leise vor sich hin. Sie wollte ihn jetzt nicht wecken.

Ihr erster Weg führte sie ins Badezimmer, wo sie sich das Öl von den Händen wusch. Dann tupfte sie sich den Schweiß aus dem Gesicht und studierte ihr Spiegelbild.

„Was ist bloß los mit dir?", fragte sie die Frau, die ihr im Spiegel entgegenblickte.

Schon zum zweiten Mal in dieser Woche war sie während einer Behandlung in einen erotischen Tagtraum geglitten. Natürlich herrschte ein gewisser Notstand. Aber es war nicht so, dass sie sich nicht mehr im Griff hatte. Da stand sie nun also, eine Frau im besten Alter, mit einer immer noch passablen Figur, glatter Haut und keinem einzigen grauen Haar. Und was geschah?

„Nichts. Null Komma nix", antwortete sie sich selbst. „Na ja, es gibt Wichtigeres."

Viel wichtiger ist doch die Liebe, überlegte sie. Aber auch da sah es eher düster aus. Gab es denn nirgendwo einen

Seelenverwandten für sie? Ja, das Leben konnte ziemlich gemein sein.

„Aber ich will mich nicht beschweren", sagte sie wie immer zu sich, wenn sie Gedanken wie diesen nachhing, „ich habe ja alles, was ich brauche. Bloß nicht undankbar sein."

Wie hatte Sophie diesen Zustand kürzlich genannt? Notgeil. „Oh, mein Gott", seufzte sie. Ob ihre Tochter das auch bei ihr so nennen würde? Kristina fixierte ihr Spiegelbild. „Schau den Tatsachen ins Gesicht: Du bist jetzt eine notgeile Alte."

In dem Moment klopfte es an der Tür. „Sprichst du wieder mit dir selbst?"

Kristina ignorierte die Frage und zog eine Grimasse. Dass sie zuletzt einen Mann im Arm gehalten hatte, lag schon Wochen, nein, Monate zurück. Eine Verschwendung hatte Rita es genannt. Und Kristina wusste, dass sie jetzt draußen vor der Tür stand. „Rita, du sollst nicht an der Tür lauschen!", rief sie.

Rita. Das war die Frau, die ihr ständig vorhielt, dass sie das Beste im Leben einfach verpasste. Erst vor kurzem hatte sie zu Kristina gesagt: „Du bist eine Frau in den besten Jahren. Du stehst in der Blüte deines Lebens, und du lebst wie eine Nonne. Wann hast du deinen letzten Orgasmus gehabt?"

„Orgasmus? Was ist das?"

Rita hatte nicht glauben können, dass es weit und breit keinen Kerl geben sollte, der zu Kristina passte. „Krristina, des is fei aweng zum Färrrchdn", hatte sie mit rollendem R geschimpft.

Zum Fürchten fand Rita die Abstinenz ihrer Freundin. Und wenn Rita sich über irgendetwas aufregte, verfiel sie ins Fränkische. Wenn es um Männer oder ums Älterwerden ging, schnellte ihr Blutdruck blitzartig in die Höhe, und ihr Heimatdialekt brach unwillkürlich durch. Und das geschah eigentlich laufend. Dabei hatte Rita sich den Dialekt mit großer Mühe abgewöhnt. Ihrer Ansicht nach passte er so gar nicht zu ihrer gepflegten Erscheinung.

Jaja, Rita. Die hatte leicht reden. Sie war wieder mal frisch verliebt, was kein besonderes Ereignis war. Schließlich war sie dauernd in irgendeinen Kerl verliebt. Für gewöhnlich hielt dieser Ausnahmezustand ein paar Wochen lang an. Dann hatte sie genug und schaltete ohne großes Zaudern zurück in den Single-Modus. Dieses Spielchen praktizierte sie seit ihrer Scheidung von Hubert vor acht Jahren, und sie schien damit glücklich zu sein. Rita pflegte nicht nur ein freundschaftliches Verhältnis zu Hubert, sondern hatte ihn auch zu ihrem Part-Time-Lover gemacht. „Für Notsituationen, denn Hausmannskost hat hin und wieder auch ihren Reiz", hatte sie erklärt.

Kristina hatte das überhaupt nicht nachvollziehen können. Allein bei der Vorstellung, Peter nach der Scheidung noch mal näher zu kommen, überfiel sie auch jetzt das kalte Grauen.

„Du nimmst das alles viel zu ernst", hatte Rita erwidert. „Solange du nach der großen Liebe suchst, übersiehst du all die vielen hübschen Möglichkeiten, die es sonst noch gibt. Die Männer warten doch nur darauf. Neun von zehn haben praktisch einen Henkel zum Mitnehmen. Da musst du nur zugreifen."

Kristina wusste, dass sie damit nicht ganz unrecht hatte. Auch Justus Claussen hatte diesen Henkel. Aber was sollte sie denn machen, wenn bei ihm ihre Libido einfach nicht reagierte?

Offenbar hatte Rita es sich zur Lebensaufgabe gemacht, Kristina zu verkuppeln. Sie hatte unerschöpfliche Ideen für Kontaktbörsen, die Kristina nur aufsuchen musste. Speed-Dating, Fitnessklub, Golfkurs, Fußballstadien, Kneipen, Internet. „Männer haben ihre festen Plätze", hatte Rita ihr erklärt. „Und genau da musst du hingehen. Die findest du nicht beim meditativen Tanz, beim Pilates oder in der Damenabteilung eines Kaufhauses, sondern beim Schafkopfspielen, beim Joggen im Englischen Garten oder in der Sport- und Computerabteilung.“

Vielleicht hat sie ja recht, überlegte Kristina. Vielleicht verpasse ich bei meiner Warterei auf den Richtigen viele gute Gelegenheiten. Vielleicht bin ich überheblich, stelle zu hohe Ansprüche und benehme mich wie eine Zicke ... Andererseits kam Kristina das, was sich ihr aktuell so anbot, eben tödlich langweilig vor.

Klar, da gab es ihren Nachbarn Hugo Drechsel, der nur ein paar Häuser weiter wohnte und der ein Auge auf sie geworfen hatte. Aber er war nun einmal überhaupt nicht ihr Typ: Der Kerl war schmächtig, kahlköpfig, reichte ihr gerade so bis zum Kinn und hatte noch dazu eine feuchte Aussprache. Oder Stefan Wagner, ebenfalls ein Patient, der unbedingt mit ihr ausgehen wollte. Allerdings kannte Kristina seinen Körper leider viel zu gut, und sie stand nicht auf männliche Brüste, die locker ein C-Körbchen füllen konnten, plus Bierbauch als Lendenschurz.

Aussehen ist nicht alles – die inneren Werte sind viel wichtiger, redete sie sich ein. Doch wo fing dieses ominöse Innere an? Und ganz ohne eine ansprechende Optik ging es ja auch nicht. Sie konnte sich schließlich nicht mit irgendeinem Mann treffen, nur um nicht länger allein zu sein. Nein, so groß war der Notstand nun wieder nicht. Sie würde sich auf keinen Fall dem Erstbesten an den Hals werfen oder sich ihm hoppla-hopp hingeben. Um sie sollte der Mann schon kämpfen.

Und einer kämpfte gerade mit großem Einsatz um ihre Gunst: Johannes Dermand, ein weiterer Patient von ihr. Seit Monaten wollte er sie dazu überreden, mit ihm auszugehen –

oder besser noch, gleich mit ihm zu verreisen. Mit einem „No sex in the office“ hatte Kristina lachend seine durchaus charmanten Offerten abgelehnt. Das war natürlich glatt gelogen gewesen. Aber hätte sie ihm die Wahrheit sagen sollen? Dieser Verehrer hätte ihr Vater sein können! Er war zwar noch recht rüstig, aber aus der Kartei wusste sie, dass er demnächst 75 werden würde. Und sie sah sich nun mal nicht in der zukünftigen Rolle der Pflegerin.

Warum zum Teufel interessieren sich eigentlich nur Männer um die 70 für mich und keine in meinem Alter?, rätselte Kristina. Sie verstand es nicht – und noch weniger das Selbstbewusstsein, das die alten Knaben an den Tag legten. Scheinbar passte die Frau Mitte 40 genau ins Beuteschema dieser vitalen Rentner. Die Welt ist ungerecht, dachte sie und hängte das Handtuch zurück. Sie knipste das Licht aus, verließ das Badezimmer und ging direkt zu Rita, die wieder an ihrem Schreibtisch saß und mit ihren perfekt manikürten und lackierten falschen Fingernägeln laut klackend die Tastatur des Computers bearbeitete.

Neidisch betrachtete Kristina diese Nägel. Für sie kam so etwas nicht in Frage. Rita konnte diese Waffen einsetzen, um ihre Tastatur zu malträtieren und mit ihren Liebhabern herumzuspielen. Aber zum Massieren waren diese Nägel komplett unbrauchbar. Kristina seufzte. An Rita war alles perfekt. Sie war geschminkt und frisiert wie für einen Fototermin, und auch ihr Outfit war wie immer makellos durchgestylt.

„Alles okay?“ Rita schaute kurz auf und musterte sie. „Deine Selbstgespräche nehmen bedenkliche Formen an. Passiert dir das auch auf der Straße?“

„Ja, wenn ich an der Ampel stehe. Die kann wenigstens zuhören.“ Sie grinste ihre Freundin schief an. „Ist Claussen weg?“

Rita nickte und wedelte mit einem Stück Papier vor ihrer Nase herum. „Das hat er für dich dagelassen."

„Wieder ein Gutschein für einen Fallschirmsprung?", fragte Kristina und verzog das Gesicht. „Wie deppert muss ich sein, um so was freiwillig zu tun?" Sie ließ sich auf die Kante von Ritas Schreibtisch sinken. „Verdammt heiß heute."

„Eine Klimaanlage wäre jetzt genau das Richtige. Und die sind gar nicht so teuer." Rita unterbrach ihre Arbeit am Computer und fischte ein paar bedruckte Blätter aus der Ablage. „Hier, ich habe mal recherchiert, was so ein Einbau kosten würde."

Kristina nahm die Zettel, warf einen flüchtigen Blick darauf und legte sie zurück auf den Tisch. „Schau ich mir heute Abend an." Wie alles in ihrem Leben war auch so etwas Profanes wie eine Klimaanlage keine spontane Entscheidung. So etwas musste wohlüberlegt sein.

„Aber vergiss es nicht", mahnte Rita sie. „Und jetzt hast du das Vergnügen mit Frau von Dannewald." Bei diesen Worten rollte sie dramatisch die Augen und fügte hinzu: „Das Schätzchen erwartet dich bereits. In der Zwei."

„Heute bleibt mir nichts erspart." Kristina sank kurz in sich zusammen, dann straffte sie sich und ging zum Behandlungsraum Zwei.

„Übrigens hat Sophie vorhin angerufen", rief Rita ihr hinterher. „Sie kommt später vorbei."

Kristina hatte den Türgriff schon in der Hand. „Was will sie denn?"

„Was glaubst du? Du solltest deine Tochter doch inzwischen kennen." Rita betrachtete Kristina spöttisch. „Zimmer mit Kost und Logis und das alles für umsonst."

„Nicht schon wieder."

„Ich fürchte, doch. Der Frieden dauert schon viel zu lange."

Kristina schüttelte den Kopf und öffnete die Tür zum Behandlungsraum. „Hallo Frau von Dannewald. Schön, Sie zu sehen. Gut sehen Sie aus." Schmeicheleien gehörten zum Service.

Die Frau warf ihr einen leidenden Blick zu. „Mein Rücken bringt mich um. Sie müssen mich von diesen grausamen Schmerzen befreien."

„Dafür bin ich da, Frau von Dannewald", erwiderte sie und schenkte der Frau ein mitfühlendes Lächeln. Seltsam, sie wird ihrem Mops immer ähnlicher, schoss es ihr durch den Kopf. „Legen Sie ab, und machen Sie sich es auf der Liege bequem. Ich hole inzwischen die Fangopackung."

Kristina verließ das Zimmer. Rita war gerade dabei, zusammenzupacken.

„Du gehst schon?", erkundigte sich Kristina.

„Die Frengin lässt die Arbeit ruhn und freut sich auf den Afternoon", gab ihre Freundin zurück und summte vergnügt. „Noch nicht, aber bald."

„Ich habe den falschen Job."

„Augen auf bei der Berufswahl", entgegnete Rita. „Sobald du mit der Dannewald fertig bist, muss ich los. Ich habe einen Termin bei Dr. Sommerfeld. Du weißt schon. Meine Stirn wirft Falten. Ich sehe ja schon aus wie ein tibetanischer Faltenhund."

„Falten?" Kristina musterte sie. „Wo denn?"

„Das sind ja schon fast Furchen", meinte Rita und ignorierte den Einwand. Mit gerolltem R fränkelte sie dann munter: „Ich brrrauche drrringend Bodox. Keine Ambulle, sondern einen ganzen Eimerr."

„Du vergisst dich schon wieder. Dein Dialekt!", zog Kristina sie auf.

„Pah!" Rita sah sie streng an. „Ein bisschen was von dem Zeug über deinen Brauen und hier bei den Augen, das würde dich glatt zehn Jahre jünger aussehen lassen. Soll ich dir gleich einen Termin zur Entrunzelung bei Dr. Sommerfeld besorgen?"

„Quatsch. Meine Haut ist glatt wie ein Kinderpopo."

„Dräum weider!" Rita kramte in einer Schublade, zog einen Handspiegel heraus und legte ihn auf den Schreibtisch. „Wir machen jetzt mal den Joop-Test. Beug dich drüber und schau rein."

„Joop? Meinst du diesen Modefuzzi?"

„Ja, der Test stammt von ihm. Also beug dich über den Spiegel. Was siehst du?", fragte Rita.

Kristina schwieg. Leichtes Entsetzen überkam sie, als sie in den Handspiegel sah.

„Genau", flötete Rita. „Hautüberschuss. Igitt! Alles, was da runterhängt, muss weg. Zieh es mal nach hinten. Dann siehst du, wie es sein könnte."

„Nix da." Kristina richtete sich auf und winkte ab. „Ich liebe meine Falten!" Damit holte sie eine Fangopackung aus der Kammer und ging auf den Behandlungsraum zu. Rita folgte ihr.

„Ich liebe meine Falten", äffte Rita sie nach. „So ein Blödsinn. Niemand liebt Falten."

„Hinterher sehe ich noch aus wie dieser Joop. Und Flugente trägt man nicht mehr. Also, nein danke."

„Nichts da. Ich mach einen Termin für dich aus. Das verschreibe ich dir als deine Freundin. Basta."

Kristina kam nicht dazu, etwas zu erwidern. In dem Moment öffnete Rita die Tür zum Behandlungsraum, in dem bereits Frau von Dannewalds weißer Rücken zu sehen war, schob sie hinein und schloss die Tür hinter ihr. Seufzend näherte Kristina sich der Liege, auf der ihre Patientin lag.

„Da sind Sie ja endlich", jammerte der Mops. „Ich sterbe fast vor Schmerzen."

Kristina ließ die heiße Fangopackung auf den nackten Rücken klatschen. „Das ist der Stress. Sie muten sich zu viel zu, Frau von Dannewald."

Massage war eine Sache, hier war Psychologie gefragt. Frau von Dannewalds Rücken fehlte gar nichts, der war kerngesund. Sie war lediglich zu dick. Wie ihr Mops Alma. Vor allem aber langweilte sich Frau von Dannewald entsetzlich, und deshalb kämpfte sie um Aufmerksamkeit, die ihr Herr von Dannewald nur in homöopathischer Dosis zukommen ließ, wie Kristina aus zahlreichen Gesprächen wusste. Sie kannte den Ehemann zwar nicht persönlich, aber aus den Erzählungen ihrer Patientin konnte sie ihn sich ziemlich gut vorstellen. Ein erfolgreicher Unternehmensberater, der viel umherreiste und offensichtlich wenig Lust verspürte, übermäßig viel Zeit daheim mit zwei Möpsen zu verbringen.

Kristina hatte kein Problem damit, Frau von Dannewald etwas Gutes zu tun, nur diese Wehleidigkeit nervte. Sie ging zur Tür, um den Raum wieder zu verlassen. Während Frau von Dannewald unter der Fangopackung durchgarte, konnte sie sie getrost zehn Minuten allein lassen. Doch dazu kam sie nicht.

„Wissen Sie, wen ich heute Morgen bei meinem Gynäkologen getroffen habe?", fragte Frau von Dannewald unvermittelt.

Kristina entging der hinterhältige Unterton nicht, der bei dieser Frage mitschwang. Das Leidende in der Stimme war wie weggeblasen. Sie war auf der Hut.

„Ihren Mann", sagte Frau von Dannewald.

„Meinen Mann?"

„Ja, bei meinem Frauenarzt."

„Isch abe gar keinen Mann", entgegnete Kristina amüsiert.

Frau von Dannewald hob den Kopf und wollte sie ansehen. Das gelang ihr jedoch nicht, da Kristina am Fußende der Liege stand.

„Nicht doch, Frau von Dannewald. Denken Sie an Ihren Rücken."

Die Frau ließ den Kopf wieder sinken. „Ich meinte natürlich Ihren Ex-Mann. Und er war nicht alleine dort."

„Soso." Vielleicht ist die Fangopackung zu heiß, und die Hitze hat ihr das Hirn versengt, überlegte Kristina kurz.

„Er war in Begleitung einer Frau, einer sehr jungen Frau."

„Aha." Sie verspürte keine Lust auf diese Unterhaltung, aber sie wusste, dass sie aus dieser Nummer so schnell nicht herauskommen würde.

Frau von Dannewald ließ tatsächlich nicht locker und fügte hinzu: „Und diese Frau ist eindeutig schwanger. Das Bäuchlein war nicht zu übersehen."

Kristina schnappte nach Luft. Sie wusste, dass ihr Ex-Mann, von dem sie seit fünf Jahren geschieden war, eine Freundin hatte. Eine sehr junge Freundin. Peter hatte ihr seine Julia vorgestellt. Sie war gerade mal 35 Jahre alt, 20 Jahre jünger als Peter, zehn Jahre jünger als sie selbst. Sie hatte nicht erwartet, dass er sich für ein älteres Modell interessieren würde. Das taten Männer nie. Klischees stimmten ja immer dann, wenn sie besonders peinlich waren.

Ihr Ex und seine Neue waren nun seit einem Jahr ein Paar. Und bei den diversen Familientreffen, zu denen sie seitdem gemeinsam auftauchten, wich Julia nicht einen Zentimeter von seiner Seite. Wie ein siamesischer Zwilling. Für Kristina und die gemeinsamen Kinder Sophie und Philipp war das kein Problem. Aber dass Peter jetzt noch einmal Vater werden sollte, traf sie wie ein Faustschlag. Und ausgerechnet der Mops überbrachte ihr diese Nachricht.

„Aber Sie wissen das sicher längst, nicht wahr?“, legte Frau von Dannewald nach.

Kristina hatte es nicht gewusst, und sie hatte auch keine Antwort darauf. Verwirrt griff sie nach der Fangopackung und warf sie in den großen Eimer neben der Tür. Blödmann, notgeiler Blödmann, ärgerte sie sich im Stillen.

„Na ja, Männer machen sich da ja keine großen Gedanken über ihr Alter. Und bei einer so jungen Frau ist das ja auch kein Wunder …“, plapperte Frau von Dannewald munter weiter.

Kristina hörte gar nicht mehr zu. Energisch begann sie, den Rücken ihrer Patientin durchzukneten. Vor ihrem inneren Auge sah sie dabei Peter, der mit stolzgeschwellter Brust neben seiner hübschen jungen Frau herging, die den Kinderwagen schob. Kristina rechnete nach. Peter würde 62 sein, wenn das Kind in die Schule kam.74, wenn es sein Abitur machte. Vermutlich wäre er 80, wenn der Nachwuchs dann sein Studium beendete – vorausgesetzt, alles lief nach Plan. Und bei Peter war eigentlich immer alles nach Plan gelaufen. Nach seinem Plan.

Was hat er, was ich nicht hab?, grübelte Kristina. Das war einfach gemein. Seit der Scheidung lief in Peters Leben alles glatt. Neue Wohnung, Erfolg im Job, junge Frau. Und jetzt auch noch ein Kind. Sie kannte Peter. Dieses Kind war kein Unfall. Kristina spürte, wie die Wut in ihr aufstieg. Sie stellte sich vor, wie Peter als Brautvater im Rollstuhl vor den Altar geschoben werden müsste und wie sein Hörgerät dabei pfeifen würde. Das geschieht ihm recht, dachte sie hämisch.

„Das ist doch ein Witz“, fluchte Kristina ungewollt laut und bemerkte erst jetzt, dass sie Frau von Dannewalds Rücken wie einen Hefeteig bearbeitete.

„Nein, das ist kein Witz“, ächzte Frau von Dannewald und fuhr empört fort: „Sie tun mir weh.“

Erschrocken sah Kristina die roten Flecken auf der Haut ihrer Patientin. „Oh, das tut mir leid. Aber ich musste diese furchtbare Verspannung beheben“, log sie beschämt, „und ich glaube, das ist mir gelungen.“

„Im Moment sind die Schmerzen noch stärker als vorher“, jammerte Frau von Dannewald.

„Das hört gleich wieder auf. Ich trage ein kühlendes Gel auf, und danach fühlen Sie sich wie neugeboren.“ Damit hatte sie ihrer Patientin allerdings unfreiwillig ein Stichwort geliefert.

„Wann soll das Baby denn kommen?“, fragte Frau von Dannewald, richtete den Oberkörper auf und musterte Kristina aufmerksam.

Jetzt macht der Mops auch noch die Kobra, dachte Kristina und rang sich ein Lächeln ab. „Nach neun Monaten, wenn ich mich recht erinnere. Wir sind so weit fertig, aber lassen Sie sich ruhig Zeit. Wir sehen uns dann beim nächsten Mal“, erwiderte sie knapp und verließ schnell den Behandlungsraum. Der Termin mit Frau von Dannewald war endlich überstanden.

Draußen traf Kristina auf Rita, die gerade gehen wollte.

„Was hast du heute noch vor?“, fragte Rita.

„Ich wollte joggen gehen, und später mache ich mir eine Gemüseterrine. Wieso?“

Da das Botox ihre mimischen Fähigkeiten stark einschränkte, schüttelte Rita nur missbilligend den Kopf. „Joggen? Das ist nicht gut fürs Gewebe. Durch den Aufprall beim Laufen wird die Haut im Gesicht und an den Beinen nach unten gezogen. Das Ergebnis: oben Doppelkinn, unten Dellen.“

„Vielen Dank für den Hinweis. Ich binde mir das Kinn hoch und ziehe Stützstrümpfe an“, konterte Kristina.

„Das ist das mindeste. Und dann diese Terrine. Besser als Kochen wäre Sex. Das macht nicht nur schlank, sondern auch gute Laune."

„Sehr witzig. Ich kann ja mal über einen Aushang in der Praxis nachdenken."

„Das wäre ein Anfang." Rita hängte ihre übergroße Handtasche über die Schulter.

„Willst du etwa verreisen?", fragte Kristina.

„Quatsch. Die hat Sebastian mir geschenkt", antwortete Rita voller Besitzerstolz und drehte sich spielerisch mit der Tasche.

„Mmm ...", machte sie. „Ist die nicht ein bisschen zu groß?"

„Du lebst wirklich hinterm Mond", meinte ihre Freundin. „Das trägt man heutzutage so. Und diese Tasche ist ein absolutes Muss."

„Sieht jedenfalls teuer aus."

„Kostet locker ein Monatsgehalt", erklärte Rita. „Aber Sebastian hat's ja."

„Und was kriegt er als Gegenleistung dafür?"

„Hoffnung, meine Liebe. Hoffnung!" Rita warf den Kopf in den Nacken. „Ciao, ciao, bis morgen."

„Viel Spaß heute Abend."

„Den werd ich haben", erwiderte Rita grinsend und schwebte hinaus.

Kristina schloss die Eingangstür zu ihrer Praxis von innen ab. Am gegenüberliegenden Ende des Flurs befand sich der Eingang zu ihren Privaträumen. Arbeiten und Wohnen am selben Ort – Kristina genoss diesen Zustand. Sie hatte das Haus nach der Scheidung von Peter behalten. Schließlich war es ihr Elternhaus, in dem Peter und sie jahrelang gewohnt und eine Familie gegründet hatten. Ihre Eltern hatten ihr damals das freistehende Eigenheim im Münchner Stadtteil Altperlach überschrieben und waren in die Wohnung in der Innenstadt gezogen, in der bislang Kristina und Peter gewohnt hatten. Dieser Tausch hatte für alle Parteien nur Vorteile gehabt.

Es war ein ganz normales Haus, wie es jedes Kind malen würde. Ein kleiner Garten umgab das Gebäude, und Kristina liebte es sehr. Alles um sie herum hatte sich verändert, aber diese Mauern hatten jedem Sturm widerstanden. Um nichts in der Welt würde sie dieses Haus aufgeben. Hier war sie bis auf wenige kurze Unterbrechungen seit ihrer Geburt zu Hause. Nachdem sie Peter kennengelernt hatte, war sie mit ihm zusammengezogen. Aber mit der Schwangerschaft war sie in ihr Elternhaus zurückgekehrt.

Für Kristinas Eltern hatte die kleinere Wohnung weniger Aufwand und mehr Freiheit bedeutet. Statt eines Gartens hatten sie nun einen Balkon gehabt, auch das Treppensteigen war unnötig geworden. Kristina und Peter wiederum hatten nach der Geburt der Zwillinge mehr Platz gebraucht. Einen Garten für die Kinder zu haben, war ihr damals wie ein ganz besonderer Luxus vorgekommen.

Nach der Trennung hatte Peter dann freiwillig das Feld geräumt und hatte sich eine neue Wohnung im Münchner Nobelviertel Bogenhausen gesucht. In der ersten Zeit hatte Kristina ihn um die Veränderung beneidet. Er hatte komplett neu anfangen können, während sie am gewohnten Ort zurückgeblieben war, wo sie Tag für Tag die Erinnerungen eingeholt hatten. Damals hatte sie manchmal davon geträumt, einfach alles hinzuwerfen und woanders hinzuziehen. Aber wegen der Kinder hatte sie diese Idee nie ernsthaft weiterverfolgt. Es reichte ja schon, dass die Familie zerbrochen war. Da hatte sie Sophie und Philipp nicht auch noch das vertraute Umfeld wegnehmen wollen. Eine gute Entscheidung, wie sie heute empfand.

„Mudder Deresa", hatte Ritas einziger Kommentar dazu gelautet.

Kristina war geblieben, Peter war gegangen. Sie hatte nicht ausziehen müssen. Trotzdem war sie durch die Trennung in ein völlig neues Leben katapultiert worden. Sophie und Philipp waren zwar schon aus dem Gröbsten heraus gewesen, aber dennoch hatte die Scheidung neue Tatsachen geschaffen – auch finanziell. Erst nach einigen Anfangsschwierigkeiten war es Kristina gelungen, sich mit der neuen Situation anzufreunden und das Beste daraus zu machen.

Dazu hatten der Umbau und die Eröffnung ihrer Massagepraxis gezählt. Sie hatte den Beruf gelernt, aber ihn mit der Geburt der Zwillinge aufgegeben. Um nach der Trennung ihre Kenntnisse aufzufrischen und die neuesten Trends zu lernen, hatte sie ein paar Schulungen und Kurse besucht. Danach war sie durchgestartet. Für die Behandlungsräume im Erdgeschoss hatte sie einen separaten Eingang bauen lassen. Ihre Patienten sollten ja nicht durch ihr Wohnzimmer in die Praxis marschieren. Damals hatte sie die Umbauarbeiten bewusst klein gehalten, denn für größere Maßnahmen hatten ihr Geld und Mut gefehlt. So hatte sie nur das Allernötigste in Angriff genommen. Inzwischen war ihre Praxis in die Jahre gekommen. Eine Modernisierung war eigentlich dringend notwendig, doch bislang hatte sie sich nicht dazu durchringen können.

Nun betrat Kristina durch die Verbindungstür in der Praxis das Treppenhaus und stieg hinauf in die Privaträume, die sich allesamt im ersten Stockwerk und unterm Dach befanden. Früher hatten hier Sophie und Philipp gewohnt. Aber die beiden gingen inzwischen eigene Wege.

Vor zwei Jahren hatte Philipp seine Sachen gepackt und war in eine kleine Wohnung in der Nähe der Uni gezogen. Zurzeit bereitete er sich auf seine Zwischenprüfungen vor.

Ein Gefühl von Stolz und Glück durchströmte Kristina, als sie an ihren Sohn dachte. Für sein Alter – er war gerade 22 geworden – besaß er eine Zielstrebigkeit, die Kristina immer wieder in Erstaunen versetzte. Philipp wusste genau, was er wollte. Im Gegensatz zu ihr selbst. Ein kleines Scheibchen von Philipps Mut, das wünschte Kristina sich. Als er ausgezogen war, hatte er sie dazu motiviert, sein früheres Jugendzimmer neu einzurichten. Es hatte jedoch einige Monate gedauert, bevor Kristina das in Angriff genommen hatte. So ein Abnabelungsprozess brauchte eben Zeit.

Sophie war vor einem Jahr zu ihrem Freund Sven gezogen. Sie war zwei Minuten jünger als Philipp, aber was das Berufliche betraf, war sie ihrem Bruder um Jahre voraus. Bereits mit 17 hatte sie Abitur gemacht und danach ein Grafik- und Designstudium im Schnelldurchlauf absolviert. Seit einem Jahr arbeitete sie als Layouterin in der Redaktion einer Frauenzeitschrift und verdiente sehr gut. Auch wenn Sophie im Vergleich zu ihrem Bruder finanziell längst auf eigenen Füßen stand, bereitete ihr das Erwachsenwerden erheblich mehr Probleme als Philipp. Wenn sich nicht alles um sie drehte, drehte sie einfach durch.

Was habe ich nur falsch gemacht?, überlegte Kristina. Warum begriff Sophie nicht, dass diese egozentrische Haltung nicht cool, sondern kindisch war? Insgeheim gab Kristina ihrem Ex-Mann die Schuld daran. Schließlich hatte er sein kleines Sophiechen wie eine Prinzessin behandelt und sie gnadenlos verwöhnt. Peter hatte für seinen kleinen Liebling jedes Problem aus dem Weg geräumt. Wie oft war er ihr in den Rücken gefallen, wenn Kristina versucht hatte, Sophie dazu zu bewegen, ihre Einstellung zu überdenken? „Lass sie doch“, hatte Peter immer gesagt, „Sophie ist eben etwas ganz Besonderes.“ Und Sophie hatte sich an den Vater geschmiegt und der Mutter böse Blicke zugeworfen. Dieses Verhalten von

Peter war einer der vielen Gründe, warum die Ehe letztlich gescheitert war.

In weiser Voraussicht hatte Kristina das Zimmer ihrer Tochter nicht verändert. Denn in regelmäßigen Abständen krachte es zwischen Sophie und Sven, und dann zog Sophie auf unbestimmte Zeit wieder bei ihr ein – bis Sven auf Knien angerutscht kam und sie anflehte, zu ihm zurückzukommen. Darauf folgte für gewöhnlich der Höhepunkt in diesem Affentheater: Sophies großer Auftritt. Sie ließ sich huldvoll dazu herab, ihm gnädig zu verzeihen, und nach einer wunderbaren Versöhnung kehrte sie wie die Königin von Saba zu ihm zurück. Bis auf weiteres. Dieses Hin und Her hatte Kristina bisher viermal so erlebt. Und für heute hatte ihre Tochter sich erneut angekündigt.

Na ja, die werden sich schon wieder zusammenraufen. Kristina seufzte leise. Sophies Beziehungsprobleme bereiteten ihr kein Kopfzerbrechen mehr. Philipp hatte ihr klargemacht, dass seine Schwester die Rolle der Drama-Queen genoss und dass somit kein Grund bestand, dass Kristina darunter litt. Außerdem freute Kristina sich auf ihre Tochter. Sie würde sich um sie kümmern, sie trösten und sie bemuttern – eben Mutter Teresa spielen. Schließlich war es ja nur für kurze Zeit. Länger als drei, vier Tage hatten die Trennungen bisher nie gedauert. Auch diesmal würde es ein kurzes Intermezzo werden, da war sich Kristina sicher.

Während sie auf dem Weg nach oben immer zwei Stufen auf einmal nahm, überlegte sie, ob Peter schon mit den Zwillingen über die Schwangerschaft gesprochen hatte. Kristina beschloss, mit ihrem Vater darüber zu reden, was sie gerade von Frau von Dannewald erfahren hatte. Atemlos kam sie oben an.

Seit dem Tod von Kristinas Mutter vor zwei Jahren wohnte ihr Vater wieder bei ihr. Unter dem Dach hatte sie ihm eine kleine Wohnung eingerichtet. Der Senior war lange nicht über den Tod seiner Frau hinweggekommen und hätte sich beinahe selbst aufgegeben. Daraufhin hatte Kristina ihn dazu überredet, zu ihr zu ziehen. Ein Arrangement, das gut funktionierte.

Sie klopfte an die Tür. „Papa, bist du da?“, fragte sie und lauschte. Sie klopfte noch einmal, wartete einen Augenblick, dann öffnete sie die Tür und trat ein.

Die Dachwohnung war verwaist. Sofort stieg Kristina ein ledriger Duft in die Nase. Sie schnupperte. Diesen Geruch kannte sie nicht. Sie hatte bisher nichts anderes als den Geruch von Rasierwasser an ihrem Vater wahrgenommen. Und hätte sie ihm nicht irgendwann ein neues aus der Stadt mitgebracht, würde er immer noch Old Spice benutzen. Aber dieser Duft, der hier durch die Räume waberte, stammte eindeutig von einem Eau de Toilette.

„Papa benutzt Parfüm“, stellte Kristina verwirrt fest. Nicht, dass sie daran etwas auszusetzen hätte. Was sie so überraschte, war die Tatsache an sich. Schließlich hatte er noch nie Parfüm benutzt. Es lag etwas in der Luft, daran bestand kein Zweifel.

Kristina ging in das Badezimmer ihres Vaters und entdeckte den Flakon auf der Ablage über dem Waschbecken. KNIZE stand darauf. Sie schraubte den Deckel ab. Daher stammte also der herbe Duft.

„Nicht schlecht, Herr Specht“, schnaubte sie, schraubte das Fläschchen zu und stellte es zurück. Der Duft hatte eindeutig narkotisierende Wirkung. Sie würde ihn bei nächster Gelegenheit darauf ansprechen.

Ratlos stand sie da und dachte darüber nach, was sie mit dem angebrochenen Feierabend anfangen sollte. Die Lust zum Joggen war ihr vergangen. Dann kümmere ich mich halt um die Buchhaltung, entschied sie im Stillen. Sie ging wieder hinunter in die leere Praxis und setzte sich an Ritas Schreibtisch.

Lustlos heftete sie einige Rechnungen hinter den jeweiligen Kontoauszügen ab und kontrollierte Ein- und Ausgänge. Nach wenigen Minuten klappte sie den Aktenordner jedoch zu. Es gelang ihr einfach nicht, sich darauf zu konzentrieren. Ständig musste sie an ihren Vater und das Parfüm denken. Was war da im Gange, was hatte sie übersehen, mit welchen Neuigkeiten musste sie noch rechnen? Erst Peter, jetzt Klaus.

Das Klingeln ihres Mobiltelefons riss sie aus den Gedanken. Es war Philipp, und sie plauderten kurz miteinander. Spontan lud Kristina ihn zum Abendessen ein. Sie wollte mit ihm, Sophie und ihrem Vater Klaus über die neuesten Entwicklungen reden. Philipp sagte gleich zu, bat aber darum, einen Freund mitbringen zu dürfen, mit dem er eigentlich verabredet war. Natürlich war Kristina damit einverstanden. Sie hatte immer ein offenes Haus geführt, in das ihre Kinder jederzeit Freunde mitbringen konnten. Und ob sie jetzt für vier oder fünf Personen kochte, machte ja überhaupt keinen Unterschied.

Nach dem Telefonat grübelte sie, was sie kochen sollte. Für eine Terrine, wie sie eigentlich geplant hatte, blieb keine Zeit mehr. Spargel geht am schnellsten, dachte sie. Schließlich hatte die Spargelsaison gerade begonnen. Wenn sie sich jetzt sofort auf ihr Fahrrad schwang und zum Markt radelte, würde sie noch alle Zutaten für ein leckeres Abendessen bekommen.

2

Vier Kilo Spargel lagen fertig geschält auf der Arbeitsfläche in der Küche. Kristina kramte das Vakuumgerät aus dem Küchenschrank hervor und suchte die dazugehörigen Beutel. Sie wollte den Spargel auf besondere Weise zubereiten. Dazu bestreute sie die geschälten Stangen mit etwas Fleur de Sel und packte je acht mit einem Stückchen Butter in einen Plastikbeutel. Danach legte sie die offene Seite in die kleine Maschine, die mit lautem Brummen die Luft aus dem Beutel saugte und ihn dabei zuschweißte. Den Spargel auf diese Art zuzubereiten, hatte sie in der Kochschule eines Sternekochs gelernt. Der eintägige Kochkurs war das letzte Geburtstagsgeschenk von Peter gewesen. Kurz darauf hatten sie sich getrennt.

Ein Blick auf die Uhr verriet ihr, dass sie die Beutel schon in den auf etwa 95 Grad vorgeheizten Ofen legen konnte. Hier würde der Spargel eine Stunde lang statt im Wasser im eigenen Saft garen und dadurch sein Aroma vollständig erhalten. Kristina freute sich auf das Essen im Kreise ihrer Familie. Sie würde den Spargel bissfest servieren, dazu ein selbstgemachtes Pesto aus Basilikum, Rucola, Petersilie, Parmesan und Pinienkernen, außerdem feinen Schinken, alten Parmesan und guten Weißwein. Zum Nachtisch hatte sie sich für Erdbeeren mit Sahne entschieden. Die Erdbeeren lagen bereits gewaschen und geschnitten in einer Marinade.

Routiniert deckte Kristina den Tisch für fünf Personen, plazierte Stoffservietten neben dem Besteck und stellte bunte Teelichter dazu. Zufrieden betrachtete sie ihr Werk. Dann zog sie sich nach oben in ihr Reich zurück, um eine ausgiebige Dusche zu nehmen.

Wegen der sommerlichen Temperaturen wählte sie ein leichtes Sommerkleid mit rundem Ausschnitt, das ihr

Dekolleté so hübsch zur Geltung brachte. Sie schlüpfte in die kleinen offenen Pumps und legte ein dezentes Make-up auf. Während sie tagsüber für ihre Arbeit ein legeres Outfit bevorzugte, auf Schmuck verzichtete und flache Schuhe trug, bot ein Abend wie dieser die seltene Ausnahme von der Regel. Kristina löste das Haargummi und schüttelte ihr schulterlanges Haar. Heute Abend würde sie es offen tragen. Dann suchte sie in ihrer Schmuckschatulle nach den großen Ohrringen und steckte den Ring mit dem Bergkristall an. Ein Spritzer Parfüm, sie war fertig.

Kritisch betrachtete sie sich im Spiegel. Du hast dich eigentlich gut gehalten, lobte sie sich selbst im Stillen. Die feinen Linien um Augen, Nase und Mund verrieten zwar, dass sie keine 30 mehr war. Und da gab es diese tiefe Falte zwischen den Brauen über der Nase, die sie manchmal etwas grimmig dreinschauen ließ. Trotz allem gefiel ihr, was sie da im Spiegel sah. Im Gegensatz zu Rita störten sie die ersten verräterischen Fältchen nicht.

Noch nicht. Wer weiß?, dachte sie sich und ließ ihren Blick nach unten gleiten. Ihr Dekolleté war auch noch in Ordnung – wobei sie die beiden länglichen Falten zwischen ihren Brüsten entdeckte, die ein Hinweis auf ihre Schlafhaltung waren. Vor kurzem erst hatte Rita sie darauf aufmerksam gemacht. Sie hatte ihr dazu geraten, mehr auf dem Rücken statt auf der Seite zu liegen, da ihr Busen in der Seitenlage die Haut dazwischen zusammenquetschen würde. Es war Kristina völlig schleierhaft, wie sie im Schlaf darauf achten sollte, sich nicht auf die Seite zu rollen. Jeden Abend versuchte sie, auf dem Rücken einzuschlafen, doch jeden Morgen erwachte sie in Seitenlage mit den verräterischen Falten zwischen den Brüsten.

Rita entging nichts. Sie schenkte Kristina ein spezielles Dekolleté-Kissen, das wie eine Art BH aussah und genauso zu tragen war, bei dem jedoch die Körbchen fehlten. Dafür verfügte es über ein wattiertes Zwischenteil, das zwischen den Brüsten plaziert werden musste. Kristina hatte sich zunächst jedoch geweigert, das Teil anzulegen. „Das schaut doch völlig pervers aus“, hatte sie zu Rita gesagt. „Damit könnte ich in jeder Peepshow auftreten.“

„Aber es wirkt“, hatte Rita widersprochen. „Du wirst schon sehen.“

Nach einigen Nächten mit der wattierten Einlage, die die Brüste voneinander trennte, hatten sie zusammen das Ergebnis beäugt. Und Kristina hatte ihrer Freundin recht geben müssen. Die Falten waren weg gewesen.

„Blöd nur, dass es so was nicht fürs Gesicht gibt“, hatte Rita gemeint.

Wenn es darum ging, wie frau jünger aussehen konnte, kannte Rita jeden neuen Trend. Erst kürzlich hatte sie Kristina begeistert von einer Möglichkeit erzählt, lästige Pölsterchen ohne Diät loszuwerden. Seit sie auf dieses Geheimnis gestoßen war, nahm Rita zweimal wöchentlich beim Arzt ihres Vertrauens auf der Liege Platz und ließ sich überschüssige Pfunde mit Hilfe von Ultraschall einfach wegschmelzen.

Kristina musste schmunzeln, als sie an die hartnäckigen Versuche ihrer Freundin dachte, das Altern aufzuhalten. Natürlich hatten einige der Anstrengungen tatsächlich dazu geführt, Ritas wahres Alter zu verschleiern. Aber was das kostete …

„Geld spielt keine Rolle“, hatte Rita angemerkt. „Jeder Euro ist gut angelegt. Manche Teile an mir sind nur halb so alt wie ich.“

„Du solltest aber allmählich Handschuhe tragen“, hatte Kristina ihre Freundin aufgezogen. „Oder kann man inzwischen auch die Hände liften?“

„Mach du nur so weiter", hatte Rita gesagt. „Irgendwann schaust du aus wie ein Zwetschgenmännchen und ich wie Sophia Loren."

„Und wozu das alles? Soll ich irgendwann als die Schwester meiner Tochter durchgehen?"

„Oh, das wäre wunderbar", hatte Rita geflötet. „Aber das wird ein ziemliches Stück Arbeit."

„Nein danke. Ich geh lieber weiter als Schildkröte. Und überhaupt, was ist denn mit den Männern? Keins von den Exemplaren, die du anschleppst, versucht, ernsthaft jünger auszusehen, oder?"

„Du verstehst das nicht. Männer hocken vor der Glotze und sehen sich Sport an: Fußball, Handball, Golf, was weiß ich. Dazwischen läuft Werbung. Und dann wird den Herren der Schöpfung eingetrichtert, was gut für sie ist. Bier und Würstchen, Superdeo und Viagra, eine dicke Limousine mit einer jungen Beifahrerin. Zwei Falten und drei Dellen, und du wirst aussortiert."

„Na, jetzt übertreibst du aber", hielt Kristina dagegen.

Doch Rita ließ keinerlei Einwände gelten „It's a man's world! Die Kerle sind verrückt nach Frauen und Sex. Ein durchschnittlicher Mann denkt alle acht Minuten an Sex."

„Und was ist mit den sieben Minuten dazwischen?"

„Da denken sie ans Essen. Denk doch einmal wie ein Mann!", hatte Rita ihr vorgeschlagen.

„Nichts leichter als das", hatte Kristina erwidert.

Unterhaltungen wie diese standen bei Rita täglich auf dem Programm. Selbstverständlich blieb das nicht ohne Wirkung. Na ja, vielleicht könnte ich ja mal dieses kleine Bäuchlein unterm Nabel mit Ultraschall verschwinden lassen, überlegte Kristina nun, als sie sich an diese Gespräche erinnerte. Den Oberschenkeln konnte eine Straffung auch nicht schaden, und ihr Busen hatte ebenfalls mit der Schwerkraft zu kämpfen. Und dann dieses Achselfett!

Auch das war Rita ein Dorn im Auge. Entsetzt hatte sie Kristina kürzlich in die Achsel gekniffen und dabei irgendetwas wie „Oh, God, das ist Depotfed" gestöhnt.

„Depotfett?" Kristina war entsetzt gewesen. Bis zu dem Zeitpunkt war es ihr nicht einmal aufgefallen.

Doch seit Rita davon gesprochen hatte, ertappte sie sich, wie sie gelegentlich die Existenz ihres Achselfetts überprüfte. Von Rita hatte sie gelernt, dass die gefährlichste Problemzone am weiblichen Körper die Oberarme waren. Po, Bauch und Oberschenkel konnten perfekt verhüllt werden. Selbst wenn der Po bereits bis zu den Kniekehlen herabhing und die Brüste engen Kontakt mit dem Bauchnabel aufgenommen hatten, ließ sich all das mit Hilfe von Korsagen, Wonderbra und Stützstrümpfen an die Ursprungsstelle zurückschieben. Aber nackte Oberarme bedeuteten das Aus.

Formelhaft wiederholte Rita ständig, dass Frauen jenseits der 40 ihre Oberarme züchtig zu verhüllen und das Winken gänzlich sein lassen sollten. Manch einer hätte sie am liebsten eine Burka verordnet. Waren nackte Oberarme unvermeidlich wie etwa am Strand, hatte Rita eine spezielle Wink-Technik entwickelt. Sie hielt dann den angewinkelten Arm eng an den Körper gepresst und bewegte nur die Finger. Das sah in Kristinas Augen zwar völlig bescheuert aus, hielt aber die überschüssige Haut definitiv in Schach.

Einmal runderneuern, das wär's, dachte Kristina jetzt amüsiert und verwarf diesen Gedanken augenblicklich wieder. Sie fühlte sich wohl in ihrer Haut – mitsamt Achselfett und allen anderen Zeichen der Zeit. Schließlich war sie keine 30 mehr, und das wollte sie auch gar nicht mehr sein. Außerdem hatte das tägliche Massieren ihre Muskeln ganz schön trainiert. Sie konnte immer noch problemlos ärmellose T-Shirts tragen und netten Menschen zum Abschied winken, ohne dass von ihren Oberarmen ein Hautlappen von der Größe eines Elefantenohrs herabbaumelte. Da konnte sich sogar Mrs. Obama noch ein Scheibchen abschneiden. Und das bisschen Achselfett spielte dann doch eigentlich keine Rolle.

Kristina lauschte. Dem Rumpeln nach, das von draußen zu hören war, musste Sophie gerade angekommen sein. Und offenbar hatte sie größeres Gepäck dabei. Pass bitte auf die Wände auf – die sind frisch gestrichen, flehte Kristina im Stillen. Rasch verließ sie das Badezimmer, eilte in den Flur und traf dort auf Sophie, die gerade einen monströs großen Koffer die letzten Treppenstufen hochhievte.

„Sophie, Liebes, komm, ich helfe dir", begrüßte Kristina sie und küsste sie auf die Wange.

„Geht schon", wehrte ihre Tochter mürrisch ab. „Diesmal ist es endgültig aus. Der sieht mich nie wieder."

Kristina überlegte, was sie tun sollte. Sie entschied sich dafür, einfach die Tür zu Sophies Zimmer aufzumachen und darauf zu warten, dass ihre Tochter den Koffer in das Zimmer trug.

„Philipp kommt zum Abendessen", sagte Kristina in der Hoffnung, Sophie etwas aufzuheitern.

„Was gibt's?"

„Spargel."

Sophies Miene hellte sich auf. „Super. Ich muss eh abnehmen. Ich bin eindeutig zu fett. Wann essen wir?"

Kristina schüttelte den Kopf. Ihre Tochter war alles andere als zu fett. Doch sie verkniff sich eine Reaktion, denn das hätte garantiert nur zum Streit geführt. Wenn Sophie meinte, dass sie zu klein wäre und locker als Zwerg durchgehen würde, dann war sie mit ihren 1,79 m eben ein Pygmäe. Und wenn ihre Tochter behauptete, dass sie dick wäre, dann galt sie mit ihren knapp 55 Kilo eben bereits als adipös.

Kristina sah auf ihre Armbanduhr. „In einer halben Stunde, denke ich. Brauchst du mich?"

„Nö." Sophie fuhr sich mit den Fingern durchs Haar. Seit einigen Wochen trug sie es sehr kurz geschnitten, was ihr ausgesprochen gut stand. Dennoch hatte es Kristina einen Stich versetzt, als sie die Kurzhaarfrisur zum ersten Mal gesehen hatte. Sophie hatte dafür ihr schulterlanges Haar geopfert. Aber Kristina musste zugeben, dass der Bubikopf Sophies feine Gesichtszüge perfekt zur Geltung brachte.

Nun stand Kristina unschlüssig im Türrahmen, während ihre Tochter in ihrer Handtasche nach ihrem Mobiltelefon suchte.

Sophie ließ sich aufs Bett fallen und begann sofort damit, eine SMS zu schreiben. „Ich komme dann runter", sagte sie, ohne aufzuschauen.

Kristina verstand: Sophie wollte allein sein. „Schön, dass du da bist", seufzte sie und wandte sich um. Meine kleine Egoistin, wann wachst du endlich auf?

„Warum hast du dich so zurechtgemacht?", rief Sophie ihr hinterher. „Erwarten wir noch jemanden zum Essen? Und wo ist Opa?"

Kristina machte kehrt. „Es ist so heiß heute, da ist ein Kleid einfach bequemer", antwortete sie. „Und Philipp bringt noch einen Freund mit."

„Wen?" Sophie sah von ihrem Mobiltelefon hoch.

„Weiß ich nicht. Und wo Opa steckt, weiß ich auch nicht."

Sophie widmete sich wieder ihrem Handy und tippte weiter an der Nachricht, für wen auch immer sie bestimmt war.

„Wann hast du eigentlich zuletzt mit deinem Vater gesprochen?", wollte Kristina wissen.

„Wieso?" Ihre Tochter blinzelte sie misstrauisch an.

„Nur so. Wie geht's ihm denn?"

„Das musst du ihn schon selber fragen."

„Also alles beim Alten?"

„Klar."

„Und mit Julia?"

Sophie schaute ihr direkt in die Augen. „Du stellst vielleicht komische Fragen."

Sie weiß es, schoss es Kristina durch den Kopf. „Na ja, dann geh ich mal an den Herd, wo ich hingehöre", sagte sie mit einem spöttischen Grinsen und drehte sich um.

„Ach Mama", meinte ihre Tochter. „Ich komme gleich nach und helfe dir."

„Lass dir ruhig Zeit", entgegnete sie. Leise, so dass Sophie es nicht hören konnte, fügte Kristina hinzu: „Das Hotel Mama ist wieder eröffnet."

In der Küche warf Kristina einen prüfenden Blick in den Ofen, in dem der Spargel garte. Mit dem Finger drückte sie auf die in Plastik eingeschweißten Stangen. Noch eine Viertelstunde, dann würde er durch sein. Danach nahm sie zwei Flaschen Grauburgunder aus dem Kühlschrank und legte sie ins Eisfach. Sie trank den Wein lieber drei Grad kälter als normal, vor allem wenn es so warm war wie heute.

Es klingelte an der Haustür. Das musste Philipp sein. Er hatte zwar wie Sophie immer noch einen Hausschlüssel, aber dennoch kündigte er im Gegensatz zu seiner Schwester sein Kommen an, indem er klingelte. So viel Respekt zollte Sophie ihr nicht. Kristina lief schnell hinunter und machte ihm auf.

„Schön, dass du da bist", begrüßte sie ihn.

Philipp beugte sich vor. Er überragte Kristina um mehr als einen Kopf und nahm sie fest in den Arm. „Toll siehst du aus, Mama." Dann löste er sich von ihr und fügte hinzu: „Das ist Tom."

Kristina streckte Tom die Hand entgegen. „Herzlich willkommen."

„Tom Breuer“, stellte er sich mit seiner tiefen Stimme vor. „Vielen Dank für Ihre spontane Einladung.“ Damit reichte er Kristina eine Flasche. „Ich hoffe, Sie mögen Champagner.“

Kristina lächelte und nickte. „Und ich hoffe, Sie mögen Spargel.“ Sie nahm die Flasche entgegen. „Danke, aber das wäre nicht nötig gewesen. Ich freue mich, dass Sie da sind. Die Freunde meiner Kinder sind hier immer willkommen.“ Sie las das Etikett auf der Champagnerflasche. „Bollinger? Den kenne ich noch nicht.“

Kristina ging voran in die Küche, die beiden jungen Männer folgten ihr.

„Im Eisfach liegt Wein. Kannst du ihn herausnehmen und eine Flasche aufmachen?“, bat sie ihren Sohn.

Philipp holte die Weinflaschen aus dem Eisfach, stellte eine in den Kühlschrank und begann damit, die zweite zu entkorken.

„Woher kennt ihr euch denn?“, wollte Kristina wissen.

„Tom ist ein neuer Nachbar. Er hat vor einiger Zeit die Wohnung im Stockwerk unter mir bezogen. Und er spielt jetzt auch in unserer Fußballmannschaft mit.“

„Studieren Sie auch noch?“, fragte sie überrascht. Denn Tom war eindeutig älter als ihr Sohn.

„Nein, Tom ist Architekt“, antwortete Philipp. „Mit 29 wäre er ein bisschen zu alt fürs Studium.“

„Du sagst es“, stimmte Tom ihm zu und nahm ein Weinglas entgegen, das ihm Philipp reichte. „Ich bin gerade dabei, mich selbständig zu machen. Kann ich irgendwie helfen?“, wandte Tom sich nun an Kristina und stand plötzlich neben ihr am Ofen. Seine dunklen Augen funkelten sie an.

„Ja, hilf du Mama, und ich hole Sophie und Opa“, schlug Philipp vor und verließ die Küche.

„Vorsichtig, die Beutel sind sehr heiß“, warnte Kristina ihn, als Tom den Spargel mit bloßen Händen aus dem Ofen fischte.

Schnell warf er den ersten Beutel auf den Tisch und blies auf seine Fingerspitzen. „Interessante Art, Spargel zu kochen“, stellte er fest, drehte den Wasserhahn an der Spüle auf und hielt beide Hände unter das eiskalte Wasser.

„Verbrannt?“

„Nein, ist nicht so schlimm“, wehrte er ab und grinste. „Um Fingerabdrücke muss ich mir jedenfalls keine Sorgen mehr machen.“

„So schmeckt der Spargel viel aromatischer, wissen Sie. Er kommt nicht ins Wasser, sondern gart im eigenen Saft.“

„Ich würde mich freuen, wenn Sie mich duzen würden“, meinte Tom. „Ich bin Tom.“

„In Ordnung. Und ich bin Kristina.“

„Es ist mir ein Vergnügen, Kristina“, gab er lächelnd zurück, beugte sich vor und hauchte ihr links und rechts einen Kuss auf die Wange.

„Verbrüdert ihr euch schon?“, fragte Philipp schmunzelnd, als er nun in die Küche zurückkam. „Ich hätte dich vielleicht warnen sollen. Toms Charme ist keine Frau gewachsen.“

„Stimmt“, lachte Kristina und spürte überrascht, dass ihr Puls schneller ging. „Und wo ist Sophie?“

„Kommt. Aber Opa ist nicht da. Wo ist er denn?“

Sie zuckte mit den Schultern. „Keine Ahnung, wo er steckt. Er macht sich rar in letzter Zeit. Wir fangen ohne ihn an. Kennst du eigentlich ein Parfüm namens Knize?“

„Knize? Das spricht man Kniesche aus, Mama. Wieso?“

„Vater legt das neuerdings auf.“

„Knize? Interessant.“ Philipp zog die Brauen hoch. „Wen versetzt er denn damit in Duldungsstarre?“

„Hä?“ Kristina verstand nur Bahnhof.

Philipp lächelte breit. „Wenn da mal nicht eine Frau dahintersteckt."

„Meinst du wirklich?", murmelte Kristina. „Na ja. Dann wollen wir mal."

Gemeinsam gingen sie ins angrenzende Zimmer hinüber, in dem der große Tisch stand. Kristina deutete auf einen Stuhl und fragte: „Tom, möchtest du hier sitzen?"

„Gern, wenn du hier sitzt." Er zeigte auf den Platz daneben.

„Nein", ertönte eine helle Stimme, und alle drehten sich um. „Da sitze ich." Mit hocherhobenem Haupt und durchgedrücktem Kreuz kam Sophie an den Tisch und ließ sich nieder.

Tom nickte nur und zog den Stuhl auf der anderen Seite hervor. „Dann vielleicht hier, Kristina?"

In der Zwischenzeit hatte Philipp sich bereits hingesetzt und reichte Sophie die Weinflasche. Kristina nahm nun auf dem Stuhl Platz, den Tom ihr angeboten hatte. Erst dann setzte dieser sich zwischen die beiden Frauen.

„Bedient euch", forderte Kristina alle auf.

„Darf ich?", fragte Sophie zuckersüß und begann damit, Tom einige Stangen Spargel auf den Teller zu legen.

Tom hob sein Glas. „Ich würde gerne auf dich trinken, Kristina. Vielen Dank für die nette Einladung."

Die anderen nahmen ebenfalls ihre Gläser und prosteten sich zu. Dann bedienten sich alle am Spargel und an den Beilagen.

„Das schmeckt grandios", stellte Tom wenig später fest. „So leckeren Spargel habe ich noch nie gegessen."

„Du solltest mal zum Essen kommen, wenn Mama richtig Gas gibt", schaltete Philipp sich ein. „Sie ist eine Weltklasseköchin."

„Zum Glück hast du mir dieses Talent vererbt", meinte Sophie.

Philipp und Kristina wechselten erstaunte Blicke. Als ihr Sohn den Mund öffnete, schüttelte sie fast unmerklich den Kopf, woraufhin er sich den Kommentar verkniff.

„Kochen und Essen sind für mich ein wichtiger Teil der Lebenskultur", erklärte Tom und sah Kristina dabei tief in die Augen. „Das können nur sinnliche Menschen wirklich verstehen."

„Flirtest du mit meiner Mutter?" Philipp betrachtete Tom mit spöttischem Blick.

„Absolut. Oder ist das verboten?"

Kristina spürte, wie sie verlegen wurde. „Ich hol uns noch etwas Wein."

Kurz darauf stand sie am geöffneten Kühlschrank und fühlte die Kälte auf ihrem Gesicht. Um Himmels willen, was ist bloß mit mir los? Sie kam sich beinahe wie ein Teenager vor. Schnell griff sie nach der Weinflasche und hielt sie gegen ihre Wange. Cool bleiben, mahnte sie sich. Sie drehte sich um und zuckte zusammen. Vor ihr stand Philipp und nahm ihr die Flasche ab.

„Mama, ich muss dir etwas sagen", setzte er an und zögerte kurz. „Es geht um Papa."

„Er wird wieder Vater."

„Du weißt es schon?", fragte Philipp verblüfft. „Und was sagst du dazu?"

„Es ist sein Leben", erwiderte Kristina leichthin. „Aber wie findet ihr es denn, dass ihr noch ein Brüderchen oder ein Schwesterchen bekommt?"

„Offen gestanden habe ich mich mit diesem Gedanken noch nicht beschäftigt. Papa hat es mir ja erst heute erzählt. Aber das ist schon irgendwie ziemlich schräg."

„Ja. Und was meint Sophie zu alldem?"

„Die? Na, was wohl. Sie ist beleidigt und spricht kein Wort mehr mit ihm."

„Verstehe. Ich rede später mit ihr darüber. Lass uns zurückgehen." Kristina holte die Erdbeeren und die geschlagene Sahne aus dem Kühlschrank und trug beides hinüber ins Esszimmer.

Philipp folgte mit dem Wein und dem Korkenzieher. Tom stand von seinem Stuhl auf, als die beiden eintraten. Kaum saß er wieder, legte Sophie ihre Hand auf seinen Unterarm.

„Du bist Architekt, hat Philipp erzählt", meinte sie zu Tom.

„Ja. Zurzeit sitze ich fast jeden Abend und auch an den Wochenenden mit einem Kollegen am Schreibtisch. Wir machen bei einem Wettbewerb mit. Es geht um die Neugestaltung des Museumsviertels rund um die Pinakotheken. Wir, also Fabian und ich, wir können das ja nur neben dem normalen Job machen", berichtete er. „Tagsüber sind wir mit irgendwelchen Bürogebäuden beschäftigt, und abends machen wir Kunst." Grinsend fuhr er fort: „Fabian und ich haben vor, zusammen ein eigenes Büro zu gründen. Uns fehlt bloß noch ein vernünftiger Auftrag, der uns den Einstieg finanziert. So einen Wettbewerb zu gewinnen, das wäre wie ein Sechser im Lotto."

„Vielleicht kann Tom dir ein paar Tipps geben, wie du deine Praxis modernisieren könntest", schlug Philipp nun Kristina vor.

„Ach, das hat doch Zeit", winkte sie ab. „Und Tom hat ja wirklich Wichtigeres zu tun, als sich um meine Praxis zu kümmern."

„Das würde ich sehr gerne übernehmen", widersprach Tom. „Ich müsste mir die Räume nur einmal ansehen."

„Ich habe im Moment gar nicht das Geld für einen Umbau. Und auch nicht die Nerven“, erklärte Kristina, um das Thema zu beenden.

Tom ließ jedoch nicht locker. „Mit einer guten Planung lassen sich die Kosten in überschaubaren Grenzen halten. Eventuell müssen wir ja sowieso nur ein paar Kleinigkeiten ändern. Wie gesagt, ich sehe es mir gerne an, Kristina.“

Wieder dieser Blick. Kristina fühlte einen leichten Schwindel.

„Aber vielleicht siehst du dir zuerst mein Zimmer an“, mischte Sophie sich ein. „Das bräuchte dringend frischen Wind.“

„Bist du schon wieder bei Mama untergekrochen?“, fragte Philipp.

„Diesmal ist es endgültig. Ich habe mich von diesem Primaten getrennt.“

Kristina hatte den Freund ihrer Tochter sehr gern und verteidigte ihn: „Sven ist nun wirklich kein Pri…“

„Ist er doch“, unterbrach ihre Tochter sie. „Er teilt sich nicht mit. Ich rede bestimmt dreimal so viel wie er. Frauen sind einfach kommunikativer, Männer nur verstockt. Manche zumindest.“ Dabei zwinkerte sie Tom zu.

„Es gibt halt mehr Männer mit Artikulations- als mit Erektionsproblemen“, meinte Philipp, wofür er allerdings nur von Tom einen Lacher erntete. Sophie dagegen bedachte ihn mit einem strafenden Blick, seine Mutter ebenfalls.

„Wusstest du, dass das weibliche Gehirn mehr Kommunikationszellen besitzt als das männliche?“, entgegnete Sophie schnippisch. „Das hat natürlich einen Einfluss auf den Wortschatz. Deswegen benutzen Frauen durchschnittlich rund 20.000 Wörter pro Tag. Den Männern hingegen reichen 7.000.“

„Das erklärt einiges", konterte Philipp. „Wir Männer sagen kurz und prägnant, was wir denken, während ihr Frauen stundenlang um den heißen Brei herumredet und trotzdem nicht zum Punkt kommt."

„Frauen haben eine achtspurige Autobahn, um Gefühle zu entwickeln, Männer nur eine Landstraße", hielt Sophie dagegen.

„Vielleicht solltest du einfach mal die Klappe halten und Sven zu Wort kommen lassen. Zuhören wirkt oft Wunder", sagte Philipp.

„Bitte hört auf, euch zu streiten", meinte Kristina.

„Aber was sagst du denn dazu?", wollte Philipp von seiner Mutter wissen.

„Sophie kann natürlich bleiben, solange sie will." Kristina nahm eine Erdbeere, biss hinein – und bemerkte, wie Tom sie dabei beobachtete. Sein Blick machte sie erneut verlegen.

„Vielleicht wäre die Idee, dass Tom sich mal deine Praxis ansieht, wirklich nicht so schlecht", wechselte Philipp das Thema. „In meiner Diplomarbeit, mit der ich gerade angefangen habe, entwickle ich eine Marketingstrategie für kleine und mittlere Unternehmer. Diese Strategie könnte dir helfen, noch erfolgreicher und effizienter zu arbeiten."

„Ich bin zufrieden, so wie es ist", erklärte Kristina knapp.

„Aber du könntest expandieren."

„Wozu?"

Beschwichtigend hob Philipp die Hände. „Warum hörst du dir unsere Vorschläge nicht mal in Ruhe an und entscheidest dann?"

Tom nickte zustimmend. „Genau, wir präsentieren, und du entscheidest. Passt es dir morgen Abend? So gegen 19 Uhr? Dann könnte ich vorbeikommen, und du zeigst mir alles." Mit diesen Worten legte er seine Hand auf ihren Unterarm.

Kristina saß da und wusste nicht, wie ihr geschah. „Na gut, von mir aus. Morgen um sieben also."

„Opa!", rief Sophie plötzlich und sprang von ihrem Stuhl auf. „Wo warst du denn?"

Alle wandten sich zu Kristinas Vater um, der unbemerkt hereingekommen war und in der Tür stand. „Ich hatte eine Verabredung", antwortete er gelassen, während Sophie ihn umarmte.

„Wir haben schon gegessen", meinte Kristina. „Aber es ist noch genug für dich da."

„Danke", erwiderte er, „aber ich bin nicht hungrig. Seid mir nicht böse, wenn ich gleich nach oben gehe. Ich war den ganzen Tag auf den Beinen und würde mich nun gerne etwas entspannen." Damit machte er auf dem Absatz kehrt und verschwand.

„Wow", entfuhr es Sophie, „was war das denn?"

„Er sieht gut aus, dein Vater", stellte Tom fest. „Sehr elegant in diesem Anzug."

„Seit wann trägt Opa Schuhe von Tod's?", staunte Sophie. „Die sind absolut hip."

„Und ziemlich teuer", ergänzte Philipp. „Und dann noch diese Überdosis Knize. Das haut jede Frau um." Er sah seine Mutter an. „Hat er eine Freundin?"

„Ich habe keinen blassen Schimmer", gab Kristina irritiert zurück. „Aber irgendetwas stimmt nicht. Ich geh nach oben und frage ihn."

Philipp hielt sie am Arm zurück, als sie aufstand. „Nein, lass ihn. Er wird es schon erzählen, wenn er so weit ist."

Etwas widerwillig gab Kristina nach. „Dann werden wir uns in Geduld üben."

„Lass mich mal machen", sagte Sophie mit siegessicherer Miene. „Ich werde schon herausfinden, was dahintersteckt.

Schließlich kenne ich mich mit dem männlichen Geschlecht aus."

„Du?" Philipp prustete los.

„Wie meinst du das?", fragte Sophie giftig.

Kristina fixierte ihren Sohn und schüttelte ein weiteres Mal ganz leicht den Kopf.

Daraufhin legte Philipp seiner Schwester den Arm um die Schultern. „Wenn du dich mit den Männern angeblich so gut auskennst, dann sag mir doch, wann Sven hier auftauchen wird."

Sophie machte ein düsteres Gesicht. „Der? Das ist Vergangenheit." Dann beugte sie sich zu Tom hinüber und fügte mit einem Lächeln hinzu: „Es gibt doch noch so viel zu entdecken auf dieser Welt."

3

Kristina saß am Küchentisch, blätterte in der Zeitung und nippte an ihrem Kaffee, als Sophie in die Küche kam. Ihre Tochter sah sehr blass aus.

„Möchtest du noch frühstücken?", fragte Kristina.

„Nein, bin spät dran. Wir haben gleich eine Redaktionssitzung, bei der ich pünktlich auf der Matte stehen muss", antwortete sie und nahm einen Schluck aus dem Kaffeebecher ihrer Mutter. Dann deutete sie auf Kristinas Gesicht. „Seit wann brauchst du denn die da?"

Hastig nahm Kristina die Lesebrille von der Nase. Erst kürzlich hatte sie sich die Brille in einem Drogeriemarkt gekauft, nachdem sie das Kleingedruckte auf der Verpackung einer Hautcreme nicht mehr hatte entziffern können. „Ach, nur manchmal", gab sie betont beiläufig zurück, „so zum Zeitunglesen."

Sophie grinste frech. „Jaja, das Alter." Bevor Kristina darauf reagieren konnte, drehte Sophie sich um und rief: „Ciao!" Und weg war sie.

Nachdem Kristina das Geschirr weggeräumt hatte, ging sie hinauf unters Dach und klopfte an die Tür ihres Vaters.

„Herein!", hörte sie ihn rufen.

Als sie die Wohnung betrat, staunte sie nicht schlecht: Ihr Vater trug einen Trainingsanzug und machte gerade Liegestütze. Interessiert beobachtete sie ihn eine Weile dabei. Schließlich stand er auf, griff nach zwei Hanteln, die auf dem Tisch lagen, und begann, seine Oberarme zu trainieren.

„Was willst du?", fragte er schnaufend.

„Nur mal sehen, wie es dir geht."

„Ich habe mich nie besser gefühlt."

„Gibt es dafür einen bestimmten Grund?"

„Braucht es den?", keuchte er, ohne sein Training zu unterbrechen.

„Na ja, du erscheinst mir irgendwie verändert." Kristina ließ nicht locker. „Bist du jetzt unter die Bodybuilder gegangen?"

„Wer rastet, der rostet."

„Seit wann das? Bisher war deine Devise doch eher ‚Sport ist Mord'."

„Es ist nie zu spät, seine Meinung zu ändern." Er legte die Hanteln beiseite, setzte sich auf den Boden und fing an, Sit-ups zu machen. „Ich habe mich entschlossen, einiges zu ändern. Haben wir Obst da?"

„Sicher. Und das Müsli steht im Schrank über der Spüle."

„Zuckerfrei?"

„Was denkst du denn?"

Er nickte zufrieden und stand auf. „Und jetzt muss ich unter die Dusche."

Damit verschwand er ins Badezimmer und ließ sie einfach stehen. Von Sophie war sie dieses Verhalten ja gewohnt, aber dass ihr Vater sie nun ebenfalls links liegenließ, irritierte sie sehr. Unschlüssig stand Kristina da und sah sich um. Auf der Kommode entdeckte sie zwei Kinokarten. Also da bist du gestern Abend gewesen, dachte sie und las den Filmtitel. Australia mit Nicole Kidman. Völlig verwirrt über diese Entdeckung, ging Kristina nach unten in ihre Praxis.

Rita saß bereits an ihrem Schreibtisch. „Morgen. Gleich kommt Herr Stauffenberg." Als sie aufblickte, zog sie erstaunt eine Braue in die Höhe. „Hast du einen Geist gesehen?"

Kristina nickte. „Mit meinem Vater stimmt etwas nicht. Er geht neuerdings aus, ohne mir etwas zu sagen. Er trägt schicke Anzüge und ein Parfüm namens Kniesche …"

„Kniesche?", wiederholte Rita.

„Ja, oder so ähnlich. Und er schaut sich mit irgendeiner Person einen Film namens Australia an …"

„Aus-drrrä-lia?", echote Rita leicht erregt.

„Australia, ja! Das ist dieser Film mit Nicole Kidman und Hugh Jackman."

Rita nickte. „Ah, den wollte ich mir auch ansehen. Aber dass sich dein Vater neuerdings für solche Liebesschnulzen interessiert, ist sonderbar. Um nicht zu sagen, verdächtig. Mit wem war er im Kino?"

„Wenn ich das wüsste! Ich werde ihn auf jeden Fall im Auge behalten. Na ja, vielleicht will er ja bloß nicht älter werden – so wie du."

„Gschmarri", widersprach Rita in bestem Fränkisch und funkelte sie gefährlich an. „Wenn sich an Moo zum Kaschber mecht, dann …"

„… dann steckt eine Frau dahinter", fiel Kristina ihr ins Wort und verdrehte die Augen. „Aber er wird bald 73."

„Was nicht gegen eine späte Liebe spricht." Ihre Freundin sprach wieder hochdeutsch. „Und was auch besser ist als ein demenzielles Syndrom, oder?"

„Eine späte Liebe? Das befürchte ich allmählich auch", meinte sie nachdenklich.

„Wieso befürchten? Das wäre doch wunderbar. Schließlich ist er im allerbesten Alter." Rita grinste.

„Wie man's nimmt."

„Das ist der Johannistrieb. Im Übrigen solltest du dir ein Beispiel an ihm nehmen."

„Sehr witzig." Erst jetzt fiel ihr auf, dass Rita sich irgendwie verändert hatte. „Bist du hingefallen?", fragte sie und deutete auf ihre geschwollenen Lippen.

„Blödsinn." Rita machte einen Schmollmund und erklärte: „Das war lange überfällig."

„Die haben was von einem Schlauchboot." Ratlos schüttelte Kristina den Kopf. „Ich verstehe die Welt nicht mehr. Seid ihr denn alle total verrückt geworden?"

„Papperlapapp." Damit wandte Rita sich eingeschnappt ihrem Computer zu.

Kristina verzog sich in den Behandlungsraum Nummer Eins, schaltete den Lüfter an und stellte sich in den Windzug. Sie hatte das Gefühl, dass sie dringend frische Luft brauchte. Wenn die Menschen um sie herum schon alle durchdrehten, musste wenigstens sie einen klaren Kopf bewahren.

Die nächsten Stunden vergingen wie im Flug, und Kristina kam nicht zum Nachdenken. Kaum hatte ein Patient die Massageliege verlassen, folgte der nächste. Am Abend, als der letzte Patient gegangen war, räumte sie gerade die benutzten Handtücher zusammen, als Rita in den Behandlungsraum stürzte und die Tür hinter sich schloss.

„Krrristina", stieß sie atemlos hervor und japste. „Allmächd!"

„Wo brennt's denn?", fragte Kristina betont gelassen. „Und bitte sprich hochdeutsch."

„Da drrraußen, da steht ein Adonis, der behauptet, mit dirrr verabrrreded zu sein", platzte sie hektisch heraus. „Ich dachte, wir sind Freundinnen, und dann verschweigst du mir so was … Un iech froch mich, worumm."

„Hast du getrunken?"

Rita stampfte mit dem Fuß auf. „Da drrraußen steht ein Hammerdyp."

„Du weißt, dass ich Alkohol während der Arbeit nicht mag!"

„Krrrrisdina!", kreischte Rita. „Kennst du einen Dom Breuer?"

„Tom Breuer", korrigierte Kristina sie, und erst dann dämmerte es ihr. „Das ist Tom."

Rita holte tief Luft. „Sag ich doch. 1,92 groß, 82 Kilo schwer, circa 30 Jahre alt, braune Augen, schwarze Locken. Ich dachte, ich hätte eine Erscheinung."

Sie fasste sich an die Stirn. „Ach Gott, den hatte ich ja völlig vergessen."

„Allmächd! So an vergess'n?" Ihre Freundin schüttelte verständnislos den Kopf. „Wer ist das?"

„Ein Freund von Philipp. Er hat ihn gestern Abend zum Essen mitgebracht. Tom ist Architekt. Er soll sich die Praxis ansehen und mir Umbauvorschläge machen."

„Umbaupläne? Die kannst du von mir haben: Zuerst brauchst du mal Botox und eine Faltenunterspritzung. Dann kommt der Busen dran, danach Bauch und Po."

„Rita! Jetzt hör schon auf mit diesem Schmarrn."

Rita schlug die Hacken zusammen. „Zu Befehl." Sie grinste. „Was auch immer dieser Tom von dir will oder du von ihm: So kannst du ihm jedenfalls nicht unter die Augen treten."

„Wieso?"

„Du Druudschala!" Verzweifelt hob Rita die Hände. „Ach, du Dummerle. Hör auf eine gute Freundin: Du bist total verschwitzt, ungeschminkt – und dann auch noch diese Haare! Mach dich frisch. Ich halte ihn so lange bei Laune." Sie schnalzte mit der Zunge. „Und wenn er mich will, werfe ich mich ihm zu Füßen. Also beeil dich, denn da kenn ich weder Freund noch Feind."

Kristina sah in den Spiegel, der im Behandlungsraum hing, und sie musste zugeben, dass Rita recht hatte. Der Arbeitstag hatte seine Spuren hinterlassen. „Einverstanden", antwortete sie. „Sag ihm, dass ich gleich Zeit für ihn habe."

„Oh, God", stöhnte Rita. „Fürrr so einen würde ich sogar morden." Damit schwebte sie hüftwackelnd nach draußen.

Tom strahlte über das ganze Gesicht, als Kristina schließlich auftauchte. Sie trug ein frisches enges T-Shirt, hatte etwas Kajal aufgetragen und sich die Haare gekämmt. Als Tom sie auf die Wangen küsste, bemerkte Kristina, wie Rita sie beobachtete – und wie ihr fast die Augen aus dem Kopf fielen. Betont dramatisch mimte ihre Freundin einen Ohnmachtsanfall, und Kristina musste lachen.

„Was ist so lustig?", wollte Tom wissen.

„Ach, ich musste nur gerade an was denken", gab Kristina zurück. „Unwichtig. Also dann zeige ich dir mal mein Reich."

„Darf ich Fotos machen?" Er wedelte dabei mit seinem iPhone.

„Klar", stimmte Kristina zu und begann mit der Führung.

Währenddessen wartete Rita draußen im Foyer ungeduldig darauf, dass Kristina und Tom zurückkamen. Eigentlich hätte sie längst nach Hause gehen können, da für heute keine weiteren Patienten mehr angemeldet waren. Aber sie wollte sich diesen Adonis auf keinen Fall entgehen lassen. Und so saß sie an ihrem Schreibtisch wie eine Königin und überprüfte mit Hilfe eines Handspiegels ihr Aussehen.

„Hallo Rita", begrüßte Sophie sie, als diese nun hereinstürmte. „Ist er noch da?"

„Wer?"

„Na Tom."

Rita nickte und deutete auf die Tür zum zweiten Behandlungsraum. „Aber da kannst du jetzt nicht rein."

Sophie ignorierte den Einwand. Ohne zu klopfen, riss sie die Tür auf. „Hallo Tom."

Kristina zeigte Tom gerade, wo sich die Installationen befanden. „Sophie? Du bist schon da?", fragte sie überrascht. Normalerweise kam ihre Tochter nie so früh aus der Redaktion.

„Ach, ich habe so viele Überstunden. Braucht ihr meinen Rat? Wenn es nach mir ginge, dann würde ich …"

„Tom hat ein paar gute Ideen", unterbrach Kristina ihre Tochter sanft.

„Viel müsste gar nicht verändert werden. Du hast Geschmack und ein gutes Gespür für Räume, Kristina", stellte Tom anerkennend fest.

Keiner von beiden beachtete Sophie.

„Na dann will ich euch nicht stören", sagte Sophie eingeschnappt.

„Du störst uns nicht. Wir sind schon fertig mit der Besichtigung. Nur was meine Ideen zum Feng-Shui betrifft, sind wir uns noch nicht einig." Kristina lächelte Tom dabei an.

„Das ist doch eh nur so ein Eso-Kram", wehrte Sophie ab.

„Das seh ich ein bisschen anders", widersprach Tom. „Vieles von dem, was die Chinesen vor 2.000 Jahren in ihre Architektur einfließen ließen, hat heute noch Gültigkeit – auch bei uns im Westen. Wir nennen es nur anders. Feng-Shui hat nichts damit zu tun, hier ein Windspiel und dort einen Kristall aufzuhängen. Das wäre natürlich wirklich nur Eso-Kram."

Sophie hing an seinen Lippen und schenkte ihm ein strahlendes Lächeln.

„Ich bestehe auf einem Windspiel, und ohne Bergkristall geht hier überhaupt nichts", konterte Kristina gespielt entrüstet. „Außerdem muss ich einige Zimmerbrunnen aufstellen. Ich habe gelesen, dass das Reichtum und Erfolg ins Haus bringen soll."

Tom rollte die Augen. „Mit dem Geplätscher treibst du deine Patienten nur dauernd auf die Toilette."

„Also doch lieber kein Zimmerbrunnen", seufzte sie.

Tom musste lachen. „Wenn du unbedingt Feng-Shui willst, dann machen wir es richtig."

Sophie stand in der Tür und betrachtete die beiden finster. „Ich sehe schon, ich störe hier nur." Damit machte sie kehrt und dampfte ab.

„Sophie! Was ist denn los?", rief Kristina ihr nach und wollte ihr hinterherlaufen.

Tom hielt sie am Arm fest. „Wenn du mir die Pläne gibst, kann ich dir meine Vorschläge maßstabsgerecht aufzeichnen."

„Da muss ich erst einmal suchen", entgegnete Kristina. „Keine Ahnung, wo ich die hingeräumt habe."

„Bring sie mir einfach vorbei, sobald du sie gefunden hast", schlug Tom vor, zog eine Visitenkarte aus der Brusttasche und notierte etwas darauf. „Hier sind meine Büro- und meine Privatadresse und alle Telefonnummern. Und auf der Rückseite findest du meine Mobilnummer."

Kristina nahm die Karte in Empfang und ging mit ihm zurück ins Foyer zu Rita.

„Wollen wir noch etwas trinken gehen?", fragte Tom.

„Das geht leider nicht", schaltete Rita sich ein. „Gerade hat ein Patient angerufen, der dringend Hilfe braucht. Er hat sich den Rücken verrenkt, sagt er, und ist bereits unterwegs hierher."

Kristina nickte und sagte zu Tom: „Wir holen das nach, wenn ich dir die Pläne bringe."

„Versprochen?" Er küsste sie zum Abschied wieder auf beide Wangen.

„Versprochen", hauchte Kristina.

Tom gab Rita die Hand. „Hat mich gefreut, Sie kennenzulernen, Rita." Damit verließ er die Praxis.

„Das kummt in mei Bessd-off", seufzte Rita, kaum dass Tom verschwunden war. „Dass du da bloß am Ball bleibst!"

„Best-of heißt das", korrigierte Kristina sie amüsiert.

„Hör eimol auf eine Frengin."

Kristina musste lachen. „Ach, du Frengin. Ich bin 45. Ich könnte seine Mutter sein."

„Hast du so früh angefangen?"

„Du weißt, was ich meine."

„Nein."

„Er ist 15 Jahre jünger und interessiert sich mit Sicherheit nicht so für mich, wie du es gerne hättest. Sophie würde zu ihm passen, nicht ich."

„So ein Blödsinn. Wie alt ist dein Ex-Mann?"

„55."

„Und wie alt ist seine Neue, diese Julia?"

„Die ist Mitte 30."

„Also 20 Jahre jünger", stellte Rita fest. „Und wer macht sich darüber Gedanken?"

„Das ist etwas völlig anderes", erwiderte Kristina.

„Aber nur in deinem Kopf. Ich dachte, du wärst emanzipiert."

Kristina holte tief Luft. „Machen wir uns doch nichts vor. Männer werden mit den Jahren interessant, Frauen nur alt."

„Sagt wer?"

„Du", erinnerte Kristina ihre Freundin. „Deswegen lassen Frauen sich botoxen, glattziehen und runderneuern und Männer eben nicht."

„Ach, dir ist ja nicht zu helfen", meinte Rita seufzend. „Diesen Tom würde ich jedenfalls nicht von meiner Bettkante schubsen."

Sie dachte kurz darüber nach. „Ich auch nicht."

„Der hat bestimmt einen Waschbrettbauch", schwärmte Rita.

„Und einen Knackarsch", sagte Kristina.

„Und wer weiß, was sonst noch?"

Die beiden Frauen lachten.

„Wir benehmen uns wie zwei kindische Teenager", bemerkte Kristina.

„Na und? Da kommt übrigens dein Hexenschuss.“ Rita tupfte sich eine Träne aus dem Gesicht.

„Das, Rita, das ist das wahre Leben“, erklärte sie und unterdrückte mit Mühe ein Lachen.

„So gut gelaunt, die Damen“, sagte Herr Schürmann, als er in gebückter Haltung an Ritas Schreibtisch trat.

„Wenn ich mit Ihnen fertig bin, lachen Sie auch wieder“, versprach Kristina ihrem Patienten und fasste ihn sanft am Ellbogen. „Dann kommen Sie mal mit.“

4

Seit Stunden wälzte sie sich im Bett von einer Seite auf die andere. Die Schwüle der letzten Tage war zwar verschwunden und konnte nicht mehr als Grund für ihre Einschlafprobleme herhalten. Vollmond war auch nicht. Ein Blick auf den Wecker, der auf ihrem Nachttisch stand, verriet ihr, dass es halb zwei war. Kristina lag wach. Sie spürte die frische Nachtluft auf ihrer Haut, die durch das gekippte Fenster ins Schlafzimmer hereinwehte. An Schlaf war nicht zu denken. Ihr Kopf arbeitete auf Hochtouren. Sie wollte es sich nicht eingestehen, aber es war nun einmal eine Tatsache: Sie musste ständig an Tom denken.

Verdammt noch mal, schlag dir diesen Kerl aus dem Kopf, mahnte sie sich selbst. Du machst dich ja lächerlich! Wie hatte Rita es genannt? Johannistrieb. Doch wenn sie ihrer Phantasie einen kleinen Ausflug gönnte und sich vorstellte, wie Tom sie in seine Arm nahm und küsste, dann durchströmte sie eine heiße Welle vom Hals bis hinunter zu ihrem Schoß.

Da lebt ja noch was. Bist ja doch noch keine Mumie, schoss es ihr durch den Kopf. Doch wozu überhaupt dieser ganze Aufruhr? Nichts war geschehen, und es würde auch nichts geschehen. Wegen eines solchen Jünglings nachts wach zu liegen, grenzte ja schon an Schwachsinn. Nicht ihr Vater war gaga, sondern sie selbst. Mit diesen Gedanken warf sie sich eine weitere halbe Stunde im Bett herum, bevor sie schließlich aufstand. Sie schlüpfte in ihren Bademantel und ging auf leisen Sohlen hinunter in den Keller.

Dort knipste sie das Licht an. Sie kniff die Augen zusammen, als das gleißend helle Neonlicht sie blendete. Wo könnten nur die Pläne sein?, überlegte sie und begann, wahllos die Regale zu durchstöbern. Der Grundriss von ihrem Haus blieb jedoch bis auf weiteres verschwunden. Stattdessen entdeckte sie zwei alte Fotoalben, die sie nach der Scheidung in den Keller verbannt hatte. Der eine Band enthielt die Bilder von ihrer Hochzeit vor 22 Jahren.

Kristina ließ sich auf einer Kiste nieder und schlug das Album auf. Wie viel war inzwischen geschehen, und wie weit hatte sie sich von dieser Frau entfernt, die sie in dem weißen Brautkleid auf den Fotos sah. Das Kleid hatte damals geschickt ihr Babybäuchlein versteckt. Die Zwillinge waren bereits vier Monate danach zur Welt gekommen. Sie schlug das Hochzeitsalbum zu und nahm sich das andere Buch.

„Ach herrje", seufzte sie. Daran hatte sie ja schon ewig nicht mehr gedacht. Die Bilder zeigten Momentaufnahmen aus ihrem Leben vor Peter, vor ihrer Heirat und vor der Geburt der Kinder. Die Schnappschüsse von ihr als Teenager weckten längst vergessene Erinnerungen. Was hatte sie damals für Träume gehabt. Sie hatte verrückte Pläne für die Zukunft geschmiedet und hatte das Leben als völlig unbeschwert empfunden. Wo waren sie nur geblieben, ihre Träume, ihre Ideen, ihre Unbeschwertheit – und vor allem ihr Mut? Was die anderen über sie dachten, war ihr früher vollkommen gleichgültig gewesen.

Kristina klappte das Fotoalbum zu. Ihre Ehe mit Peter hatte schon lange vor der Scheidung erheblichen Schaden genommen. Die endgültige Trennung hatte nur einen Schlussstrich unter eine Beziehung gesetzt, die längst zu Ende gegangen war. Kristina hatte die Scheidung eingereicht, als ihr klargeworden war, dass Peter ständig Affären gehabt hatte. Nichts Bedeutendes, so hatte er seine Seitensprünge genannt. Aber als sie ihn gefragt hatte, warum er nicht die Finger von anderen Frauen lassen konnte, war ihm keine plausible Antwort eingefallen.

Irgendwann zu dieser Zeit hatte Kristinas Selbstbewusstsein einen ziemlichen Kratzer abbekommen. Der anfangs kleine

Riss war über die Jahre immer größer geworden. Aber warum hatte sie es so weit kommen lassen? So kann es jedenfalls nicht weitergehen, überlegte sie.

Abrupt sprang sie auf und stellte die beiden Fotoalben zurück in den Schrank. Es wird sich einiges ändern, schwor sie sich im Stillen. Wenn nicht jetzt, wann dann?

Ohne nachzudenken, öffnete sie nun die Kiste, auf der sie gesessen hatte. „Da ist er ja!“, jubelte sie. Hier hatte sie den Grundriss vom Haus also verstaut. Sie beschloss, ihn in den nächsten Tagen bei Tom abzuliefern. Der Umbau war ein gutes Signal, um einen Neuanfang in ihrem Leben einzuläuten.

Mit dem zusammengerollten Plan unterm Arm ging sie die Treppe hinauf, legte sich ins Bett und schlief augenblicklich ein.

5

Am nächsten Tag blieb Kristina kaum Zeit zum Durchatmen. Rita hatte ihr den Tag mit Behandlungsterminen so vollgepackt, dass sie keine ruhige Minute fand, um Tom anzurufen. Am Abend machte sich außerdem der fehlende Schlaf bemerkbar. Und da weder Sophie noch ihr Vater auftauchten, legte sie sich schon um kurz nach neun Uhr ins Bett und schlief erschöpft ein.

Morgens wachte sie ausgeruht auf. Es war erst kurz vor sieben Uhr, zu früh für einen Anruf bei Tom. Also nahm sie das Mobiltelefon, das auf ihrem Nachttisch lag, und tippte eine SMS. Sie dachte an das unglaubliche Tempo, mit dem ihre Tochter Nachrichten schrieb. Dagegen bewegten sich ihre Finger wie in Zeitlupe. Doch nach einiger Zeit war es geschafft, und sie las sich den Text noch einmal durch, bevor sie die SMS abschickte: Habe Plan gefunden. Kann ihn dir vorbeibringen. Wann? LG Kristina

Prompt piepste ihr Telefon. Toms Antwort lautete: Bin leider bis übermorgen in Hamburg. Freitagabend Essen bei mir? Um 20.00 Uhr? Ich freu mich :) LG Tom

Kristina bemerkte, wie ihre Finger zitterten. Oh, Gott, sie hatte tatsächlich ein Date! Bevor sie es sich anders überlegen konnte, schrieb sie schnell eine Antwort: OK. Freu mich auch.

Drei Tage waren es noch bis dahin. Also kein Grund, heute schon durchzudrehen, schärfte sie sich ein und sprang fröhlich aus dem Bett.

Eine Stunde später stand sie gut gelaunt in ihrer Praxis vor Rita.

„Da ist doch was im Busch. Gibt es etwas, das ich wissen sollte?“, fragte ihre Freundin sofort. „Raus damit!“

„Tom hat mich am Freitagabend zum Essen eingeladen“, platzte Kristina heraus. „Und ich habe jetzt schon Lampenfieber.“

„Ja!“, schrie Rita, sprang vom Stuhl auf und umarmte sie. „Ja, ja, ja! Ein Ded-a-ded!“

„Wenn ich dieses Tête-à-Tête noch erleben soll, dann solltest du mich nicht erdrücken“, japste Kristina, die kaum Luft in Ritas Armen bekam.

Endlich gab Rita sie frei und erklärte: „Wir müssen strategisch vorgehen. Ich werde allen Patienten, die am Freitagnachmittag kommen wollten, neue Termine geben, damit du genug Zeit hast, um dich hübsch zu machen. Dann musst du zur Kosmetikerin und zum Friseur.“ Sie setzte sich wieder an ihren Schreibtisch und schlug den Kalender auf. „Das dürfte kein Problem sein.“

„Wenn du meinst“, willigte sie ein.

„Und ich bleibe und helfe dir. Es muss ihm den Atem verschlagen, wenn du vor ihm stehst.“

„Langsam, langsam. Ich bin bloß wegen des Umbaus mit ihm verabredet. Mehr nicht.“

„Du hast Sendepause“, sagte Rita streng und versuchte erfolglos, ihr Gesicht in Falten zu legen. „Ich weiß allerdings nicht, ob Dr. Sommerfeld dich morgen noch dazwischenschieben kann. Er ist normalerweise auf Wochen ausgebucht.“

„Vergiss es“, wehrte Kristina ab. „Ich werde mit Sicherheit nicht als Mogelpackung da auftauchen, sondern in meiner puren Form.“

Ihre Freundin lehnte sich zurück und musterte sie nachdenklich. „Du bist keine 30 mehr.“

„Die Runzeln bleiben.“

Rita schüttelte den Kopf. „Dann werden wir eben mit anderen Reizen arbeiten.“ Dabei schielte sie auf Kristinas Busen.

„Rita! Ich will mich nicht an den Meistbietenden verkaufen, sondern …“

„… ihm den Verstand rauben“, fiel ihre Freundin ihr ins Wort. „Diese Naturmasche kannst du dir gleich abschminken. Tom steht auf echte Frauen, das merkt man. Also benimm dich auch so. Du hast keinen Grund, dich zu verstecken.“

Kristina gab auf. Erstens konnte sie Rita sowieso nicht von ihrem Schönheitstrip abbringen, und zweitens war heute ja erst Dienstag. Da bleibt mir ja noch viel Zeit, dachte sie.

Die folgenden drei Tage vergingen allerdings wie im Flug. Als Kristina am Freitagmorgen aufwachte, spürte sie eine leichte Übelkeit. Kein Wunder. Wie lange war es her, dass sie mit einem Mann verabredet gewesen war? Monate. Und mit einem so jungen Mann? Das lag Jahre zurück. O Gott, ihr war jetzt schon schwindlig, wenn sie an den bevorstehenden Abend dachte. Ich sag es ab, überlegte sie. Ach Quatsch, es ist nur ein Geschäftsessen, ein Meeting. Ein Gedanke jagte den nächsten. Aufgewühlt ging sie ins Bad.

Beim Frühstück in der Küche war sie zunächst allein. Sophie war die letzten beiden Tage nur zum Schlafen nach Hause gekommen. Genauso wie Klaus, der tagsüber mit Abwesenheit geglänzt hatte. Nicht, dass es Kristina gestört hätte. Im Gegenteil. Sie hatte die Ruhe genossen und hatte sich sogar dabei ertappt, wie sie davon geträumt hatte, endlich alleine zu leben – ohne Vater und Tochter. Denn weder Klaus noch Sophie kümmerten sich um die alltäglichen Kleinigkeiten, die für das Zusammenleben unter einem Dach so wichtig waren: War noch genug Kaffee, Milch, Obst, Brot, Wasser im Haus? Wer brachte die Wäsche in die Reinigung? Wer holte sie wieder ab? All das blieb an Kristina hängen, und wenn sie die Aufgaben nicht übernahm, stand alles still. Erst heute Morgen hatte sie festgestellt, dass der Rest

Milch im Kühlschrank sauer geworden war. Sie hätte ihren Morgenkaffee schwarz trinken müssen, doch so schmeckte er ihr eben nicht. Missmutig schüttete sie ihn in den Ausguss. Das fing ja gut an.

In dem Moment platzte Sophie in die Küche. „Hi Mum."

„Hallo Fremde", begrüßte Kristina ihre Tochter schnippisch.

Sophie ignorierte den Seitenhieb und öffnete den Kühlschrank. „Wo ist denn die Milch?"

„Keine mehr da."

Ihre Tochter verzog das Gesicht. „Warum nicht?"

„Ich bin nicht zum Einkaufen gekommen", entschuldigte Kristina sich automatisch, besann sich dann jedoch. „Du offenbar auch nicht. Oder betrachtest du deinen Aufenthalt hier als Wellnessurlaub mit Vollpension?"

Verblüfft starrte Sophie ihre Mutter an. „Sorry. Äh … was ist denn mit dir los? Schlecht gelaunt?"

„Eigentlich nicht, aber ich bin es leid, mich um alles kümmern zu müssen. Ich habe auch noch ein eigenes Leben."

Sophie grinste und nahm sie in den Arm. „Sag doch was, dann kaufe ich ein."

„Du bist doch kein Kind mehr, dem man sagen muss, was es tun soll." Kristina schmollte. Genau darauf hatte sie keine Lust: Sie wollte niemandem mehr sagen müssen, was er zu tun hatte und was nicht. Die anderen waren schließlich erwachsen.

„Dann brauche ich dich wohl nicht zu fragen, was du heute Abend kochst, oder?"

„Nein, ich bin verabredet."

„Mit wem?", fragte Sophie neugierig.

„Kennst du nicht", schwindelte Kristina, die im Augenblick nicht mit ihrer Tochter über Tom reden wollte.

„Na dann wünsche ich einen schönen Abend", meinte Sophie. „Und du weißt ja: niemals ungeschützt!"

Kristina musste lachen. „Wie sprichst du mit deiner Mutter?" Bei den Worten setzte sie eine gespielt finstere Miene auf und erhob drohend die Hand.

Sophie spielte das Spielchen mit. Sie duckte sich und erwiderte mit betont flehentlicher Stimme: „Bitte nicht wieder schlagen."

„Schau, dass du Land gewinnst, bevor ich mich vergesse."

Lachend richtete Sophie sich auf, wandte sich um und sagte: „Hör auf mich und zieh das rote Kleid an, das mit dem tiefen Ausschnitt. Ciao!" Und damit war sie verschwunden.

Das rote Kleid, überlegte Kristina. Warum eigentlich nicht? Sie würde das mit Rita besprechen.

Wenig später ging sie hinunter in die Praxis, in der sie bereits der erste Patient erwartete. Rita hatte fast alle Termine umlegen können, doch drei Patienten hatten sich partout nicht abwimmeln lassen. Kristina stürzte sich mit Elan in die Arbeit, denn das lenkte sie ab. Wenigstens für die nächsten zwei Stunden.

Kaum war der letzte Patient verschwunden, begleitete Rita sie nach oben in die Wohnung. „Hier, das ist eine Wundercreme von La Mer", sagte ihre Freundin. „Trag sie gleich mal auf. Die verwandelt sogar Trockenobst in einen saftigen Pfirsich."

Kristina nahm die Packung und fischte den Beipackzettel heraus. „Wo ist meine Brille?", fluchte sie. Die Schrift war viel zu klein. Mit der Lesebrille auf der Nase und der Packungsbeilage in der Hand ließ sie sich auf dem Bett nieder.

„Da ist nichts drin, was dir schadet", versicherte Rita, die währenddessen Kristinas Kleiderschrank nach einem passenden Outfit durchsuchte. Dazu nahm sie jedes Kleid kritisch unter die Lupe.

Plötzlich stieß Kristina einen Schrei aus.

„Was ist los?", fragte Rita erschrocken.

„Meine Oberschenkel!", jammerte Kristina. „Warum sind die auf einmal so dick?"

Rita beugte sich über sie und schüttelte verständnislos den Kopf. „Die sind doch nicht dick." Sie zog Kristina die Brille von der Nase und fügte hinzu: „Das liegt nur an diesem Vergrößerungsglas."

Erleichtert atmete Kristina auf. „Hab ich mich erschrocken!"

„Geht mir genauso, wenn ich in deinen Kleiderschrank sehe", murmelte Rita beiläufig und wühlte sich durch die Sachen, die dort ordentlich aufgereiht hingen. „Das ist der Schrank einer Ehefrau und nicht der eines Singles auf Freiersfüßen. Alles, was da hängt, ist praktisch, brav, langweilig. Null Sex. Mannomann."

„Du übertreibst mal wieder."

„Nein. Du solltest deine Garderobe dringend deinem Zustand anpassen. Sonst wird des fei nix mer mitm Valiem", meinte Rita und hielt ihr das rote Kleid hin, das Sophie ihr bereits empfohlen hatte. „Schlupf ama nei da."

„Dein Dialekt … Hat der noch keinen Kerl in die Flucht geschlagen?"

„Im Gegenteil", schnurrte Rita. „Männer törnt das an."

Kristina zog das Kleid an und betrachtete sich im Spiegel. Ja, es stand ihr sehr gut. „Das habe ich ewig nicht getragen."

„Ein Jammer. Aber Sophie hat recht", stellte Rita fest. „Es ist perfekt. Einfach speckdakulärrr!"

Als ihre Freundin sie auch noch dazu überreden wollte, einen Push-up-BH zu tragen, zögerte Kristina. „Sieht das nicht aus wie ein Pamela-Anderson-Abklatsch?"

„Nix da", widersprach Rita. „Der Zweitpopo vorne ist voll im Trend. Und jetzt zieh dich wieder um. Du musst zur Kosmetik und danach zum Friseur."

Kristina ließ alles klaglos über sich ergehen, obwohl die Verschönerungsarbeiten Stunden dauerten. Sie ließ sich sogar die Wimpern färben, ein paar Highlights ins Haar machen und die Beine wachsen. Doch als Rita ihr auch noch ein spezielles Waxing nahelegte, winkte Kristina ab und meinte: „Der Busch bleibt, wie er ist."

„Top, die Wolle quillt", zog Rita sie auf. „Das trägt man heute nicht mehr, meine Liebe."

„Woher weißt du denn, was ich trage? Außerdem spring ich nicht mit ihm ins Bett. So eine bin ich nun wirklich nicht."

„Dein Pech. Du bist unbelehrbar", gab Rita spitz zurück. „Du wirst schon sehen, was du davon hast."

Am Abend erreichte Kristina mit dem Taxi das Haus, in dem Tom und auch ihr Sohn wohnten, und sie sah nach oben. In Philipps Wohnung brannte kein Licht, alle Fenster waren dunkel. Kristina atmete auf. Wie hätte ihr Sohn wohl reagiert, wenn er seiner Mutter zufällig im Treppenhaus begegnet wäre, die gerade auf dem Weg zu Tom war? Dieses Zusammentreffen blieb ihr zum Glück erspart.

Sie hatte weiche Knie, als sie vor Toms Wohnungstür stand und die Klingel drückte. Drinnen hörte sie Schritte, die näher kamen, und sie holte tief Luft. „Ich bin ruhig und entspannt", murmelte sie leise vor sich hin und setzte ein strahlendes Lächeln auf.

Die Tür wurde geöffnet, Tom lächelte sie an. „Schön, dass du da bist", begrüßte er sie und küsste sie auf beide Wangen. Er trug ausgewaschene Hüftjeans und ein enganliegendes Hemd. Seine nackten Füße steckten in Wildledermokassins.

Außerdem hatte er ein großes Küchenhandtuch wie eine Schürze umgebunden. Er sah einfach umwerfend aus. Tom trat zur Seite, und Kristina schlüpfte an ihm vorbei.

„Du siehst umwerfend aus", sagte er und sprach damit aus, was sie kurz zuvor gedacht hatte. Dann legte er den Arm um ihre Taille und führte sie in die Küche, die zum Wohnzimmer hin offen war.

„Man sieht sofort, dass du Architekt bist", stellte Kristina fest, während sie den Blick schweifen ließ. „Was für eine schicke Wohnung."

„Schön, dass sie dir gefällt. Champagner?" Er zeigte ihr die Flasche. Ayala stand auf dem Etikett. „Hast du den schon mal getrunken?"

Kristina schüttelte den Kopf und nahm das Glas in Empfang, das er ihr reichte. Sie stießen an. Kristina spürte ein angenehmes Prickeln auf ihrer Haut. Es war, als würde der Champagner nicht durch ihre Kehle rinnen, sondern über ihren Körper laufen. „Lecker."

Tom nickte nur und stellte sein Glas ab.

„Was gibt es denn?", wollte Kristina wissen, als sie zum Herd schaute und dort keinen einzigen Topf entdecken konnte.

Er grinste. „Sashimi. Meine Kochkünste sind leider sehr begrenzt. Ich habe zur Sicherheit Philipp gefragt, ob du rohen Fisch magst."

Ein leichter Schwindel überkam sie. Ob er Philipp tatsächlich davon erzählt hatte? Kristina kam sich irgendwie ertappt vor.

„Ich dachte, dabei könnten wir am besten über die Pläne sprechen", fuhr Tom fort.

Ich blöde Kuh, dachte Kristina. Natürlich war sie bloß hier, um mit ihm über den Umbau zu reden. Was sollte also der ganze Stress? Diese Erkenntnis ernüchterte sie derart, dass ihre Nervosität etwas nachließ. „Perfekt", entgegnete sie.

Dann griff sie nach der Kartonrolle, die sie vorhin kurz abgelegt hatte, öffnete sie und zog den Grundriss heraus. Sie breitete das Papier auf dem Esstisch aus, während Tom eine Platte mit rohem Fisch aus dem Kühlschrank holte und sie mit an den Tisch brachte. Danach sah er sich den Plan an und vertiefte sich augenblicklich darin.

„Bin gleich wieder da", meinte er nach einer Weile und verschwand. Kurz darauf kam er mit einer Rolle Skizzenpapier, einem Maßstab und einem Bleistift zurück. Mit schnellen Strichen hatte er die Umrisse des Erdgeschosses nachgezogen und ein paar Veränderungen skizziert. „Ja", sagte er zufrieden, „so hatte ich mir das gedacht, und es funktioniert." Er wandte sich Kristina zu. „Hunger?"

Sie nickte.

„Dann lass uns essen. Danach erkläre ich dir meine Vorschläge."

Kristina liebte Sashimi. Tom hatte genau ihren Geschmack getroffen. Vorsichtig mischte sie in dem Schälchen auf ihrem Teller, das für diesen Zweck vorgesehen war, etwas Wasabi, den japanischen Meerrettich, unter die Sojasoße. Während sie aßen, erzählte Tom von seinem Beruf und seinen Plänen, und er fragte Kristina auch nach den ihren. Kristina hatte sich lange nicht mehr so angeregt unterhalten. Der Champagner, den Tom großzügig nachschenkte, tat sein Übriges. Tom flirtete mit ihr, überhäufte sie mit Komplimenten, und Kristina ließ sich auf dieses Spiel ein, als hätte sie in den vergangenen Jahren nie etwas anderes getan.

Schließlich lag nur noch ein einziges Stück Thunfisch auf der Platte. „Für dich", sagte Tom.

Kristina winkte ab. „Nimm du."

Daraufhin nahm Tom den Fisch zwischen die Essstäbchen, tunkte ihn in die Sojasoße und hielt ihn Kristina vor den Mund. „Nein, das ist für dich", erklärte er leise.

Sie öffnete den Mund und bemerkte, dass Tom konzentriert ihre Lippen betrachtete. Kristina hatte das Gefühl, dass die Luft gleich Funken schlagen würde.

Tom räusperte sich und legte die Stäbchen zurück auf den Teller. „Soll ich dir jetzt meine Vorschläge zeigen?"

„Deswegen bin ich ja hier", sagte sie heiser.

Tom brummte etwas, das Kristina nicht verstand. Anschließend räumte er den Tisch frei, rollte den Plan aus und setzte sich auf den Stuhl neben Kristina. Während er ihr seine Ideen für den Umbau anhand der Skizzen zeigte, beugte er sich zu ihr hinüber. Sein Körper berührte den ihren, selbst sein Knie spürte sie an ihrem Bein. Ihr lief es heiß und kalt den Rücken hinunter. Sie versuchte, nur an die Pläne zu denken und seine Nähe zu ignorieren, doch ihr Herz schlug wie wild.

„Was hältst du davon?", wollte er wissen.

Sein Gesicht war ihr plötzlich so nah. „Klingt sehr gut", antwortete sie verwirrt. Soweit sie ihm hatte folgen können, gefielen ihr seine Vorschläge. Ohne Brille konnte sie die Details nicht erkennen, aber jetzt die Lesebrille aufzusetzen, war undenkbar. „Was würde das denn kosten?", fragte sie.

„Grob geschätzt etwa 4.000 Euro, aber ich werde das noch genau ausrechnen. Wäre das in deinem Budget drin?"

Kristina nickte.

„Ich kenne ein paar gute Firmen. Mit denen würde ich dann einen Festpreis vereinbaren." Er sah sie so intensiv an, dass Kristina schlucken musste. „Äh … Kristina … darf ich dich küssen?"

Kristina hatte das Gefühl, den Boden unter den Füßen zu verlieren. Langsam kam Tom ihr immer näher. Sie wich einen Millimeter zurück, doch dann folgte sie ihrer inneren Stimme, die genau das Gegenteil wollte.

„Wir sollten das nicht tun“, murmelte sie, aber schließlich gab sie sich ihm hin. Sie spürte seine Lippen, die sie zart berührten. Sie spürte, wie er den Kuss mit wachsender Leidenschaft vertiefte. Sie spürte seine Finger in ihrem Nacken, die zärtlich mit ihrem Haar spielten.

„Das wollte ich von der ersten Minute an tun“, gestand er ihr. „Ich habe mich im ersten Augenblick in dich ver…“

Das Klingeln an der Wohnungstür unterbrach ihn jäh. Sie sahen sich an. Keiner rührte sich.

„Wer ist denn das, verdammt noch mal?“, fluchte er irritiert.

Es klingelte erneut.

„Ich bin gleich wieder da. Lauf nicht weg“, sagte er zu ihr und verschwand.

Kristina nutzte die Pause, um ihre Fassung zurückzugewinnen. Sie nahm einen großen Schluck aus ihrem Wasserglas. Ihr war schwindlig. Hektisch suchte sie nach dem Puderdöschen in ihrer Handtasche, um ihr Aussehen zu überprüfen. Die Wimperntusche war noch da, wo sie sein sollte, und zwischen den Zähnen waren keine Essensreste zu erkennen. Als Kristina sich die Lippen nachzog, hörte sie draußen an der Tür Philipps Stimme. Prompt verschmierte sie vor Schreck den Lippenstift. Kurz darauf kam Tom jedoch allein zurück.

„Das war Philipp“, erklärte er mit einem Augenzwinkern und setzte sich wieder. „Darf ich mal?“ Er nahm seine Serviette und wischte damit sanft an ihrer Lippe entlang. „Jetzt ist es perfekt“, meinte er und wollte sie küssen.

„Hast du ihm etwa gesagt …?“, fragte sie.

„Nein, er weiß zwar, dass ich nicht allein bin. Deswegen ist er auch so schnell wieder gegangen. Aber ich habe ihm nichts von dir erzählt.“

„Gut.“ Kristina stand auf. „Ich glaube, ich sollte jetzt gehen. Kannst du mir ein Taxi rufen?“

Er legte seine Arme um ihre Taille und zog sie an sich. „Bleib doch noch“, bat er sie und gab ihr einen Kuss.

„Ich bin ziemlich verwirrt“, gestand sie. Ihr war, als würde sie gleich umfallen, so weiche Knie hatte sie plötzlich. „Ich muss erst einmal wieder einen klaren Kopf bekommen.“

„Dann sehen wir uns morgen?“ Tom hielt sie fest.

„Willst du das denn?“ Kristina löste sich aus seinen Armen.

„Würde ich sonst fragen?“

Wenig später begleitete Tom sie hinunter. Bevor sie das Haus verließen, hielt er sie noch einmal zurück und küsste sie.

Kristina schob ihn sanft weg. „Das geht mir zu schnell.“

„Tut mir leid.“

„Das muss es nicht.“

Er nahm ihre Hand, führte sie zum Taxi, das bereits vor dem Haus wartete, und öffnete ihr die Wagentür. Aus dem Rückfenster konnte Kristina sehen, dass er genau dort stehen blieb, bis das Taxi um die Ecke gebogen war. Während sie nun durch die nächtliche Stadt nach Hause fuhr, dachte sie über die vergangene Stunde nach.

Was um Himmels willen war gerade geschehen? Sie hatten sich wirklich geküsst. Und um ein Haar hätte sie ihren Widerstand aufgegeben und wäre geblieben. Kristina seufzte. Zum Glück hatte sie nicht komplett die Kontrolle über sich verloren. Zum Glück war Philipp aufgetaucht. Ein Wink des Schicksals? Bestimmt war es besser so. Und morgen würde die Welt schon wieder anders aussehen.

6

Heute war Samstag, und kein Patient wartete auf sie. Kristina hätte eigentlich ausschlafen können. Stattdessen sprang sie schon um kurz vor sieben Uhr leichtfüßig aus dem Bett und verließ nach einer Katzenwäsche in Sportklamotten das Haus. Gut gelaunt lief sie los. Sie fühlte sich so frisch wie seit langem nicht mehr. Offensichtlich hatte der gestrige Abend wie eine Frischzellenkur gewirkt. Sie joggte fast 40 Minuten durch den Park, der sich ganz in der Nähe von ihrem Haus befand.

Auf dem Rückweg holte sie beim Bäcker frische „Semmeln, Brez'n und Nusshörnderl" und besorgte aus dem Laden daneben noch die Süddeutsche Zeitung. Dann legte sie einen Schlussspurt ein und kam atemlos zu Hause an. Von ihrem Vater und von Sophie war nichts zu hören. Beide schienen noch zu schlafen – wenn sie denn überhaupt zu Hause waren. Umso besser, dachte Kristina bei sich.

Nach einer ausgiebigen Dusche bereitete sie sich in der Küche ein üppiges Frühstück zu. Sie deckte für drei. Als alles angerichtet war, fing sie jedoch alleine an zu frühstücken. Sie stellte das Radio an und schlug die Zeitung auf.

Was für ein wunderbarer Morgen, schoss es ihr durch den Kopf. Genüsslich biss sie in ihre Butterbrez'n. Und wieder kam ihr der Gedanke, wie schön es wäre, wenn sie endlich alleine leben könnte. Ohne Kind und Kegel, ohne gelegentliche Hotelgäste und ohne die bucklige Verwandtschaft, wie Sophie sich ausdrückte.

„Du Egoistin", schimpfte sie sich im gleichen Moment und fügte hinzu: „Rabenmutter."

Nachdem sie zu Ende gefrühstückt und die Zeitung gelesen hatte, sah sie auf die Uhr. Es war fast halb zehn, und von ihren beiden Mitbewohnern war immer noch nichts zu hören. Eine leise Sorge beschlich sie. Ob ihrem Vater vielleicht etwas zugestoßen war? Vielleicht lag er im Bett und konnte sich nicht rühren? Sofort verließ sie die Küche und stieg die Treppe hinauf unters Dach. Sie klopfte an die Wohnungstür.

„Papa? Bist du wach?“ Sie wartete, doch bekam keine Antwort. Bevor sie öffnete, klopfte sie erneut an und sagte: „Ich komme jetzt rein.“

Die Wohnung war verwaist, das Bett unbenutzt. Es musste etwas passiert sein. Schließlich war es noch nie vorgekommen, dass ihr Vater die Nacht nicht zu Hause verbracht hatte – es sei denn, er war weggefahren. In dem Fall hatte er Kristina aber stets darüber informiert. Rasch verließ sie nun die väterliche Wohnung und lief schnell hinunter zu Sophies Zimmer.

„Sophie? Bist du wach?“ Sie wartete, doch bekam keine Antwort. Bevor sie öffnete, klopfte sie erneut an und sagte: „Ich komme jetzt rein.“ Auch das Zimmer ihrer Tochter war leer und das Bett unbenutzt.

Langsam ließ Kristina sich auf das Bett sinken. Na prima. Wo steckten die beiden bloß, und warum hatte ihr niemand etwas gesagt? Und vor allem: Was sollte sie jetzt tun?

Sie ging hinüber in ihr eigenes Zimmer und wählte zuerst Sophies Handynummer. Der Anrufbeantworter schaltete sich ein. „Sophie, Mama hier. Wo steckst du? Ich mache mir Sorgen. Melde dich“, sprach sie auf das Band.

Anschließend rief sie ihren Vater auf dessen Handy an. Er meldete sich sofort. „Papa“, sagte Kristina mit vorwurfsvollem Ton. „Wo bist du? Du warst heute Nacht ja gar nicht zu Hause.“

„Nein … äh … mir geht es bestens … Ich erkläre dir alles später, wenn ich zurück bin“, antwortete er geheimnisvoll.

„Aber wo hast du denn übernachtet?“ Kristina wollte eine Erklärung.

„Das erfährst du früh genug. Mach dir keine Sorgen. Bis später.“ Und damit beendete er das Telefonat, bevor Kristina reagieren konnte.

Empört knallte sie den Hörer auf die Gabel, als das Telefon auch schon wieder klingelte. Wütend nahm sie das Gespräch an und fauchte: „Wieso legst du einfach auf?“

„Mama, was ist denn los?“ Es war Sophie.

„Ach, ich dachte, du wärst jemand anders. Wo steckst du?“, erkundigte Kristina sich und unterdrückte dabei ihren Ärger.

„Bei Sven.“

„Verstehe. Also ist alles wieder in Ordnung?“

„Weiß ich noch nicht.“

„Na dann viel Vergnügen.“ Diesmal war es Kristina, die abrupt auflegte. Ihr könnt mich alle mal gernhaben, dachte sie. Ab jetzt ist Schluss mit lustig.

Den Vormittag verbrachte sie damit, Besorgungen zu machen und einzukaufen. Bettwäsche und Bügelsachen mussten in die Wäscherei, der Kühlschrank brauchte dringend Nachschub, danach fuhr sie beim Schuhmacher vorbei und holte endlich die Schuhe ab, die sie vor Wochen zum Richten gebracht hatte. Als sie gegen Mittag nach Hause zurückkehrte und aus dem Auto stieg, kam Klaus ihr entgegen.

„Ach, ich wollte gerade wieder gehen“, sagte er fröhlich. „Aber wenn du willst, kann ich dir noch beim Ausladen helfen.“

„Übernimm dich nur nicht.“ Ohne ihn weiter zu beachten, begann sie, die Tüten aus dem Kofferraum ins Haus zu tragen.

Ihr Vater nahm die anderen Tüten aus dem Wagen und folgte ihr. „Warum bist du so sauer?“, fragte er sie, als sie alles in die Küche gebracht hatten.

„Weil hier jeder macht, was er will, und ich die Dumme bin.“

„Manchmal geschehen Dinge im Leben – auch in so weit fortgeschrittenen Leben wie meinem –, die nicht vorhersehbar sind“, erklärte er ruhig.

„Geht das auch etwas verständlicher?“, bohrte Kristina ungeduldig nach.

„Ich habe da jemanden kennengelernt ...“

„Jemanden?“, fiel sie ihm ins Wort. „Einen Hund, einen Nachbarn, einen Steuerfahnder?“

„Eine Frau natürlich.“

„Und bei der hast du die Nacht verbracht?“, fragte sie ungläubig.

„Und wenn dem so wäre?“, entgegnete er trotzig. „Jetzt muss ich auch schon wieder weg, wir sind verabredet. Und warte nicht auf mich. Ich weiß nicht, wann ich nach Hause komme.“ Er küsste sie sanft auf die Stirn und verschwand.

Verkehrte Welt, dachte sie. Mein Vater ist auf Freiersfüßen unterwegs, und ich mache mir Sorgen. Aber bei nächster Gelegenheit würde sie ihn zur Rede stellen. Sie wollte wissen, wer diese Frau war und was sich da hinter ihrem Rücken abspielte. Was Sophie betraf, machte sie sich keinerlei Gedanken. Schließlich war dieses Hin und Her mit Sven nichts Neues.

Kristina packte die Einkaufstüten aus. Sie beschloss, dass die Küche auf jeden Fall bis auf weiteres kalt bleiben würde. Wenn die anderen ihrer eigenen Wege gingen, würde sie das eben auch tun. Als sie ins Wohnzimmer kam, hörte sie den Anrufbeantworter ab. Rita hatte ihr eine Nachricht hinterlassen: Sie brannte darauf, alles über den gestrigen Abend zu erfahren. Kristina wollte sie nicht länger auf die Folter spannen. Sie setzte sich in den bequemen Sessel und rief ihre Freundin an. Das würde ein längeres Telefonat werden. Detailgetreu schilderte sie Rita, was gestern Abend alles geschehen war, und Rita unterbrach sie nicht ein einziges Mal.

„Allmächd! Und warum bist du nicht geblieben?“, fragte Rita, als Kristina ihren Bericht beendet hatte.

„Weil … weil es so richtig war. Ich bin keine Frau für eine Nacht.“

„Des wara schwarer Badzer.“

„Wie bitte?“

„Das war ein Fehler, meine Liebe. So einen wie Tom, den lässt man sich doch nicht entgehen“, stellte Rita in fehlerfreiem Hochdeutsch fest. „Da macht man Nägel mit Köpfen. Bleib, wo du bist. Ich komme zu dir.“

7

Kristina hatte gekocht. Nun saß sie mit Rita in der Küche, die sich bei Pasta und Weißwein noch einmal den ganzen Abend bei Tom ausführlich schildern ließ. Ihre Freundin wollte alles genau wissen. Was er angehabt hatte, wie seine Wohnung eingerichtet war, wie er den Tisch gedeckt hatte, wo er während des Essens gesessen hatte, worüber sie gesprochen und wie er sie dabei angesehen hatte.

„Aber dass du gegangen bist, war ein Riesenfehler", meinte Rita, nachdem sie jetzt jedes Detail kannte.

„Das sagst du", widersprach Kristina. „Ich finde es unmöglich, sich jedem gleich an den Hals zu werfen."

„Wir leben im 21. Jahrhundert", konterte Rita. „Und deine Unschuld musst du wirklich nicht mehr verteidigen."

„Trotzdem. Ich will, dass ein Mann um mich kämpft", sagte Kristina. „Ich spring nicht gleich mit dem Erstbesten in die Kiste. Auch … wenn ich es bei Tom gerne gemacht hätte."

Rita kicherte.

Sie stimmte mit ein und fügte hinzu: „Ich bin da wohl ziemlich altmodisch."

Erneut lachte Rita auf. „Eindeutig."

„Ja", erklärte Kristina, „so einfach will ich es einem Mann nicht machen. Sonst würde er ja denken, dass ich leicht zu haben sei."

Ihre Freundin brummte nur: „Mein Gott, und wenn schon!"

„Nein, das gehört sich nicht", beharrte Kristina.

„Lass mich dir mal erklären, wie das heute läuft, meine Liebe", hob Rita an.

Kristina war klar, dass sie Ritas Redeschwall nicht unterbrechen konnte, wenn diese erst einmal losgelegt hatte. Aber das Klingeln von Kristinas Mobiltelefon ließ ihre Freundin sofort verstummen.

„Das ist er bestimmt", raunte sie. „Geh ran und bleib am Ball."

Am Display ihres Mobiltelefons konnte Kristina jedoch erkennen, dass Philipp der Anrufer war.

„Mama", meldete er sich, „zum Glück erreiche ich dich."

„Ist was passiert?", fragte Kristina. „Du klingst so gehetzt."

„Ich bin beim Fußballtraining. Tom hat sich verletzt, irgendeine Rückenprellung. Kann ich ihn zu dir schicken?", stieß ihr Sohn atemlos hervor.

„Aber ich …"

„Du musst ihm helfen", unterbrach Philipp sie. „Du bist die Einzige, die das schnell wieder hinbekommt. Er kommt gleich mit dem Taxi."

„In Ordnung", willigte Kristina überrumpelt ein.

„Super, danke", verabschiedete Philipp sich und legte auf.

„Tom kommt her", sagte Kristina zu Rita. „Irgendwas wegen seines Rückens."

Ihre Freundin grinste. „Der Kerl gefällt mir."

„Was du wieder denkst."

„Lass dir diese Chance nicht entgehen", schärfte Rita ihr ein. „Oder brauchst du vielleicht Unterstützung?"

„Rita!"

„Bin ja schon weg."

Nachdem ihre Freundin gegangen war, stürmte Kristina ins Bad und legte hastig Make-up und Parfüm auf. Danach ging sie hinunter in die Praxis und bereitete den Behandlungsraum vor.

Es dauerte nicht lange, da sah sie durchs Fenster das Taxi vorfahren. Sie lief hinaus. Tom quälte sich aus dem Auto und humpelte ihr gebückt entgegen. Er trug noch immer sein

Fußballoutfit: kurze Hose, T-Shirt, Sportschuhe. Sie legte einen Arm um seine Taille, um ihn zu stützen.

„So sieht man sich wieder.“ Er bemühte sich, sie anzulächeln, verzog das Gesicht jedoch bald wieder.

„So schlimm?“

Er nickte. „Ich bin zu alt für solche Spielchen. Es war ein ganz normales Foul. Aber ich bin so blöd gestürzt, und dabei habe ich mir was gezerrt. Philipp sagte, dass du heilende Hände hättest. Und er hat recht. Mir geht es jetzt schon viel besser.“ Bei diesen Worten richtete er sich etwas auf.

„Na, wenn du schon geheilt bist, dann muss ich ja gar nichts mehr tun, was?“ Sie musterte ihn spöttisch.

Statt zu antworten, stöhnte Tom auf.

„Na gut, ich sehe es mir mal an. Aber wehe, du simulierst.“

„Ich doch nicht“, gab er zurück.

Sie führte ihn in den Behandlungsraum und forderte ihn auf: „Zieh bitte das T-Shirt aus und leg dich auf den Bauch.“

Als er langsam das Hemd über den Kopf zog und seinen flachen, durchtrainierten Bauch entblößte, drehte Kristina sich weg. Dabei tat sie es weniger aus Diskretion, sondern vielmehr, weil ihr das Herz bis zum Hals schlug. Sie wartete ab, bis er sich auf der Liege ausgestreckt hatte, und begann damit, seinen Rücken zu untersuchen. Schnell entdeckte sie eine Verspannung. Sie griff zum Massageöl und benetzte ihre Hände damit.

„Das ist nicht so schlimm“, beruhigte sie ihn und fing mit der Massage an. „Das haben wir gleich.“

Tom stöhnte leise auf, als sie sich fachmännisch um seine Rückseite kümmerte. Sie versuchte, sich auf die Arbeit zu konzentrieren, was ihr jedoch kaum gelang. Was für ein hübscher Anblick, was für ein gutes Gefühl, dachte sie. Sie genoss es, ihn zu massieren – und Tom tat das offensichtlich auch.

„Das tut unheimlich gut", seufzte er. „Philipp hatte wirklich recht."

Kristina lachte leise. Natürlich hatte sie Philipp ebenso wie Sophie und ihren Vater schon häufig massiert. Ihre ganze Familie kannte ihre Massagekünste. Wenn sie sich auf etwas verlassen konnte, dann darauf.

Im Vergleich zu gestern Abend kam sie sich in ihrem eigenen Haus auch viel sicherer vor. Hier befand sie sich auf vertrautem Terrain, während sie gestern manchmal das Gefühl gehabt hatte, sich auf dünnem Eis zu bewegen. Kristina nahm sich viel Zeit mit der Behandlung. Sie ertastete Toms Rücken, fühlte seine festen Muskeln und seine junge Haut. Rita hatte recht gehabt: Er war ein Adonis – und er war fünfzehn Jahre jünger. Auch wenn sie gar nicht aufhören wollte, seinen Körper zu berühren, wurde ihr nun klar, dass sie irgendwann zu einem Ende kommen musste. Also gab sie ihm schließlich einen leichten Klaps und sagte: „Die Wunderheilung ist beendet. Du darfst dich wieder anziehen."

„Och." Er seufzte zufrieden und drehte sich auf der Liege herum.

Seine Augen suchten die ihren. Er bekam ihre Hand zu fassen und verhinderte so, dass sie wegging. Kristina ließ es geschehen. Während er sie heranzog, setzte er sich auf. Dann umarmte und küsste er sie, dass ihr schwindlig wurde. Endlich schlang auch sie ihre Arme um seinen Nacken. Sanft ließ er seine Finger an ihrem Rücken hinaufwandern, dann hinunter bis knapp über ihren Po. Sie begann nun ebenfalls, seinen nackten Oberkörper zu streicheln. Alles kam ihr so natürlich vor. Bald wurde aus der zarten Liebkosung eine leidenschaftliche Umarmung. Er schob seine Hände unter ihre Bluse und strich über ihre Haut. Schließlich öffnete er ihr Oberteil Knopf für Knopf, ohne dabei den Kuss zu unterbrechen.

„Soll ich aufhören?", fragte er.

Ja!, rief die Stimme der Vernunft in Kristinas Kopf. „Nein."

Es dauerte nicht lange, und sie waren beide nackt. Tom hob sie auf die Behandlungsliege. Als sie nun vor ihm saß, drängte er sich zwischen ihre Schenkel. Alles geschah mit einer solchen Selbstverständlichkeit, dass Kristina ihre letzten Skrupel über Bord warf. Tom begehrte sie und sie ihn. Und so ließ sie sich von ihrem Verlangen mitreißen. Kurz darauf spürte Kristina, wie eine heiße Woge sie von Kopf bis Fuß durchflutete, und sie erreichten beide gleichzeitig den Höhepunkt. Tom hielt sie danach noch lange fest umschlungen und schmiegte seinen Kopf an ihren Hals. Sie fühlte seine Lippen auf ihrer Haut.

„Du schmeckst salzig", sagte er leise. „Wir sollten duschen gehen."

Das war's dann also, dachte Kristina.

Doch Tom richtete sich auf und sah sie verliebt an. „Ist unter deiner Dusche Platz für zwei?"

Kristina nickte wortlos. Sie ergriff seine Hand, glitt von der Liege, wickelte ein Handtuch um ihren Körper und führte ihn nach nebenan.

„Du bist eine so schöne Frau", murmelte er, während er neben ihr herging und sie nicht aus den Augen ließ.

Kristina atmete tief ein, sagte jedoch nichts. Ob ihn ihr Achselfett störte, würde sie ja bei anderer Gelegenheit noch erfragen können. In der Dusche begann Tom damit, sie einzuseifen, und ließ keine Stelle aus. Kristina hatte das Gefühl, als würde sie schweben. Sie bemerkte, dass Tom schon wieder Lust hatte. Doch er machte keine Anstalten, sondern kümmerte sich nur um sie.

„Wollen wir in mein Schlafzimmer gehen?", schlug sie vor.

„Da fragst du noch?"

Er wusch die Seife ab und stieg aus der Dusche. Dann nahm er ein Handtuch und hielt es ausgebreitet vor sie, so dass sie sich darin einhüllen konnte. Nachdem Tom ein zweites Handtuch um seine Hüften geschlungen hatte, folgte er ihr nach oben. Sie verbrachten den ganzen Nachmittag in ihrem Bett.

Zwischendurch verschwand Kristina kurz, um etwas zu essen und zu trinken zu holen. „Sex macht ziemlich hungrig", stellte sie lachend fest, als sie das Tablett, das sie vollbeladen aus der Küche mitgebracht hatte, komplett leer gefuttert hatten. „Das hatte ich völlig vergessen."

Überhaupt kam es Kristina so vor, als wäre Tom weitaus hungriger als sie. Und tatsächlich erzählte er im Lauf des Nachmittags, dass er seit einiger Zeit Single war. Kristina wollte es gar nicht glauben, als Tom hinzufügte, dass er an flüchtigen Abenteuern nicht interessiert war und dass ihn die meisten Frauen – vor allem die in seinem Alter – recht bald langweilten.

Sie nahm das als Stichwort und sagte: „Tom, ich bin 15 Jahre älter als du."

„Hilfe, du bist 15 Jahre älter? Wie konntest du mich nur so täuschen?" Er starrte sie gespielt entsetzt an, bevor sich ein Lächeln auf seinem Gesicht ausbreitete.

„Blödmann."

„Ich weiß, wie alt du bist. Von Philipp." Tom umfasste ihren Kopf und küsste sie sanft. „Aber erstens siehst du jünger aus, und zweitens finde ich dich unglaublich anziehend."

„Und was siehst du in dieser Sache mit uns?"

„Einen Anfang. Oder wolltest du nur einen One-Night-Stand?"

„Natürlich. Was hast du denn gedacht?" Kristina musterte ihn kühl, dann lächelte sie ihn an. „Ich hatte noch nie einen One-Night-Stand."

„Da hast du nichts versäumt."

„Aber ich bin so unsicher, was uns betrifft." Kristina zog die Beine an und schlang ihre Arme um die Knie.

„Schade, ich dachte, du bist selbstbewusst und weißt, was du willst. Das strahlst du zumindest aus." Tom sah sie fragend an.

„Normalerweise ist das auch so, aber du stellst mein ganzes Weltbild auf den Kopf."

„Wunderbar." Er strahlte über das ganze Gesicht. „Ein Vorschlag: Wir lassen es einfach mal laufen und sehen, was geschieht."

Kristina dachte kurz darüber nach. „Mmh, ja, aber eine Bedingung hätte ich. Ich möchte vorerst nicht, dass meine Kinder davon erfahren. Und auch nicht mein Vater."

Toms Miene wurde ernst. „Ich verstehe nicht, warum …"

„Bitte, Tom", unterbrach Kristina ihn.

„Wenn du das so willst."

„Ja bitte. Ich brauche einfach etwas Zeit."

Er nahm sie in den Arm. „Du bekommst von mir alle Zeit dieser Welt."

Sie küssten sich. Dann flüsterte sie ihm ins Ohr: „Danke … aber das bedeutet auch, dass du hier nicht übernachten kannst. Vorerst."

„Du wirfst mich raus?", sagte er betont aufgebracht. „So läuft das also: Du hast bekommen, was du wolltest, und jetzt darf ich mich schleichen."

„Genau", erwiderte Kristina und ließ sich auf das Spielchen ein. „Ich wollte bloß deinen Körper. Mir ging es nur um Sex."

„Na gut. Kann ich Ihnen sonst noch irgendwie zu Diensten sein?", gab er zurück.

„Ich bitte darum."

Das ließ Tom sich nicht zweimal sagen. Erst als es dunkel wurde, verließ er ihr Haus. Kristina war erleichtert, dass ein unfreiwilliges Zusammentreffen mit Sophie oder ihrem Vater ausblieb.

Nachdem Tom gegangen war, räumte sie die Spuren ihres Zusammenseins in ihrem Schlafzimmer auf, trug das Tablett in die Küche und stellte das benutzte Geschirr in die Spülmaschine. Danach ging sie hinunter in die Praxis und beseitigte auch dort alles, was auf Toms Anwesenheit hätte hinweisen können. Anschließend nahm Kristina eine ausgiebige Dusche. Sie hielt sich länger als üblich im Badezimmer auf und cremte ihr Gesicht ein.

Obwohl Tom sich rasiert hatte, konnte sie seine Bartstoppeln noch immer auf ihrer Haut spüren. Auch eine andere Stelle brannte angesichts ungewohnter intensiver Berührung. Aber sie genoss dieses Gefühl.

Kristina schlüpfte in ihren flauschigen Bademantel und ging zurück in die Küche. Sie schenkte sich ein Glas Weißwein ein und holte sich die Tüte mit den Pistaziennüssen aus dem Schrank. Gerade wollte sie sich zurückziehen, als ihr Vater auftauchte. „Ach schön, dass du da bist", meinte sie. „Trinken wir noch zusammen ein Glas Wein?"

„Heute nicht", lehnte er ab.

„Du willst doch nicht schon zu Bett gehen, oder?" Fragend betrachtete sie ihren Vater. „Es ist erst kurz vor zehn."

„Tut mir leid, aber ich bin todmüde. Gute Nacht." Damit ließ er sie stehen.

So hat jeder seine Heimlichkeiten – du auch, meine Liebe, dachte sie bei sich und zog sich in ihr Schlafzimmer zurück. Kristina kuschelte sich in ihr Bett, in dem noch alles nach Tom roch, und schlief glücklich ein.

8

Den Sonntag verbrachte Kristina zu Hause. Tom war mit seiner Mutter verabredet, was offenbar sehr selten vorkam. Sie schien viel unterwegs zu sein und kaum Zeit zu haben, was Tom mit einem bitteren Unterton hatte durchklingen lassen. Kristina hatte nicht weiter nachgefragt. Das Einzige, was sie wirklich interessiert hatte, war das Alter dieser Frau.

„Auf keinen Fall ist sie jünger als du“, hatte Tom ihr verraten. „Aber warum begleitest du mich nicht und lernst sie kennen?“

Er hatte sie eingeladen, ihn zu begleiten, aber auf ein Zusammentreffen mit seiner Mutter hatte Kristina überhaupt keine Lust gehabt. Die Eltern des Geliebten trifft man nicht gleich am Anfang, hatte sie gedacht. Und so war sie zu Hause geblieben und genoss es nun, in Erinnerungen an den gestrigen Tag zu schwelgen. Außerdem erreichte sie fast stündlich eine SMS von ihm mit zärtlichem Text. Kristina trug das Mobiltelefon die ganze Zeit mit sich herum, um auf keinen Fall eine seiner Nachrichten zu verpassen.

Wider Erwarten war ihr Vater zu Hause. Er frühstückte mit ihr, verriet jedoch mit keiner Silbe, was mit ihm los war. Wenigstens war er bester Dinge, so dass Kristina sich nicht weiter den Kopf darüber zerbrach. Irgendwann würde er schon damit herausrücken, was hinter seiner neuen Unternehmungslust steckte.

Dann schaute Rita vorbei. Sie brannte darauf, von den neuesten Entwicklungen zu erfahren, und hatte nicht bis zum Montag warten wollen. „Nicht erzählt ist nicht erlebt“, lautete Ritas Devise.

Und Kristina enttäuschte ihre Freundin nicht. Schließlich gab es viel zu berichten. Kaum war Rita gegangen, rief ihr Ex-Mann Peter an und bat um eine kurze Unterredung. Kristina ahnte, was er mit ihr besprechen wollte. Entspannt erwartete sie seinen Besuch. Ihr Gefühl sollte sie nicht täuschen.

„Gut siehst du aus", begrüßte er sie und musterte sie.

„Was dagegen?", erwiderte Kristina und schenkte ihm ein strahlendes Lächeln.

„Äh, nein", antwortete Peter verunsichert.

Wahrscheinlich denkt er, dass ich ihm noch nachweine, überlegte sie. „Setz dich doch. Wasser? Kaffee? Champagner?", fragte sie und mimte die perfekte Gastgeberin.

„Champagner?" Peter sah sie verwirrt an.

Es war ihr gelungen, ihren Ex völlig aus dem Konzept zu bringen, wie sie zufrieden feststellte. „Ich dachte, es gibt vielleicht einen Grund zu feiern."

„Ja … äh … Also ich wollte dir eigentlich nur erzählen, dass Julia schwanger ist."

„Herzlichen Glückwunsch", sagte Kristina, „Papa in spe."

Peter grinste schief. Offensichtlich hatte er nicht damit gerechnet, dass sie so locker darauf reagieren würde.

„Ich hoffe, es ist von dir", plauderte sie fröhlich drauflos. „Als Vater weiß man das ja nie. So ohne DNA-Test, mein ich. Aber deine Julia wird dir schon kein Kuckucksei unterschieben, nicht wahr? Na ja … jetzt setz dich doch", forderte sie ihn auf.

„Also weißt du …", hob Peter entrüstet an.

Doch Kristina ließ ihm keine Zeit, seine Empörung zu vertiefen, und fiel ihm ins Wort: „Wann ist es denn so weit?"

„November."

„Für mich wäre das ja nichts. Keine Nacht mehr durchschlafen, Windeln über Windeln, und kaum ist das überstanden, kommen die Zähnchen. Und dann die Rotznasen, den ganzen Winter lang. Ogottogott, ich glaube, dafür wäre ich zu alt", plapperte sie weiter, ohne ihn zu Wort kommen zu lassen.

Peters Miene war verschlossen. „Na ja, Julia ist ja noch jung."

„Stimmt", pflichtete sie ihm bei. „Aber was ist mit dir? Du wirst demnächst 56."

Das saß. Ihr Ex-Mann verschränkte die Arme vor der Brust und suchte nach Worten. Mit einem Mal trat ein hinterhältiges Funkeln in seine Augen. „Ach, weißt du", setzte er an, „junge Partnerinnen verlängern nun mal das Leben."

„Wie das?", gab sich Kristina interessiert.

„Es gibt da eine neue Studie vom Max-Planck-Institut, die belegt, dass Männer länger leben, deren Partnerinnen deutlich jünger sind als sie. Es ist also kein Klischee, sondern wissenschaftlich untermauert."

„Stammt das aus der Bäckerblume oder der Apothekenzeitschrift?"

Peter sah sie streng an. „Aus der Süddeutschen von gestern. Du solltest Zeitung lesen, dann wüsstest du, was in der Welt los ist."

„Na, du wirst mich Dummerchen sicher aufklär…"

Schroff unterbrach er sie: „Ein Wissenschaftler hat die Daten von etwa zwei Millionen verheirateten Menschen aus Dänemark ausgewertet, die älter als 50 Jahre waren. Und dabei hat er herausgefunden, dass Männer, die zwischen sieben und neun Jahre älter sind als ihre Partnerinnen, demnach ein um elf Prozent geringeres Sterberisiko haben als Männer mit Partnerinnen, die etwa im gleichen Alter sind."

„Hast du das auswendig gelernt?"

Peter ignorierte ihre Spitze und dozierte weiter: „Ganz anders sieht es für die Frauen aus. Sind ihre Partner zwischen sieben und neun Jahre jünger, haben Frauen ein um bis zu 20 Prozent höheres Sterberisiko. Auch für die Männer ist in dieser Konstellation das Sterberisiko erhöht. Die Lebenserwartung von Frauen ist am höchsten mit gleichaltrigen Partnern.

Sind die Männer älter als sie selbst, steigt für die Damen das Sterberisiko."

Kristinas siegessicheres Lächeln verschwand. Ohne es zu ahnen, hatte Peter einen Treffer gelandet. Aber diesen Sieg wollte sie ihm nicht einfach kampflos zugestehen.

„Aus meiner Erfahrung kann ich dir berichten, dass die angeblich besten Jahre des Mannes ein Mythos sind", sagte sie. „Und ich habe ja genug davon hier Tag für Tag in meiner Praxis. Nackte Tatsachen, wenn du so willst. Und eins kann ich dir versichern: In Wirklichkeit sind Männer häufiger krank als Frauen, sie verletzen sich viel öfter und sterben schneller. Das Risiko, einen tödlichen Herzinfarkt zu erleiden, ist bei ihnen dreimal so hoch wie bei Frauen, und die Ohren funktionieren bei den meisten nicht mehr tadellos. Zudem entwickeln sie häufig eine Schlafapnoe, belasten durch ihr Schnarchen ihre Ehe und durch diese gefährlichen Atemaussetzer Herz und Hirn. Männern drohen Haarverlust und Erektionsstörungen. Noch nicht einmal vor Brustkrebs sind sie hundertprozentig sicher." Sie holte Luft. „Aber ich freue mich für dich, dass du trotz allem 100 Jahre alt werden kannst, mit einer jungen Frau an deiner Seite. Man denke nur an Jopi! Deine Julia kann dich ja dann im Rollstuhl herumschieben", fuhr sie fort und versuchte, dabei so locker wie möglich zu wirken. „Wirst du sie denn heiraten?"

„Selbstverständlich", antwortete Peter beleidigt. „Noch vor der Geburt." Abrupt stand er auf. „Na ja, jetzt weißt du es, und ich hoffe, es treibt keinen Keil zwischen uns. Schließlich haben wir ja auch gemeinsame Kinder."

„Das habe ich nicht vergessen", konterte Kristina. „Sophie ist mal wieder bei mir eingezogen."

Peter machte Anstalten, zu gehen.

„Du willst schon verschwinden? Dabei unterhalten wir uns gerade so gut", meinte Kristina schnippisch. „Was wird es denn überhaupt?"

„Was?"

„Das Baby natürlich."

„Ein Mädchen."

„Oh, oh! Mir schwant Unheil. Du stürzt dein Sophiechen von ihrem Thrönchen. Das gibt Ärger. Ganz sicher."

„Ach was, sie freut sich." Peter umarmte Kristina flüchtig. „Sag ihr liebe Grüße. Sie soll mich anrufen, wenn sie etwas von ihrem Daddy braucht. Schönen Sonntag noch." Damit ließ er sie stehen.

Kristina sah ihm nach, dann warf sie wütend die Haustür zu. Was hatte er da gesagt: Ältere Frauen mit jüngeren Partnern hätten ein höheres Sterberisiko? So ein Blödsinn. Und wenn schon! Lieber jung gestorben und Spaß gehabt als ein ewiges Leben in tödlicher Langweile. In dem Moment piepste ihr Mobiltelefon und kündigte den Eingang einer neuen SMS an.

Wann sehe ich dich wieder? Ich muss dich fühlen, du fehlst mir. Tom

Du mir auch, simste sie zurück und fühlte sich plötzlich total ausgelaugt. Welcher Teufel hatte sie da geritten, sich mit einem so jungen Mann einzulassen? War das eine einsetzende Midlife-Crisis?

„Schlag ihn dir aus dem Kopf", sagte sie zu sich selbst und beschloss, das mit Tom bloß als kurze Affäre zu betrachten. Zurück auf Anfang, dachte sie bei sich. Sie seufzte. Zurück auf Anfang? Wie sollte das gehen, nachdem sie schon mittendrin war in einer gefährlichen Liebschaft? Zum Glück hatte sie für die nächste Woche eine Schulung gebucht, die sie für ein paar Tage von München und von Toms Armen fernhalten würde. Dadurch würde sie die Gelegenheit bekommen, das

Ganze aus der Distanz zu betrachten. Fünf Tage Pause sollten doch genügen, um sich darüber klarzuwerden, wie es mit ihr und mit Tom weitergehen sollte.

9

Am Montag gaben sich die Patienten wieder die Klinke in die Hand, und Kristina blieb kaum Zeit zum Durchatmen. Sie schaffte es nicht einmal, mit Tom zu telefonieren. Als am Abend der letzte Patient verschwunden war, baute Rita sich vor ihr auf und musterte sie mit Argusaugen. „Was ist los? Du läufst mit einem Gesicht herum, als wäre die Steuerfahndung hinter dir her. Raus mit der Sprache."

„Nichts ist los", erwiderte Kristina und ließ ihre Freundin stehen.

Rita heftete sich jedoch an ihre Fersen, als sie nun wie ein aufgescheuchtes Huhn durch die Praxis lief. „Also, was brennt dir unter den Nägeln?", fragte sie. Offenbar hatte sie schon den ganzen Tag gespürt, dass Kristina etwas beschäftigte.

„Das ist der totale Irrsinn", platzte Kristina heraus. „Wie konnte ich nur so blöd sein? Peter hat mir die Augen geöffnet."

„Ausgerechnet der!"

„Es ist sogar wissenschaftlich bewiesen."

„Was denn?"

Kristina wiederholte, was Peter ihr über den Altersunterschied bei Paaren und dessen Wirkung auf die Lebensdauer erzählt hatte. „Es stand in der Zeitung."

Ungläubig schüttelte Rita den Kopf. „In welcham Doochbleddla?"

„Wie bitte?", fragte Kristina genervt.

„In welcher Zeitung soll dieser Käse gestanden haben?", übersetzte Rita.

„Es geht einfach nicht. Ich bin zu alt für ihn."

„Es gibt keinen besseren Jungbrunnen als einen jüngeren Mann. Mach dich mal locker. Seit wann bist du so spießig?"

„Ich bin nicht spießig."

„Und wie soll ich das dann bezeichnen? Nur weil irgendwer sagt, dass eine ältere Frau keinen jüngeren Mann haben darf, sondern nur ältere Männer jüngere Frauen, und weil irgendein dahergelaufener Professor das angeblich auch noch wissenschaftlich bestätigt hat, ziehst du gleich den Schwanz ein. Glaube keiner Statistik, die du nicht selbst gefälscht hast."

„Du hast leicht reden."

„Warum bekommen Männer keine Midlife-Crisis?", fragte Rita ihre Freundin und lieferte die Antwort gleich hinterher. „Weil sie nie aus der Pubertät herauskommen." Kichernd setzte sie sich wieder an den Schreibtisch.

„Ach Rita", seufzte Kristina und blieb vor dem Tisch stehen. „Ich weiß doch auch nicht. Warum finde ich denn keinen Mann in meinem Alter? Das wäre so viel leichter."

„Warum, warum", gab Rita zurück und trommelte ungeduldig mit den Fingern auf die Tischplatte. „Weil wir uns nicht aussuchen können, wo die Liebe hinfällt. Und offensichtlich gefällst du Tom. Er könnte locker eine Jüngere haben. Aber er will dich. Fragst du nicht, warum? Kate Moss, Pamela Anderson, Liz Taylor, Ivana Trump, Joan Collins – sie alle haben sich einen jüngeren Lover gegönnt. Oder denk mal an Tina Turner oder Madonna."

„Rita, das ist Hollywood! Das ist doch nicht vergleichbar", winkte Kristina ab.

„Hollywood? Was ist mit Jutta Speidel und ihrem schnuckeligen Italiener? Oder Nena, Liza Fitz, Uschi Glas, Iris Berben, Désirée Nosbusch? Und nicht zu vergessen: Simone Thomalla mit ihrem knackigen Handballtorwart. Der ist 19 Jahre jünger."

„Das sind alles Promis", hielt Kristina dagegen. „Und ich will bestimmt nicht so enden wie Demi Moore. Schon vergessen?"

„Geschamrri“, widersprach Rita. „Die hat den wahrscheinlich nur tierisch genervt.“

„Mag sein, dass man den Stars ein exzentrisches Leben zugesteht. Aber doch nicht Normalos wie uns.“

„Die Normalos kennst du nur nicht“, gab Rita zu bedenken. „Wer weiß denn schon, wie viele jüngere Männer eine ältere Frau an ihrer Seite haben?“

„Ich seh weit und breit keine.“

„Direkt vor mir steht eine!“

Kristina holte tief Luft. „Dann erklär ich es dir anders. Niemand hat sich darüber aufgeregt, als Ex-Bundeskanzler Schröder seine Hillu verließ und sich mit der erheblich jüngeren Doris Köpf zusammentat. Ganz zu schweigen von unserem Ex-Außenminister Fischer und seiner Minu, die seine Enkelin sein könnte.“ Kristina stemmte angriffslustig die Arme in die Seiten. „Aber was würde passieren, wenn Bundeskanzlerin Merkel sich scheiden ließe, um einen 15 Jahre Jüngeren zu heiraten?“

Rita grinste schief. „Oha.“

„Du sagst es. Es würde einen Aufstand geben“, ergänzte Kristina. „Die Schlagzeilen und die hämischen Artikel kann ich mir lebhaft vorstellen.“

In dem Moment klingelte es. Rita drückte auf den Türöffner, und ein Mann kam herein. Er trug einen in Papier eingewickelten Blumenstrauß vor sich her und sagte: „Den soll ich für Frau Schuster abgeben.“

„Für Sophie Schuster?“, fragte Kristina.

Der Mann schaute auf seinem Auftragszettel nach. „Nein, für eine Kristina Schuster.“

„Das bin ich“, sagte sie und nahm dem Boten die Blumen ab.

Der Mann verschwand, und Kristina wickelte den Strauß aus dem Papier. 30 langstielige rote Rosen kamen zum Vorschein.

„Die sind bestimmt von Tom“, meinte Rita und schnappte sich den kleinen Umschlag, der zwischen den Blüten steckte. „Darf ich?“

Kristina nickte, denn sie hatte ohnehin keine Hand mehr frei.

Daraufhin zog Rita ein Kärtchen aus dem Umschlag und las vor: „Danke für einen wunderbaren Tag. Tom.“ Sie schloss verträumt die Augen. „Was hast du nur für ein Glück.“

„Ich hab keine Vase.“

Rita stand auf und verschwand im Abstellraum. Kurz darauf kam sie mit einer großen Vase zurück und half Kristina dabei, die Blumen hineinzustellen.

„Du redest immer nur über die negativen Seiten, aber was ist mit den schönen?“, sagte Rita. „Ich werde dir mal die Vorteile aufzählen.“

„Rita …“

„Ältere Frauen sind viel gelassener und sexuell erfahrener. Wir wissen, was wir wollen und was nicht, und vor allem wollen wir keinen Versorger oder einen Vater für zukünftige Kinder. Die haben wir bereits, und was unser Leben betrifft, stehen wir auf eigenen Beinen. Wenn das die Vorzüge von straffen Oberschenkeln nicht in den Schatten stellt, dann weiß ich auch nicht.“

„Ja, aber …“

„Wir machen ihm keinen Stress, wenn er mal mit seinen Kumpels um die Häuser ziehen will. Denn wir lassen ihm seinen Freiraum. Wir sind nun mal toleranter als jüngere Frauen, und wir bleiben immer ruhig. Wir sind über die Phase mit den Schmollmündern, Krokodilstränen, hysterischen Anfällen und Wutausbrüchen hinweg.“

„Ach, ist das die Erotik der Reife?", fragte Kristina müde.

„Von Toms Standpunkt aus betrachtet, gewinnt er nur. Du bist eine Klassefrau." Rita musterte sie von Kopf bis Fuß. „Okay, da gibt es ein paar Lackschäden. Aber die kriegen wir auch noch in den Griff. Vertrau auf mich und Dr. Sommerfeld."

„Nur über meine Leiche."

Rita blinzelte Kristina an. „Wie ist er denn so?"

„Wer? Tom?" Sie schmunzelte. „Was glaubst du denn?"

„Hm. Na ja, wenn du ihn nicht willst, dann nehm ich ihn." Rita stand auf, ging zu ihr und legte ihr den Arm um die Schultern. „Mein Gefühl sagt mir, dass es dir gar nicht so sehr um den Altersunterschied geht. Stimmt's?"

Kristina runzelte nur die Stirn.

„Und wenn mich mein Gefühl nicht täuscht – und das tut es nie", fuhr ihre Freundin fort, „dann sind das alles nur Scheingefechte, die wir hier führen. Hab ich recht?"

Kristina sah sie verständnislos an. „Keine Ahnung, wovon du sprichst."

„Du hast nie viel auf die Meinung anderer gegeben, abgesehen von den oft überflüssigen Kommentaren deiner Familie. Also was steckt wirklich dahinter?"

„Du halluzinierst."

„Meine Nase sagt mir, dass du hier eine Show abziehst." Rita tippte mit ihrem perfekt gestylten Zeigefinger an ihre Nase. „Von wegen Altersunterschied."

„Ich ziehe keine Show ab", maulte Kristina.

Ihre Freundin setzte ein zufriedenes Grinsen auf. „Jetzt verstehe ich! Es sind nicht die läppischen 15 Jahre, die dir Kopfzerbrechen bereiten. Du hast nur Angst, dich zu verlieben."

„So ein Schmarrn, du …"

„Erwischt!", fiel Rita ihr triumphierend ins Wort. „Du bist ein Feigling. Du traust dich nicht und hast die Hosen voll, denn es könnte ja schiefgehen, und dann sitzt du wieder alleine da."

„Du mit deiner Küchenpsychologie", entgegnete Kristina aufgebracht und machte auf dem Absatz kehrt.

„Feigling", stichelte Rita weiter. „Angsthase. Läuft vor der Liebe davon. Was soll man davon halten?"

Kristina huschte in die Toilette, warf die Tür hinter sich zu und schob den Riegel vor.

Doch Rita folgte ihr und rüttelte von außen an der Tür. „Feigling. Läuft vor einem Kerl davon."

„Hau ab!", rief sie erbost.

„Macht sich wegen eines Kerls in die Hose. Pah!"

Kristina schrie: „Noch ein Wort, und du bist gekündigt!"

„Traut sich nicht, nur weil einer sie mal betrogen hat."

„Du bist gekündigt. Fristlos!" Kristina riss die Tür auf und wollte sie gleich wieder ins Schloss werfen. „Zieh Leine!"

Doch Rita stellte einen Fuß dazwischen. „Es stimmt also?"

„Verdammt, ich weiß es doch auch nicht. Er ist nicht nur so jung. Ich hab auch so einen Schiss." Sie breitete die Arme aus.

„Aber warum denn?" Ihre Freundin schaute sie ratlos an. „Wieso hast du vor deinem Glück Angst?"

„Warum, warum? Weil mein Leben, so wie es ist, sehr gut läuft. Ich hab alles im Griff, alles unter Kontrolle, auch mein Gefühlsleben. Kein Mann enttäuscht mich. Außerdem kann ich tun und lassen, was ich will. Darum eben."

Rita gähnte. „Und wenn sie nicht gestorben ist, dann langweilt sie sich noch heute."

„Wer braucht denn jetzt noch so viel Aufregung?" Sie stemmte die Hände in die Hüften. „Das mit Peter damals, dieser ganze Mist, das reicht für zwei Leben."

„Das ist doch Schnee von gestern“, meinte Rita.

„Ich brauch das alles nicht mehr“, beharrte Kristina.

„Im Gegenteil. Du brauchst das dringender denn je. Was dir seit langem fehlt, das sind weiche Knie, verwirrte Sinne und dieses Kribbeln im Bauch. Und natürlich auch eine Etage tiefer.“

„Wenn ich Tom sehe, bekomme ich Schweißausbrüche und Herzrasen. Das kann nicht gesund sein.“

„Das macht dich lebendig.“

„Ich will aber keinen Herzinfarkt. Und auf einen hohen Blutdruck kann ich genauso verzichten wie auf dieses Kribbeln im Bauch und schlaflose Nächte.“

„Ach“, seufzte ihre Freundin. „Wenn ich nur mit dir tauschen könnte! Ich würde meinen rechten Arm geben, um das noch mal zu erleben.“

„Was denn?“, ertönte plötzlich eine dunkle Stimme.

Beide Frauen wirbelten erschrocken herum. Es war Tom, der am Tresen stand.

„Die Tür war offen“, erklärte er. „Ich hatte geklopft, aber ihr beide wart so intensiv in euer Gespräch vertieft, dass …“

„Wie lange stehst du da schon?“, fragte Kristina völlig irritiert über sein Erscheinen.

„Ich bin gerade erst hereingekommen“, erwiderte Tom und lächelte sie an. „Ehrenwort.“

„Aha“, murmelte sie wenig überzeugt.

„Stör ich vielleicht?“

„Nein, nein, nein“, schaltete Rita sich ein. „Wir sind für heute fertig, und ich bin auch schon weg.“

Tom ging auf Kristina zu und küsste sie sanft auf den Mund. „Ich hatte Sehnsucht nach dir“, flüsterte er ihr ins Ohr. Dann fragte er laut: „Und worüber habt ihr beide so angeregt gesprochen?“

Rita lächelte wie die Sphinx und begann, hektisch ihre Sachen zusammenzupacken. „Ach, das waren nur so Frauendemen. Kochrezepde, Schminkdibs und so 'n Gram. Und jetzt lass ich euch beiden Durdeldauben mal allein."

Tom grinste. „Schönen Abend, Rida."

„Ja, euch auch", verabschiedete sie sich und sauste davon.

„Mach das nie wieder", sagte Kristina zu Tom.

„Was denn?"

„Rita wegen ihres Dialekts auf den Arm nehmen. Da wird sie fuchsteufelswild."

„Soll nicht wieder vorkommen, Grisdina."

Sie knuffte ihn in den Oberarm. Tom zog sie an sich und küsste sie so intensiv, dass sie fast glaubte, den Boden unter den Füßen zu verlieren.

„Davon habe ich den ganzen Tag geträumt", flüsterte er.

„Ich nicht." Sie grinste frech, warf den Kopf zurück und ließ ihn stehen.

Verwirrt schaute er ihr nach.

Kristina warf ihm einen herausfordernden Blick zu und deutete ihm mit einer leichten Kopfbewegung an, ihr nach oben zu folgen. „Soll ich dir zeigen, wovon ich den ganzen Tag geträumt habe?"

10

Im Morgengrauen brach Kristina auf. Auf der vierstündigen Autofahrt nach Frankfurt, wo der Kurs stattfinden würde, rief Tom sie mehrmals an.

„Ich vermiss dich jetzt schon", sagte er.

Kristina lachte. „Lügner."

„Du nimmst mich nicht ernst."

„Nein."

„Nur weil ich jung bin."

„Nein, weil ich so alt bin." Daraufhin erzählte sie Tom von Peters geistigen Ergüssen.

„Hör nicht auf ihn. Lass dich auf dieses Abenteuer ein. Lass dich einfach fallen", meinte Tom. „Ich bin da und fang dich auf."

„Versprochen?"

„Hoch und heilig."

„Durchs Telefon kann ich natürlich nicht erkennen, ob du heimlich die Finger hinter dem Rücken kreuzt", zog Kristina ihn auf.

Tom lachte leise. „Fahr vorsichtig. Ciao bella."

In Frankfurt erwartete sie ein straffes Programm. Auf dem Stundenplan standen Muskelfunktionsdiagnostik, medizinische Trainingstherapien, Lymphdrainage, Aromatherapie, Fußreflexzonenbehandlung und alles, was sonst noch so up to date war. Vieles von dem, was sie an Neuem lernte, würde sie in ihrer Praxis vermutlich gar nicht anwenden. Aber sie genoss es, etwas anderes auszuprobieren, über den Tellerrand zu schauen und so den eigenen Horizont zu erweitern.

Um die Theorie praktisch umzusetzen, sollten die Kursteilnehmer ihr neues Wissen gleich aneinander anwenden. Kristina wurde einer älteren Kollegin namens Sandra zur

Seite gestellt, die sich außerdem als Emanze, Freigeist und Extremsportlerin entpuppte.

„Kristina, du bist steif wie ein Brett. Mach dich mal locker! Mann, bist du verspannt im Nacken“, stellte Sandra fest, als sie Kristinas Schulterpartie bearbeitete. „Wovor ziehst du denn ständig den Kopf ein? So ein Nacken verrät eine dauernde Verteidigungshaltung: Schultern hoch, Kopf rein – wie 'ne Schildkröte. Und deshalb ist dein Nacken auch hart wie ein Panzer.“

„Quatsch.“ So lautete Kristinas einziger Kommentar zu Sandras Küchenpsychologie.

„Das ist kein Quatsch“, widersprach Sandra und knetete kräftig weiter. „Entspann dich, lass dich endlich fallen, lass mal los.“

Ist das jetzt die neueste Masche?, überlegte Kristina leicht genervt. Wollte ihr nun jeder vorschlagen, locker zu werden und sich fallen zu lassen?

„Wenn ich die Faxen mal dicke habe, springe ich von der Brücke“, erzählte Sandra.

Die hat ja nicht mehr alle Latten am Zaun! Eine Selbstmörderin gibt Lebenshilfe, dachte sie bei sich. „Jeder so, wie er's mag“, gab sie knapp zurück.

„Ich mach nämlich regelmäßig Bungee-Jumping“, fuhr Sandra fort. „Solltest du auch mal ausprobieren. Das ist das Beste, was es gibt.“

„Ich soll an einem Seil von einer Brücke springen? Da kann ich mich ja gleich auf einen unbeschrankten Bahnübergang stellen“, meinte Kristina. „Das ist doch ballaballa.“

„Du hast nicht den blassesten Schimmer.“

„Da würde ich mich lieber freiwillig einer Wurzelbehandlung unterziehen.“

„Pfff", entgegnete Sandra. „Wenn dir eine Wurzelbehandlung diesen gewaltigen Adrenalinkick verschafft, warum nicht."

„Ich habe genug Aufregung in meinem Leben, da brauche ich nicht noch eine künstliche Dosis Stress", konterte Kristina.

„Paul, meine bessere Hälfte, steht ja mehr aufs Fallschirmspringen. Der findet das irgendwie seriöser, so mit Flugzeug und Schirm. Ich dagegen halte nichts von Materialschlachten. Eine Brücke und ein Seil, und ab geht's. Das ist das ultimative Urknall-Feeling."

„Wie gesagt: Jeder so, wie er's mag." Allmählich zweifelte sie ernsthaft an Sandras geistiger Gesundheit. Wahrscheinlich war sie auch diesem Jugendwahn verfallen wie Rita.

„Das ist so elementar, so supergalaktisch, so existenziell. Und das erlebst du nun mal nur, wenn der Tod dir zuzwinkert. Wenn du dann wieder festen Boden unter den Füßen spürst, fühlst du dich wie King Kong. Danach kann dir keiner mehr was", schwärmte Sandra und fügte mit verschwörerischem Unterton hinzu: „Und die Endorphin-Ausschüttung hält tagelang an. Da bist du wie im Glücksrausch. Das ist wie ein multipler Dauerorgasmus, wenn du weißt, wovon ich spreche."

„Hmm." Kristina war skeptisch. Sie versuchte, sich vorzustellen, wie sie im freien Fall durch die Luft segelte. „Ich bin, was meinen Orgasmus betrifft, ziemlich altmodisch und bevorzuge mehr die klassische Methode. Und King Kong war sowieso nie ein Vorbild."

„Holla, die Waldfee! Wie spießig ist das denn?"

„Mir wird ja schon schlecht, wenn ich im Hallenbad auf dem Ein-Meter-Sprungbrett stehe", gestand Kristina.

Sandra gab ihr einen leichten Klaps auf den Po. „Ich seh schon, du bist genau die richtige Kandidatin. Du musst mal raus aus deiner Schwerkraft, den Boden unter den Füßen verlieren, deine Grenzen sprengen."

„Ich fühl mich aber ganz wohl in meinen Grenzen und auf festem Boden", erwiderte Kristina.

„Ach, diesen Drang nach absoluter Sicherheit finde ich irgendwie lustfeindlich", meinte Sandra. „So, jetzt bist du dran."

Damit tauschten sie die Rollen. Sandra streckte sich auf der Liege aus, Kristina übernahm die Massage und suchte nach Verspannungen in Sandras Rücken.

„Und was ist das da?", fragte sie dann und drückte auf den Knoten in Sandras Rücken. „Entspann dich, lass dich endlich fallen, lass mal los."

Sandra lachte leise. „Erwischt. Wir haben eben alle unser Päckchen zu tragen. Wie heißt denn deines? Ist bestimmt ein Kerl, oder?"

Auch Kristina musste lachen und spürte, wie ihr mit einem Mal warm ums Herz wurde. „Müssen es immer Kerle sein?"

„Wenn die es nicht sind, ist es die Verwandtschaft oder der Chef", antwortete Sandra. „Aber deine Massage ist jedenfalls echt gut."

Während Kristina mit Sandras Rückseite beschäftigt war, dachte sie an Tom. War sie bloß von ihm fasziniert, weil er jung war, oder hätte sie ihn auch interessant gefunden, wenn er älter gewesen wäre? Sie konnte es drehen und wenden, wie sie wollte, aber das Resultat blieb immer dasselbe: Sie hatte sich in Tom verliebt. Und das hatte nichts damit zu tun, dass er jünger war. Sie hatte sich in ihn verliebt, weil er so war, wie er war: sensibel und einfühlsam, zärtlich und leidenschaftlich, hingebungsvoll und kreativ, kunstsinnig und stilvoll, belesen und gebildet, fröhlich und humorvoll, ein Knaller und ein Jackpot. Viel zu perfekt. Wo war, mal abgesehen vom Altersunterschied, der Haken? Ob Liebe blind machte? Bestimmt, dachte Kristina.

„Fertig", sagte sie schließlich und gab Sandra einen leichten Klaps. „Und jetzt?"

Sandra, die in Frankfurt wohnte, schlug Kristina vor, nach dem Kurstag gemeinsam Abend essen zu gehen. „Ist doch netter, als alleine im Hotel zu hocken, oder?"

„Logisch", stimmte Kristina erfreut zu. Sie hasste einsame Abende auf dem Hotelzimmer.

„Stört dich doch nicht, wenn mein Mann mitkommt? Paul holt uns hier ab."

Kurz darauf fuhr ein uralter Volvo vor, und Paul stieg aus. Kristina schluckte. Paul war höchstens so alt wie sie, Sandra dagegen bestimmt schon 60. Wie das Schicksal so spielt, dachte sie und setzte sich ins Auto. Paul und Sandra hatten sich für ein typisch hessisches Lokal entschieden, in das sie mit Kristina gehen wollten.

„Keine Sorge, da gibt's mehr als 'nen Bembel Ebbelwoi", erklärte Sandra fröhlich.

„Mir ist alles recht", meinte Kristina. „Ich nehm auch 'nen Bembel."

Der Abend zu dritt entwickelte sich bei diversen Gläsern Wein dann auch recht munter, und Kristina erfuhr, dass die beiden seit 15 Jahren ein Paar waren.

„Das war vielleicht ein Aufruhr, als ich damals mit diesem Jüngelchen antanzte", erzählte Sandra. „Ich, eine ältliche Matrone, schnappt sich einen so knackigen Burschen. Wo die Liebe hinfällt, nicht wahr, Paul?" Sie küssten sich.

„All diese Spießer hielten uns für bekloppt", sagte Paul. „Was willst du mit so 'ner alten Schrippe?, haben mich meine Freunde gefragt und Sandra als Sugarmummy abgestempelt."

„Stimmte ja auch. Schließlich habe ich dein Studium finanziert", erklärte Sandra vergnügt. „Da musstest du mir ja wenigstens mit deinem Körper zur Verfügung stehen, oder?"

Paul schmunzelte. „Sie riskiert mal wieder eine dicke Lippe", sagte er, an Kristina gewandt, „aber so selbstbewusst war sie anfangs gar nicht."

„Kann ich gut verstehen", gestand Kristina.

„Es kann nicht sein, was nicht sein darf", flötete Sandra.

„Wir wurden damals der Einfachheit halber wie Gesetzesbrecher behandelt. Es war ungefähr so, als hätten wir erbittert für Millionenabfindungen zugunsten von Managern oder für Steuererleichterungen für Großverdiener gestimmt", berichtete Paul, während er Sandra schmachtende Blicke zuwarf. „Dabei wollten wir doch nur eins: Liebe." Die beiden prusteten los.

Sandra schlug sich auf die Schenkel und wiederholte: „Genau, Liebe."

Hätte Kristina nicht so viel Wein getrunken, hätte sie vermutlich nie zugesagt, was Sandra und Paul ihr zu vorgerückter Stunde nahelegten. Aber im Verlauf des Abends gelang es Paul und Sandra schließlich, sie dazu zu überreden, am nächsten Tag den Kurs ausfallen zu lassen und einen Fallschirmsprung zu wagen. Je mehr Kristina trank und je länger sie sich ausmalte, wie elementar, supergalaktisch und existenziell es sein würde, umso normaler und zugleich reizvoller erschien ihr der Gedanke, sich in die Tiefe zu stürzen.

„Aber wenn ich schon springe, dann aus einem Flugzeug und nicht von einer Brücke. Und ich will alles haben, was es an Netzen, Fangleinen und doppeltem Boden so gibt", sagte Kristina weit nach Mitternacht. „Denn lebensmüde bin ich nicht!"

„Abgemacht", nahm Sandra sie beim Wort. „Dann holen wir dich morgen um neun Uhr ab."

„Logisch“, erwiderte Kristina beschwingt. „Aber wehe, ich fühle mich danach nicht wie King Kong, sondern bloß wie ein Zwerghamster. Dann setzt es was.“

„Der Godzilla-Effekt hat bereits eingesetzt, merkst du's?“, meinte Sandra und küsste Kristina zum Abschied links und rechts auf die Wangen. „Schlaf gut. Und stell dir den Wecker!“

11

Kristina schwebte durch die Luft. Wie ein Adler zog sie am Himmel ihre Bahnen. Von ferne hörte sie eine sanfte Melodie. Sie versuchte, sich auf ihren Flug zu konzentrieren, doch die Melodie wurde immer lauter. Das störende Geräusch ließ sich nicht mehr ignorieren. Sosehr Kristina dagegen ankämpfte, so wenig gelang es ihr, die inzwischen zu einem lauten Tosen angeschwollene Musik zu überhören.

Mit einem Schlag war sie wach. Ihr Mobiltelefon spielte Over the Rainbow von Israel Kamakawiwo'ole. Eigentlich war das ihr Lieblingslied, aber gerade jetzt nervte sie der Song gewaltig. Sie schlug die Augen auf und versuchte, sich zu orientieren. Wo war sie hier eigentlich? „O Gott", stöhnte sie bei dem Versuch, den Kopf zu heben. Sie ließ sich zurück aufs Kissen sinken und spürte dem dröhnenden Schmerz an ihren Schläfen nach.

Kristina stellte den Handywecker aus und die Musik ab und überlegte. Nach und nach kamen die Erinnerungen zurück. Sie war mit Sandra und Paul ausgegangen, hatte mächtig gebechert und … Blitzartig setzte sie sich auf.

„Oh, mein Gott", jammerte sie und fasste sich an die hämmernde Stirn. Hatte sie gestern nicht zugesagt, einen Fallschirmsprung zu machen? Nein, das hatte sie bestimmt nur geträumt. Das war ein völlig absurder Gedanke. In diesem Moment klingelte ihr Mobiltelefon.

„Morsche", ertönte eine so laute Stimme aus dem Telefon, dass Kristina den Hörer auf Abstand halten musste. „Bist du bereit? Wir sind in 20 Minuten bei dir." Das war Sandra.

Kristina durchfuhr ein eiskalter Schauer. Sie hatte nicht geträumt – es war tatsächlich wahr! Übermut tut selten gut, schoss es ihr durch den Kopf, und sie ließ sich wieder aufs Kissen fallen.

„Hallo?“, fragte Sandra am Telefon. „Du wirst doch nicht kneifen, oder?“

„Äh … ich weiß nicht“, stammelte Kristina verstört, „ich glaube, ich bin krank. Mein Kopf …“

„Erzähl keine Märchen. Wir holen dich ab. Bis gleich“, unterbrach Sandra sie und legte auf.

„Sandra?“

Doch das Gespräch war schon unterbrochen. Kristina legte das Telefon auf den Nachttisch. In was für einen Schlamassel hatte sie sich da hineinmanövriert? Während sie unter der Dusche stand, suchte sie nach plausiblen Gründen für eine Absage. Sie zog in Erwägung, einen angeborenen Herzfehler, eine plötzliche Schwangerschaft, brüchige Knochen oder neurotische Störungen als Entschuldigung anzuführen. Aber dann erinnerte sie sich: Hatte sie gestern Abend nicht mit ihrer bombastischen Gesundheit geprotzt, als es darum gegangen war, ob sie mit einem jüngeren Mann überhaupt mithalten konnte?

Beim Zähneputzen kam ihr in den Sinn, dass sie vielleicht auf verminderte Zurechnungsfähigkeit aufgrund von alkoholischem Genuss plädieren könnte. Außerdem erfüllte sie wegen des hohen Restalkohols in ihrem Blut sicherlich nicht die Anforderungen bezüglich der Flugtauglichkeit. Ob Sandra das ohne Beweis gelten lassen würde? Wohl kaum.

Während sie sich anzog, entschied Kristina sich dafür, einfach die Wahrheit zu sagen. Sie hatte viel zu viel Schiss vor so einer Wahnsinnstat, und es war schließlich ihr gutes Recht, eine Entscheidung von dieser Tragweite noch einmal zu überdenken. Zufrieden mit diesem Entschluss, verließ Kristina ihr Hotelzimmer und ging in die Lobby hinunter. Sie würde den beiden gestehen, dass sie die Hosen voll hatte und deshalb nicht springen würde. Und überhaupt, wer waren schon

Sandra und Paul? Für zwei Fremde würde sie ihr Leben doch nicht riskieren. Sie musste niemandem mehr etwas beweisen.

Kaum hatte Kristina die Lobby betreten, stürmte ihr auch schon Sandra entgegen. „Gut geschlafen? Paul wartet draußen im Wagen." Sie hakte sich bei Kristina unter und zog sie mit sich.

„Ich kann das nicht machen", setzte Kristina an. „Ich glaube, ich habe gestern Abend zu tief ins Glas geschaut. Aber jetzt, mit klarem Kopf …"

„Papperlapapp", würgte Sandra sie ab und begleitete sie zum Auto. „Da, wo die Angst ist, da ist der Weg."

„Morsche", begrüßte Paul sie. „Na, aufgeregt? Das ist jeder, das bin sogar ich noch vor jedem Sprung. Denk einfach nicht daran."

„Quatsch. Das ist das Vorspiel", erklärte Sandra. „Genieß das Kribbeln."

Kristina setzte sich auf den Rücksitz. Dann startete Paul den Wagen und fuhr los. Kristina hatte das Gefühl, auf direktem Weg zur Schlachtbank unterwegs zu sein. Während der Fahrt redeten Paul und Sandra ohne Punkt und Komma, als ginge es darum, einen Wettstreit im Dauerbabbeln zu gewinnen. Kristina hörte nur mit halbem Ohr zu. Schon jetzt pochte ihr Herz bedrohlich schnell in der Brust, und ihre Hände waren schweißnass. Vor ihrem geistigen Auge sah sie sich auf halbe Körperlänge zusammengestaucht im Boden stecken.

Wie in Trance erreichte Kristina, eskortiert von Sandra und Paul, den kleinen Flugplatz, auf dem an diesem Morgen bereits geschäftiges Treiben herrschte. Springer bereiteten sich auf ihren Sprung vor. Fallschirme lagen auf dem Boden und wurden routiniert zusammengelegt. Es wurde geschäkert, gefachsimpelt und diskutiert.

Ein Mann kam auf sie zu und hielt ihr einen Overall vor den Körper. „Der müsste passen", sagte er und drückte ihr das Kleidungsstück mitsamt Helm in die Hand. „Ich heiße übrigens Serengeti und leite den Kurs."

„Serengeti?" Kristina schüttelte den Kopf. Alles Verrückte hier. „Danke, aber den brauch ich nicht, ich werde nämlich nicht springen. Ich bin nur hier zum Zuschauen", knurrte sie.

Doch Serengeti nahm den Overall nicht zurück, sondern ging völlig unbeeindruckt weg, um die männlichen Kursteilnehmer mit Springeranzügen und Helmen auszustatten.

Sandra legte einen Arm um Kristinas Schultern. „Jetzt kommt erst mal nur das Trockentraining auf dem Boden. Also kein Grund zur Panik. Serengeti ist der Beste. Der brieft dich wie kein anderer. Das machst du alles mit links, versprochen. Und danach traust du dich auch."

„Ich glaub dir kein Wort."

Sandra nahm sie in den Arm und drückte sie wie eine Mutter fest an ihren großen Busen. „Kristina, schau mich an. Ich bin über 60 und mache das noch."

„Alter schützt vor Torheit nicht."

Schließlich packte Sandra sie bei den Schultern. „Mädchen, du musst raus aus deinem engen Korsett und das Leben in vollen Zügen genießen."

Kristina löste sich von ihr und erklärte: „Dafür reichen mir ein gutes Essen und ein Glas Wein. Ich bin da ganz bescheiden."

„Nur weil du nicht weißt, was alles in dir steckt. Jetzt gehst du da rein." Sie deutete auf das Flughafengebäude. „Da findest du Umkleidekabinen. Danach kommst du wieder her und lernst erst mal die Theorie."

Kristina spürte, wie ihr die Farbe aus dem Gesicht wich. „Ich will heim", jammerte sie.

Daraufhin schob Sandra sie sanft an. „Also ab mit dir. Erst umziehen, dann fangen wir an."

Als Kristina aus der Umkleidekabine herauskam, erfuhr sie, dass sie heute nicht die Einzige war, die springen würde. Abgesehen von ihr hatten sich sechs Männer eingefunden, um den Sprung ins Nichts zu wagen. Allerdings war sie definitiv die einzige Frau, die bescheuert genug war, um sich das hier anzutun.

„Okay, Sportsfreunde und -freundinnen, legen wir los", begrüßte Serengeti seine Truppe und zwinkerte Kristina aufmunternd zu.

„Ich muss mal", sagte Kristina und sauste davon. Ihre Blase arbeitete auf Hochtouren.

Als sie sich wieder zu der Gruppe gesellte, erklärte der Lehrer gerade, worauf es beim Springen ankam. Bald schwirrte ihr der Kopf. Sie lernte alles über X-Lage, Reißleine, Höhenmesser, Hauptschirm, Windrichtung und Landung. Geplant war ein Automatiksprung aus einer Höhe von nur 800 Metern. Eine Reiß- oder Aufziehleine würde sie wie eine Nabelschnur mit dem Flugzeug verbinden, wodurch sie den Fallschirm wenigstens nicht selbständig öffnen musste. Aber das galt nicht für den Reserveschirm, falls der Hauptschirm versagen sollte.

„Das passiert nicht. Aber ihr müsst natürlich wissen, was zu tun ist, falls der Hauptschirm ausnahmsweise streiken sollte", erklärte Serengeti. „Wenn beim Zusammenlegen geschludert wurde, dann merkt ihr das spätestes daran, dass der Hauptschirm zwar aufgeht, aber dabei ein Brötchen entsteht. Das bedeutet, dass sich eine Fangleine über den Schirm gelegt hat und er sich nicht vollständig öffnet. In dem Fall braucht ihr den Reserveschirm. Passiert aber nicht. Denn wir Springer packen immer den Schirm eines anderen. Höchste Konzentration, ihr versteht, und absolutes Vertrauen." Er musterte seine kleine Truppe. „Wenn also der Hauptschirm ausfallen sollte, ist das auch kein Problem. Ihr zieht dann an diesem Griff, und dadurch wird der Reserveschirm ausgelöst. Aber damit der hübsch aufgeht, müsst ihr ihn langsam in die Luft füttern."

„Na klar, nichts leichter als das, einfach in den Wind füttern", meinte Kristina voller Sarkasmus. Sie war definitiv im falschen Film gelandet. Die Anweisungen dazu, was sie beim Versagen des Fallschirms tun sollte, kamen ihr geradezu absurd vor. Sie würde nämlich die Besinnung verlieren, das stand fest.

Serengeti schien ihre Gedanken zu lesen. „Ihr ahnt ja gar nicht, wie klar ihr in der Birne seid, wenn's um euer Leben geht." Damit war für ihn das Kapitel beendet, und er demonstrierte ihnen den Gebrauch des Höhenmessers. „Den hier tragt ihr wie eine Uhr am Handgelenk. Ein zweiter ist im Helm eingebaut. Funktioniert wie das Navi im Auto. Ihr macht einfach, was ihr gesagt bekommt", meinte Serengeti und schenkte ihnen ein sardonisches Grinsen. „Und keine Sorge: Runtergekommen ist noch jeder."

„Ich muss mal", meinte Kristina und verschwand erneut auf der Toilette.

Danach folgten Übungen zur Landung, wofür die Schüler auf eine schlichte Holzbank steigen und herunterspringen sollten.

„Das Einzige, woran ihr beim Landen denken müsst, ist, die Beine anzuwinkeln. Wenn ihr zu schnell runterkommt, dann rollt euch am Boden zur Seite ab. Knie beugen! Sonst rammt es euch ungespitzt in den Boden."

Lehrer und Schüler schienen sich über diese Vorstellung köstlich zu amüsieren. Ausgenommen Kristina.

„Ich muss mal", sagte sie und verdrückte sich ein weiteres Mal.

Sandra erwartete sie an der Tür. „Hast du dir die Blase verkühlt?"

Allmählich kam in Kristina das Gefühl auf, Sandra und Paul hätten sie irgendwie auf subtile Art und Weise in ihre Gewalt gebracht und sie sämtlicher Rechte beraubt. Warum verdammt noch mal wehrte sie sich nicht?

„Geh nur so oft, wie du eben musst. Dann pinkelst du wenigstens oben nicht vor Schreck in den schicken Overall", sagte Sandra mit einem frechen Grinsen. „Der Anzug steht dir übrigens verdammt gut. Und die beiden da", fuhr sie fort und deutete dabei auf zwei Männer in Overalls, „finden dich total cool. Also mach mir keine Schande."

Kristina entdeckte zwei junge Männer in hautengen Springeranzügen, die zu ihr herübersahen. Sie straffte die Schultern und wackelte mit hocherhobenem Haupt zurück zu ihrem Kurs. Als Nächstes bekamen alle einen Rucksack, in dem sich der lebensrettende Schirm befand. Beim Umschnallen und Befestigen half ihr Paul, während Serengeti und ein paar der erfahrenen Springer den Männern zur Hand gingen. Dabei rissen sie dämliche Witze, was Gemächte und sonstige wichtige Anhängsel betraf, die korrekt zwischen zwei Gurtriemen gepackt werden mussten, damit das Allerheiligste den Sprung auch unbeschadet überstand.

Kristina konnte der fröhlichen Stimmung unter den Männern nichts abgewinnen. Angesichts der bevorstehenden Heldentat kamen sich ihre Leidensgenossen ganz offensichtlich wie beinharte, kaltblütige und zielorientierte Einzelkämpfer vor. Warum sprang davon nicht ein bisschen zu ihr über?

„Diese Schafsköpfe denken nur an ihre Klöten, aber hier geht es doch um Sein oder Nichtsein", sagte sie zu Sandra.

„Na ja, hängt vom Standpunkt ab, würde ich sagen. Wenn du ein Kerl wärst, würdest du auch nicht gerne enteiert werden, oder?"

Dazu fiel Kristina nichts mehr ein.

Serengeti ließ seinen Blick über seine Anfänger schweifen. „So, ihr glorreichen Sieben, jetzt wird's ernst." Er teilte die Gruppe auf und bat zuerst Kristina und drei der Männer, in das kleine Flugzeug, das auf dem Rollfeld stand, einzusteigen. Die anderen drei mussten warten.

„Ich muss mal", meldete sich Kristina.

„Hiergeblieben." Serengeti packte sie am Rucksack.

Kristina geriet ins Straucheln. „Ich geh einfach mit der zweiten Gruppe. Ich hab's nicht eilig." Sie wollte davonlaufen, doch Serengeti hielt sie nach wie vor fest.

„Ladys first", sagte Serengeti. Mit drohend erhobenem Zeigefinger und grimmiger Miene gab er ihr zu verstehen, dass sie ins Flugzeug klettern sollte.

Blöder Platzhirsch, dachte sie. Dennoch stieg sie ein und setzte sich auf die Bank im Bauch des Flugzeugs. Die Männer folgten ihrem Beispiel. Serengeti stieg als Letzter dazu und kauerte an der Luke.

„Du da, du fängst an." Er winkte Kristina zu sich.

„Was ist denn jetzt schon wieder?", fragte sie und rührte sich nicht.

„Herkommen und da hinsetzen."

Kristina schleppte sich auf allen vieren zu der Luke. Als sie angekommen war, befestigte Serengeti einen Haken an einem der Gurte, mit denen ihr Körper eingeschnürt war.

„Jetzt hängst du an der Reißleine", stellte er fest. „Und nun rutsch nach vorn bis an die Luke und lass die Beine raushängen."

„Nach draußen?", fragte Kristina entsetzt.

Er nickte nur und sagte knapp: „Da hinsetzen und die Beine baumeln lassen."

Im Schneckentempo nahm sie auf der Kante Platz und schwang die Beine hinaus.

„Sehr gut. Jetzt leg den Kopf in den Nacken und dann raus mit dir“, befahl Serengeti. „Go!“

Kristina schloss die Augen. Nein, nein, nein! Ich kann nicht. Ich will leben. Diese Gedanken summten wie ein aufgeschreckter Schwarm wild gewordener Hornissen durch ihren Kopf. Ihr Herz hämmerte gegen ihren Brustkorb. Sie musste aufs Klo. Sofort.

„Na, was ist? Raus mit dir“, rief der Lehrer und gab ihr einen Schubs. „Go! Das ist dein Stichwort.“

Doch Kristina klammerte sich mit aller Kraft an der Luke fest und verweigerte den Sprung. „Nein!“

Sie hielt sich verzweifelt fest und schrie um ihr Leben, bis ihr jemand den Mund zuhielt.

„Hallo“, sagte eine Stimme, die ihr bekannt vorkam. „Kristina, mach den Mund zu und die Augen auf. Wir sind doch noch gar nicht in der Luft.“

„Neeeeinnnnn!“, kreischte sie voller Panik.

Dann drang Gelächter an ihr Ohr. Ganz vorsichtig öffnete Kristina die Augen und schaute direkt vor sich in Pauls belustigtes Gesicht. Hinter ihm standen ungefähr zehn weitere Menschen und amüsierten sich köstlich. Kristina sah sich um. O Gott, war das peinlich!

„Springst du jetzt?“, fragte Serengeti sie fast zärtlich.

Kristina ließ los und machte einen Hüpfer. Als sie sanft auf der Erde landete, brandete lauter Applaus auf.

„Mehr als das hier ist das da oben auch nicht“, erklärte Serengeti. „Also, wie sieht’s aus mit dir?“ Dabei streckte er die Hand aus und drehte den Daumen abwechselnd nach oben und nach unten.

Kristina sah zu Sandra, dann in die vielen Gesichter, die sie erwartungsvoll anblickten, schließlich zu ihrem Lehrer. Hatte sie denn überhaupt eine Wahl? Kristina ballte die Faust und reckte den Daumen nach oben.

„Ich hab's gewusst. Die größten Schisser auf dem Boden springen am Ende doch", brummte Serengeti zufrieden. „Dann mal rauf mit euch." Er schlug Kristina freundschaftlich auf die Schulter.

„Aua! Ich bin doch kein Pferd", sagte sie, machte gleich wieder auf dem Absatz kehrt und wollte davonlaufen. „Ich muss noch mal."

Ihr Lehrer erwischte sie rechtzeitig am Arm. „Hiergeblieben. Euer Lift startet jetzt. Pinkeln kannst du nachher. Rein da!", wies er sie mit militärisch strengem Ton an, der keinen Widerspruch zuließ.

Kristina setzte sich auf die Bank im Innern des Flugzeugs, bevor die Maschine schließlich auf die Startbahn rollte. Minuten später befanden sie sich in der Luft. Ohrenbetäubender Lärm, der durch die offene Luke hereindrang, machte letzte Gespräche unter den Delinquenten unmöglich. Kristina wusste nicht mehr, was sie fühlte. Es war eine wilde Mischung aus Verwirrung, Herzrasen, Schweißausbruch, Übelkeit, Blasendruck, Bauchgrimmen. Ihr wurde abwechselnd heiß und kalt.

Dann winkte Serengeti den Mann neben ihr zu sich. Dieser folgte der Anweisung, kletterte zur Luke, und eine Sekunde später war er verschwunden. Kristina starrte auf die leere Öffnung. Sie kam ihr wie der Schlund vor, der geradewegs in die Hölle führte. In dem Moment winkte der Lehrer bereits den nächsten Mann zu sich. Auch er kletterte aus der Luke, und weg war er. Aus dem Leben geschieden, dachte Kristina. Dann folgte Nummer drei. Der Mann zögerte, doch dann stieß auch er sich ab und verschwand aus Kristinas Blickfeld im Nichts. Drei Lebensmüde hatten sich verabschiedet.

Nun saß sie mutterseelenallein auf der Bank und sah zu ihrem Lehrer, der den Kopf zur Luke hinausgestreckt hatte. „Wir fliegen eine kleine Schleife!", schrie er ihr zu.

Kristina rührte sich nicht von der Stelle. Sie fühlte nichts als ihr hämmerndes Herz. Klares Denken war nicht mehr möglich. Dann gab Serengeti ihr mit einem Wink zu verstehen, dass sie sich nach vorne bewegen sollte. Kristina krabbelte auf allen vieren zur Luke und schwang die Beine hinaus. Womit sie nicht gerechnet hatte, war der Luftdruck, der sie nicht hinaussog, sondern in den Bauch des Flugzeugs zurückdrückte. Sie musste all ihre Kraft aufbieten und sich an der Luke festhalten, um nicht nach hinten zu fallen. Der Lehrer befestigte die Reißleine und signalisierte ihr, dass sie sich noch weiter hinauslehnen sollte.

Dann hörte Kristina das „Go!“, und sie sprang.

Sie fiel. Es war wie ein Filmriss. Eine Leere tat sich auf, ein schwarzes Loch, ein Kurzkoma, eine Erinnerungslücke von exakt zehn Metern Länge. Darauf folgte ein kräftiger Ruck, der Kristina wieder ins Hier und Jetzt katapultierte. Wie eine Marionette baumelte sie an dem Schirm und drehte sich dabei wie ein Brummkreisel um die eigene Achse. Oh, mein Gott, ich bin gesprungen, schoss es ihr durch den Kopf, und sie stieß einen Jubelschrei aus.

Das Drehen hörte auf, als die Fangleinen sich entwirrt hatten. Nun schwebte sie lautlos durch die Luft. Sie sah nach oben und entdeckte den bunten Schirm über sich. Kein Brötchen, stellte sie erleichtert fest. Sie ließ den Blick schweifen. Weit unter ihren Füßen erstreckten sich Felder und Wiesen, an der Seite ein kleines Wäldchen. Kristina stieß noch einen Jauchzer aus. Ihr Herz wummerte zwar auch weiterhin wie verrückt, aber inzwischen durchströmte sie ein Gefühl der Überwältigung. Ihre Reise schien sie gar nicht zum Boden zu führen. Es war vielmehr so, als würde sie in der Luft hängen und wie eine Seifenblase über der Erde schweben. Dazu diese unglaubliche Ruhe. Und dann dieser Rundumblick. Grandios. Matula hatte recht, dachte sie plötzlich. Das hier war fast so gut wie ein … Na ja, nur das endlose Vorspiel vor dem Sprung, das brauchte wirklich kein Mensch.

In der Ferne entdeckte sie den kleinen Flughafen, an dem ihre Reise begonnen hatte. Langsam glitt sie in diese Richtung und näherte sich ihrem Ausgangspunkt. Die Wiese, auf der sie landen sollte, geriet in ihr Blickfeld. Sie flog darüber hinweg. Der Höhenmesser in ihrem Helm meldete sich. Kristina suchte nach der Windfahne auf dem Dach des Flughafengebäudes. Vorsichtig zog sie an dem Griff, der rechts neben ihrem Kopf baumelte, lenkte so den Schirm nach rechts und drehte sich allmählich in die gewünschte Richtung. Daraufhin signalisierte ihr der Höhenmesser, dass die Landung bevorstand. Kristina zog nun an den beiden Griffen über ihrem Kopf. Der Schirm stellte sich schräg und bremste ihren Flug. Kaum hatte sie die Beine angewinkelt, berührten ihre Füße auch schon den Boden. Sie machte drei lange Schritte, verlor dann das Gleichgewicht und landete auf dem Hosenboden. Einen Augenblick später waren Sandra und Paul bei ihr und halfen ihr auf.

„Alles okay mit dir?“, fragte Paul, der sich an ihrem Schirm zu schaffen machte und ihn zusammenpackte.

„Wie war's?“, wollte Sandra wissen.

Kristina grinste und schlug sich stolz mit den Fäusten auf die Brust. „Vor euch steht King Kongs Schwester!“ Damit raffte sie den Schirm zusammen und stapfte in Richtung Hangar.

Sandra lief ihr hinterher. „Und, hab ich zu viel versprochen?“

„Ja, denn das war viel zu kurz“, rief sie. „Aber es war der absolute Hammer!“

Sandra legte die Hand auf ihre Schulter. „Na dann bist du ja für alle Eventualitäten gewappnet. Was kann dich jetzt noch schrecken?“

Nichts, dachte Kristina. Es kam ihr vor, als würde sie in einem See voller Glückshormone schwimmen. Hoffentlich gab's hier keinen Abfluss.

12

Die folgenden Tage in Frankfurt erlebte Kristina wie im Rausch. Es war, als würde sie sich in einem immerwährenden Freudentaumel befinden. Und ehe sie sichs versah, musste sie sich von Paul und Sandra verabschieden und sich auf den Rückweg Richtung München begeben. Auf der Heimfahrt telefonierte sie noch mit ihrer Tochter und ihrem Vater und erfuhr, dass keiner von beiden daheim sein würde. Sie hatte also sturmfreie Bude.

Als sie nun zu Hause ankam, erwartete Tom sie bereits vor der Haustür. „Meine Abenteuerin, endlich … Du hast mir so gefehlt", flüsterte er ihr ins Ohr und küsste sie.

„Du mir auch", hauchte Kristina, bevor sie sich aus der Umarmung löste. „Wollen wir noch weiter hier draußen wie zwei Teenager knutschen, oder kommst du mit rein?"

Später, als sie nach einer leidenschaftlichen Wiedersehensfeier in Kristinas Bett lagen, erzählte sie Tom ausführlich von ihrem Sprung.

Er lauschte gebannt und sah sie voller Bewunderung an. „Ich glaube, ich würde mich das nicht trauen."

„Weichei", zog sie ihn auf.

„Ertappt." Schließlich sagte Tom, dass er eine Überraschung für sie hätte. „Ich brauch nur meinen Laptop", meinte er und sprang aus dem Bett. „Dann zeigt dir die alte Frau Breuer mal, was sie sich für dich ausgedacht hat, während du dein Leben riskiert hast."

„Meine alte Frau Breuer", murmelte Kristina und küsste ihn. „Lass mal sehen."

Kurz darauf kam er mit dem Computer zurück und öffnete die Datei, die einen virtuellen Rundgang durch die Praxis enthielt.

„Wow", staunte Kristina. „Wie hast du denn das gemacht?"

„Dafür gibt es inzwischen spezielle Programme. Du gibst die Pläne und alle Maße ein, und der Computer bastelt daraus ein dreidimensionales Modell."

„Genial", stellte Kristina beeindruckt fest.

„Wenn du hier auf den Cursor gehst, kannst du den Rundgang fortsetzen." Tom demonstrierte ihr, wie sie durch den Raum navigieren konnte, den sie vor sich auf dem Bildschirm sah. „So kannst du alles von jedem x-beliebigen Blickwinkel betrachten."

Kristina kam aus dem Staunen nicht mehr heraus. Sie war vollkommen sprachlos.

„Wie findest du es?", wollte Tom nach einiger Zeit wissen.

Kristina schaute ihn an. „Du bist ein Künstler. Das hier ist unglaublich."

„Schön, dass es dir gefällt."

„Was soll der Spaß denn kosten?"

Tom schloss die Datei und öffnete eine zweite, die er ihr gemailt hatte. „Hier ist die Kostenkalkulation."

Kristina studierte die Zahlen. „Das glaube ich nicht." Entgeistert starrte sie ihn an. „Das sind ja nicht mal 3.000 Euro."

Tom nickte. „Der Trockenbauer ist mir noch einen Gefallen schuldig, deswegen bekommst du 30 Prozent Rabatt von ihm. Der Schreiner ist ein Freund von mir und macht uns ebenfalls einen sehr guten Preis. Und meine Leistung bekommst du ja sowieso umsonst."

„Das kann ich unmöglich annehmen", erwiderte sie entschieden.

„Na ja, ganz umsonst kriegst du es ja nicht. Gegen ein paar Liebesdienste hätte ich nichts einzuwenden." Er lächelte sie verwegen an.

„An wie viele dieser Liebesdienste hätten Sie denn so gedacht?", fragte Kristina gespielt ernst.

„Na, so an die 3.000 müssten es schon sein."

„Ups, dann muss ich ja bis zu meiner Rente für dich arbeiten."

Tom klatschte in die Hände. „Schön, dass wir uns einig sind. Also kann es am Montag gleich losgehen." Er sah auf die Armbanduhr. „Und was machen wir mit dem angebrochenen Abend? Wollen wir ausgehen?"

„Ausgehen?", wiederholte Kristina leicht nervös.

„Ja, wir könnten doch ein bisschen um die Häuser ziehen", schlug er vor.

„Und was, wenn uns jemand sieht?"

Irritiert musterte er sie. „Was dann? Ich dachte, als King Kongs kleine Schwester kennst du keine Furcht mehr."

„Weder Philipp noch Sophie wissen von uns", gab Kristina zu bedenken. „Ich würde lieber mit ihnen darüber sprechen, bevor es zu einer zufälligen Begegnung kommt."

„Und wann willst du es ihnen erzählen?", fragte Tom leicht verärgert und schaltete seinen Laptop aus.

„Das geht mir alles etwas zu schnell, Tom. Ich meine, wir kennen uns kaum."

„Seit vier Wochen, um genau zu sein."

„Eben", sagte sie, „und ich brauche noch ein wenig Zeit."

„Ich verstehe einfach nicht, warum du so ein Geheimnis um uns machst."

Kristina holte tief Luft. „Was ist denn das mit uns überhaupt?"

„Etwas Gutes." Tom ergriff ihre Hände und küsste zärtlich jeden einzelnen Finger. „Nichts, wofür wir uns schämen müssten."

Sie lächelte. „Ja, aber ich bin nicht die Frau, die sich wie ein Teenager Hals über Kopf in eine Beziehung stürzt. Das macht mir mehr Angst als der Fallschirmsprung."

Tom umarmte sie und drückte sie an sich. „Angst ist wirklich das Letzte, das du haben musst. Ich will dich zu nichts drängen. Aber …“

Kristina schlang die Arme um seinen Nacken. „Dann tu es auch nicht. Irgendwann kommt der richtige Zeitpunkt, um es meinen Kindern zu sagen.“

„Hab ich eine Wahl?“

Wortlos schüttelte sie den Kopf.

Tom seufzte. „Also gehen wir vorerst weiter unserer heimlichen Leidenschaft nach. Was sicher nicht ganz einfach werden wird.“

„Genau, unserer heimlichen Leidenschaft.“ Kristina sah auf die Uhr. „Sophie kommt bald nach Hause“, erklärte sie entschuldigend.

Tom verstand das Signal sofort. Er zuckte nur mit den Schultern und begann, sich anzuziehen. Kristina schlüpfte ebenfalls in ihre Kleider, dann gingen sie schweigend hinunter. Als Tom nun die Haustür öffnen wollte, schloss Sophie auf und kam herein.

„Hallo“, sagte Sophie überrascht. „Du hier?“

„Tom hat mir gerade seine Umbaupläne gezeigt“, meinte Kristina zu ihr.

„Zeigst du sie mir auch?“, schnurrte ihre Tochter und strich wie eine Katze um ihn herum.

„Das nächste Mal“, erwiderte Tom freundlich. „Es ist schon spät, und ich muss leider weg.“

Sophie zog eine Schnute. „Das finde ich jetzt aber nicht …“

„Du siehst sie noch früh genug“, unterbrach Kristina sie. „Tschüss, Tom. Wir bleiben in Kontakt.“

Ihre Tochter stellte sich ihm jedoch in den Weg. „Lass uns doch zusammen mal was unternehmen. In Schwabing hat ein neuer Klub aufgemacht. Der soll total geil sein.“

„Ja, bei nächster Gelegenheit machen wir das." Damit schob Tom sich an ihr vorbei ins Freie. „Tschüss, ihr beiden."

Kristina folgte ihrer Tochter nach oben und fragte sie: „Was ist denn jetzt mit dir und Sven? Habt ihr euch wieder versöhnt?"

„Nein, diesmal ist es endgültig. Der sieht mich nie wieder."

„Aha, das heißt, du bleibst hier wohnen?"

„Ja."

Das Zufallen von Sophies Zimmertür war das Letzte, das Kristina von ihrer Tochter hörte. „Dann wäre das ja auch geklärt", sagte sie grimmig zu sich selbst. Sie ging nach nebenan in die Küche und fing an, aufzuräumen. Mit jedem Handgriff wuchs ihre Wut. Jeder tut hier nur das, was ihm gefällt, und ich habe das Nachsehen, dachte sie voller Zorn. So kann das nicht weitergehen.

Mit einem lauten Ruck warf sie die Klappe der Spülmaschine zu und setzte sie in Gang. Dann riss sie energisch den vollen Müllbeutel aus dem Abfalleimer und trug ihn nach unten. Mit Schwung pfefferte sie ihn in die Mülltonne. In diesem Moment hielt ein Taxi vor ihrem Haus. Kristina wartete gespannt, bis der Fahrgast ausgestiegen war. Es war ihr Vater. Der kam ihr gerade recht! Mit ihm hatte sie schließlich noch ein Hühnchen zu rupfen.

Gut gelaunt schlenderte ihr Vater zum Haus. „Hallo. Wie geht's?"

„Lange nicht gesehen", begrüßte Kristina ihn bissig und musterte ihn finster.

„Was ist dir denn über die Leber gelaufen?" Er wollte an ihr vorbei ins Haus gehen, doch sie versperrte ihm den Weg.

„Wo kommst du her?"

„Ich war aus."

„Mit wem?"

„Wird das ein Verhör?" Er grinste sie schelmisch an.

Doch Kristina war nicht nach Scherzen zumute. „Jeder kommt und geht, wie es ihm gerade beliebt. Wie in einem Hotel. Niemand sagt mir über irgendetwas Bescheid, und das passt mir gar nicht. Bisher haben wir das ja auch anders gehandhabt."

„Dinge ändern sich", entgegnete Klaus fröhlich. „Ich bin volljährig, und ich muss meiner Tochter nicht mehr alles erzählen."

Wutschnaubend stampfte sie mit dem Fuß auf. „Verdammt noch mal, das ist immer noch mein Haus!"

Seine Miene verdüsterte sich. „Jetzt mach aber mal halblang." Damit schob er sie zur Seite und trat ein.

Kristina folgte ihm nach oben. „Ich möchte wissen, was mit dir los ist", beharrte sie. „Du bist kaum noch daheim, du ziehst dich anders an, du machst neuerdings Sport und trägst sogar Knize."

Er blieb auf der Treppe stehen und sah seine Tochter an, die zwei Stufen unter ihm stand. „Riecht gut, was?" Damit drehte er sich um und ging weiter.

„Na ja, wenn du die Frauen damit in Duldungsstarre versetzen willst, ist dir das sicherlich gelungen."

„Duldungsstarre?" Verständnislos starrte ihr Vater sie an. „Also, weißt du …" Er stapfte weiter.

Kristina ließ nicht locker. „Papa! Was steckt dahinter?"

„Na, was denkst du?" Er war im Dachgeschoss angekommen und wartete, bis Kristina zu ihm kam. „Eine Frau natürlich. Was denn sonst?"

„Was denn sonst?", äffte sie ihn nach. „Wer ist sie? Kenn ich sie? Wann stellst du sie uns vor?"

Ihr Vater lächelte nachsichtig. „Du kennst sie nicht. Ihr Name ist Charlotte. Ihr werdet sie zu gegebener Zeit kennenlernen. Und ein polizeiliches Führungszeugnis samt DNA-Profil reiche ich nach." Er betrat sein Wohnzimmer und ließ die Tür offen, was Kristina als Einladung verstand, hereinzukommen. Während er nun seine Manschettenknöpfe und die Krawatte ablegte, ließ sie sich auf der Couch nieder. So leicht würde er heute nicht davonkommen.

„Warum versteckst du sie vor mir?“, wollte sie wissen.

„Das tu ich gar nicht“, widersprach ihr Vater. „Aber in meinem Alter überstürzt man solche Dinge nicht mehr, auch wenn die verbleibende Zeit mit jedem Tag kostbarer wird. Außerdem ist Charlotte ziemlich oft auf Reisen.“

„Du könntest sie ja einfach mal mitbringen“, schlug Kristina vor. „Ich koche was Schönes und lade Philipp und Sophie dazu ein.“

„Nett von dir, aber du musst dich noch etwas gedulden. Wenn es dich beruhigt, kann ich dir eins schon mal verraten: Es geht mir hervorragend, so gut wie lange nicht mehr.“

„Man sieht's.“

Er setzte sich zu seiner Tochter auf das Sofa und tätschelte ihre Hand. „Du musst dir keine Sorgen machen. Ich bin kein alter Trottel auf Freiersfüßen. Und Charlotte ist keine Heiratsschwindlerin, die mich ausnehmen will. Es ist alles in bester Ordnung. Aber dass es mich in meinem Alter noch einmal so erwischen würde, nach deiner Mutter, das verblüfft mich schon“, sagte er mit einem seligen Lächeln auf den Lippen.

Kristina musterte ihn misstrauisch.

„Sieh mich nicht so an“, beschwerte er sich. „Außerdem könnte es dir nicht schaden, auch mal wieder mit einem Mann auszugehen. Du wirst schließlich nicht jünger.“

„Sehr charmant.“

Er schlüpfte aus seinen Schuhen und streckte die Beine aus. „Als deine Mutter gestorben ist, dachte ich, mein Leben wäre zu Ende. Alles erschien mir so sinnlos, ich fühlte mich furchtbar verlassen und allein.“

„Aber du hattest doch mich und die Kinder", wandte Kristina ein.

„Ja, zum Glück. Trotzdem ist das nicht das Gleiche", fuhr Klaus fort. „Wir haben eine gute Ehe geführt, deine Mutter und ich. Sie fehlt mir immer noch. Doch inzwischen habe ich die Trauer überwunden. Auch mit deiner Hilfe." Er lächelte sie an. „Und im letzten Drittel meines Lebens – oder vielleicht im letzten Viertel – möchte ich nicht bloß auf den Tod warten. Ich will leben. Findest du das unangemessen?"

Sie schüttelte den Kopf. „Nein, natürlich sollst du dein Leben genießen, mit allem, was dazugehört. Aber du musst verstehen, dass ich mir Sorgen mache. Du bist wie ausgewechselt."

„Das stimmt. Das Leben hat mich wieder, und ich werde es auskosten, so gut ich kann. Wer weiß, wie viel Zeit mir dafür noch bleibt?"

„Fehlt dir etwas?", fragte Kristina entsetzt.

„Im Gegenteil. Mir ging es noch nie so gut. Ich fühle mich total jung, und meine Werte sind eins a. Aber genug von mir. Was ist mit dir? Wie lange willst du noch alleine durchs Leben gehen? Du gehst stramm auf die 50 zu, wenn ich mich recht entsinne, oder?"

Kristina verzog das Gesicht. „Mach aber mal 'nen Punkt."

„Tut mir leid, dass ich dir das so deutlich sagen muss. Ich darf das, ich bin dein Vater. Du solltest dich nach einem neuen Mann umsehen. Peter gehört der Vergangenheit an. Der kommt nicht mehr zurück."

„Darauf könnte ich auch wirklich verzichten. Peter wird übrigens noch einmal Vater."

Ihr Vater zog die Brauen hoch. „Aha! Siehst du, wozu wir Männer fähig sind? Wenn du dir Mühe gibst, dann findest du bestimmt noch einen interessanten Mann. Soll ich dich mal mit Horst bekannt machen?"

„Mit welchem Horst?“

„Aus meinem Schachklub.“

„Papa! Der ist doch schon 69.“

Er sah sie irritiert an. „Horst ist ein Mann im besten Alter. Jüngere Männer kommen ja wohl kaum in Frage“, erklärte er im Brustton der Überzeugung.

„Da häng ich ja lieber tot überm Zaun!“ Sie sprang von der Couch auf. „Ich will morgens nicht neben Catweazle aufwachen. Du ja auch nicht. Wie alt ist denn deine Charlotte? Jünger als du, vermute ich mal.“

„Man fragt eine Dame nicht nach ihrem Alter“, gab er lapidar zurück. „Aber selbstverständlich ist sie jünger als ich. Alt bin ich ja selber.“ Er kicherte amüsiert.

Kristina ging zur Tür. „Na dann solltest du jetzt ins Bett gehen und deinen Schönheitsschlaf halten. Junge Frauen fordern ja einiges. Gute Nacht.“

Ihr Vater zeigte sich unbeeindruckt von dieser Spitze und erwiderte schlicht: „Gute Nacht.“

Nachdem sie die Tür hinter sich geschlossen hatte, ging sie in ihr Schlafzimmer, das sich eine Etage tiefer befand. Langsam zog sie sich aus und betrachtete sich dann nachdenklich im großen Spiegel im Bad. Tom hatte sich nicht mit Grausen von ihr abgewendet. Im Gegenteil, dachte Kristina. Unwillkürlich lief ihr ein wohliger Schauer über den Rücken. Tatsächlich hatte er sich voller Verlangen auf sie gestürzt. Tom gehörte zu einer ganz anderen Generation, während ihr Vater noch den traditionellen Vorstellungen von Beziehungen zwischen Männern und Frauen nachhing. Zwischen Tom und ihrem Vater lagen 40 Jahre. So viel hat sich inzwischen verändert, überlegte Kristina. Warum nicht auch die Frage des Alters?

13

Die Umbaumaßnahmen in ihrer Praxis hatten für Kristina einen unschätzbaren Vorteil. Niemand nahm Anstoß daran, dass Tom sie von nun an täglich besuchte. Schließlich musste er die Arbeiten überwachen. Sophie war mit sich selbst beschäftigt und ließ sich kaum blicken. Und Klaus schien sein Zuhause auch nur noch zum Schlafen zu benutzen. Wenn überhaupt.

Kristina kam es gerade recht, dass jeder seiner eigenen Wege ging. So stellte niemand dumme Fragen. Der Umbau kam nur langsam voran, denn der tägliche Praxisbetrieb durfte ja nicht darunter leiden. Die Handwerker konnten nur in kleinen vertretbaren Etappen arbeiten. Das schob für Kristina die Stunde der Wahrheit vorerst in weite Ferne. Niemand ahnte etwas von ihrem Doppelleben. Manchmal besuchte sie Tom in dessen Wohnung und genoss den Nervenkitzel, wenn sie das Haus betrat, in dem auch ihr Sohn wohnte. Bis jetzt hatte es keine Begegnungen mit Philipp im Treppenhaus gegeben, aber Kristina hatte sich für diesen Fall eine Notlüge zurechtgelegt. Meistens trafen sie sich jedoch bei ihr.

Einmal wurden sie dort fast von Sophie überrascht. Nach einem leidenschaftlichen Liebesspiel lagen beide engumschlungen auf der Couch und dösten, als Sophie unerwartet früh nach Hause kam. Kristina hörte die Schritte auf der Treppe, die immer näher kamen, und sprang sofort auf.

„Was ist denn los?“, fragte Tom verwirrt und fuhr sich durch sein zerzaustes Haar.

„Ich glaube, Sophie kommt.“ Hektisch suchte Kristina nach ihren Sachen und zog sich schnell an. „Du musst … verschwinden“, sagte sie zu Tom und sah ihn flehend an. „Bitte.“

„Hab mein Tarnkäppchen leider zu Hause vergessen“, erwiderte er spitz, „aber ich könnte mich aus dem Fenster stürzen.“

„Tom, bitte.“

Mürrisch stand er auf, sammelte seine Klamotten ein und verzog sich ins Bad. „Das muss aufhören“, murmelte er dabei. „Das kann so nicht ewig weitergehen. Ich komme mir vor wie ein Gigolo.“

In dem Moment klopfte es bereits. „Bist du zu Hause, Mama?“, fragte Sophie durch die geschlossene Tür.

Kristina drehte den Schlüssel um und machte ihrer Tochter auf.

„Seit wann schließt du dich ein?“, erkundigte Sophie sich überrascht und schaute sich suchend im Raum um.

„Ich hatte mich hingelegt und wollte nicht gestört werden“, erklärte Kristina. „Warum bist du denn schon da?“

„Ach, die anderen langweilen mich“, ließ Sophie kryptisch verlauten. „Kochen wir etwas zusammen?“

Kristina suchte krampfhaft nach einer Antwort, mit der sie ihre Tochter abwimmeln konnte, ohne sie zu verärgern. „Gerne, aber ein bisschen später. Ich bin noch nicht hungrig. In Ordnung?“

Sophie nickte. „Pasta? Haben wir Tomaten da?“

Sie schüttelte den Kopf. „Nein.“

„Dann fahr ich schnell los und kaufe ein“, schlug ihre Tochter vor.

„Das wäre ganz wunderbar“, flötete sie.

Kaum war Sophie verschwunden, ging Kristina ins Badezimmer. Tom hatte sich inzwischen angezogen und saß auf dem Rand der Badewanne.

„Sie ist kurz weg“, sagte sie, „zum Einkaufen.“

Tom rührte sich nicht. „Das heißt, ich soll jetzt gehen, oder?“

Sie nickte. „Es tut mir so leid, Tom."

Langsam richtete er sich auf. „Das kann so nicht weitergehen, Kristina. Die Umbauarbeiten sind so gut wie beendet. Länger kann ich die Fertigstellung wirklich nicht hinauszögern."

Nachdenklich schaute Kristina aus dem Fenster und entdeckte Sophie, die gerade auf ihrem Fahrrad davonfuhr. Sie nahm Toms Hand und zog ihn sofort in Richtung Tür.

Doch er bewegte sich nicht von der Stelle. „Ich meine das ernst, Kristina. Ich will mich nicht länger hereinschleichen und davonstehlen müssen. Du musst endlich deiner Familie sagen, wie es um uns steht. Sonst tu ich es."

Kristina hörte ihm nur mit halbem Ohr zu. Hastig suchte sie nach einer Möglichkeit, Tom dazu zu bringen, das Haus zu verlassen, bevor ihre Tochter vom Einkaufen zurückkam. Mit sanftem Druck bugsierte sie ihn schließlich hinunter. Sie begleitete ihn noch zu seinem Wagen, den er auf ihren Wunsch diskreterweise um die Ecke geparkt hatte.

„Ich komme mir vor wie ein heimlicher Liebhaber, nur dass meine Geliebte gar nicht verheiratet ist", beschwerte Tom sich. „Das ist doch total bescheuert!" Inzwischen waren sie an seinem Wagen angekommen. „Können wir nicht endlich wie ein ganz normales Paar leben?" Tom umfasste ihr Gesicht und zog sie an sich. „Ich meine so simple Dinge wie ausgehen, Freunde treffen, zusammen einschlafen und aufwachen, ein ganzes Wochenende miteinander verbringen?" Er blickte sie sehnsüchtig an.

Kristina fühlte sich unwohl in ihrer Haut. Sie hatte sich längst mit der Situation arrangiert. Warum nur? Wovor schreckte sie zurück? Sie sah Rita vor sich, die sie immer wieder als Feigling bezeichnet hatte.

„Du hast in allem recht. Ich werde mit den Kindern sprechen. Bald. Versprochen. Aber lass uns am nächsten

Wochenende doch einmal zusammen irgendwo hinfahren", schlug Kristina vor.

Toms Blick hellte sich auf. „Fabian hat ein Häuschen am Starnberger See", erzählte er. „Er ist die ganze nächste Woche weg, und ich habe den Schlüssel. Ich kann's benutzen, hat er gesagt. Und der Wetterbericht ist sehr gut. Was hältst du davon?"

Eigentlich hatte sie an ein entfernteres Ziel gedacht, aber Kristina sah ein, dass sie ihn nicht wieder abblitzen lassen konnte. „Wunderbar. Ich freue mich darauf!", sagte sie. „Wann fahren wir los?"

„Ich komme am Freitag nicht vor sechs aus dem Büro."

„Dann bin ich um halb sieben bei dir, okay?", meinte sie.

Er küsste sie lange und leidenschaftlich, dann löste er sich von ihr, stieg in seinen Wagen und fuhr davon.

Kaum war Kristina in der Küche angelangt, traf auch schon Sophie mit den Einkäufen ein und sagte: „Ich dachte, ich hätte Toms Wagen gesehen."

„Ach, da musst du dich getäuscht haben", gab Kristina beiläufig zurück und packte die Sachen aus, die ihre Tochter mitgebracht hatte.

Kristina beobachtete amüsiert Sophies Versuche, mit Tom zu flirten. Sie ließ einfach nicht locker. Bei den gelegentlichen Zusammentreffen ließ ihre Tochter immer wieder ihren ganzen Charme spielen und musste jedes Mal aufs Neue verblüfft zur Kenntnis nehmen, dass sie bei Tom nicht landen konnte.

Sophie setzte sich nun auf einen Küchenschrank und sah ihrer Mutter beim Auspacken zu. „Tom ist seltsam", setzte sie an.

„Wieso?" Kristina hielt kurz inne.

„Ich glaube, er ist schwul."

Sie lachte laut auf. „Was?"

„Doch, wirklich. Er reagiert auf keine Anmache. Er ist kalt wie ein Fisch. Mir gegenüber. Schwul eben."

„So ein Blödsinn."

„Nein. Ich muss Philipp mal fragen. Der weiß bestimmt mehr."

Kristina musste sich sehr zusammennehmen, um keinen Verdacht zu erregen. „Das muss ich Tom erzählen, wenn er mal wieder vorbeikommt."

„Das tust du nicht", warnte Sophie sie. „Er muss ja nicht wissen, dass ich ihn für einen Hetero gehalten und angemacht habe. Das ist voll peinlich."

Kristina holte den großen Topf aus dem Küchenschrank, stellte ihn in die Spüle und füllte ihn mit kaltem Wasser. Danach stellte sie ihn auf den Herd und drehte die Platte auf Höchststufe. „Nur weil ein Mann mal nicht auf dich reagiert, muss er doch nicht gleich schwul sein", entgegnete sie und suchte im Hängeschrank nach der Tüte mit den Spaghetti. „Vielleicht bist du nicht sein Typ. Das soll's ja geben."

„Glaub ich aber nicht."

Kristina konnte sehen, dass ihrer Tochter diese Möglichkeit nicht gefiel. „Und du bist dir sicher, dass das mit Sven endgültig vorbei ist?"

Sophie sprang auf. „Nicht nach der Nummer, die er zuletzt gebracht hat." Sie stellte sich hinter ihre Mutter und schlang die Arme um sie. „Wir haben ja uns. Ich finde es toll, dass ich immer zu dir zurückkommen kann."

Kristina genoss diesen seltenen Augenblick der Zärtlichkeit mit ihrer Tochter, doch im selben Moment meldete sich ihr schlechtes Gewissen.

„Wollen wir am Wochenende etwas gemeinsam unternehmen?", fragte Sophie. „Ein Mutter-Tochter-Wochenende? Nur wir zwei?"

Kristina spürte, wie es ihr heiß und kalt den Rücken hinunterlief. „Ich wünschte, das ginge", antwortete sie, ohne sich umzudrehen. Sie konnte ihrer Tochter jetzt nicht in die Augen sehen. „Aber ich bin übers Wochenende weg, auf einer Fortbildung."

Sophie löste die Umarmung. „Schon wieder? Du warst doch gerade erst."

„Ich muss am Ball bleiben, die Konkurrenz schläft nicht."

„Na dann holen wir das halt später nach. Und jetzt habe ich Hunger. Was kann ich tun?"

Erleichtert drückte Kristina ihr die Reibe und den Parmesan in die Hand und kümmerte sich um die Tomatensoße.

„Wo steckt eigentlich Opa?", wollte Sophie nun wissen.

„Der ist auf Freiersfüßen unterwegs."

„Opa? Geil! Wer ist sie?"

Kristina zuckte mit den Schultern. „Hat er mir nicht verraten."

„Opa ist verliebt? Und das in seinem Alter", stellte sie fest und war offenbar tief beeindruckt. „Das ist voll krass. Du solltest dir ein Beispiel an ihm nehmen, Mama."

Kristina warf ihrer Tochter einen Seitenblick zu. „Meinst du das ernst?"

„Logisch. Papa wird ja auch noch mal heiraten. Und du siehst doch noch ziemlich klasse aus für dein Alter."

„Danke für die Blumen. Opa hat eine Jüngere, so viel hat er mir zumindest erzählt", erklärte sie. Vielleicht genau in diesem Moment, schoss es ihr durch den Kopf. „Und dein Vater ebenfalls. Ich könnte mir ja auch einen Jüngeren suchen."

Sophie feixte. „Weidmannsheil. Wie viel jünger soll er denn sein?"

„Was schlägst du vor?" Kristina wagte sich aus der Deckung und fragte: „So wie Tom?"

„Jetzt bleib aber mal auf dem Teppich, Mama", gab ihre Tochter entrüstet zurück. „Anfang 40 müsste er mindestens sein, finde ich."

„Aber Julia ist auch fast 20 Jahre jünger als dein Vater", widersprach Kristina etwas zu heftig. „Und Tom ist 15 Jahre jünger als ich."

„Sag bloß, du stehst auf den Schwulen", meinte Sophie und musterte sie misstrauisch.

„Und wenn?"

„Du tickst ja nicht mehr richtig." Sie verschränkte die Arme vor der Brust. „Tom ist ja eher mein Modell."

Kristina versuchte, die Fassung zu bewahren. „Wo ziehst du denn die Grenze, was mich betrifft?"

„Keine Ahnung", sagte Sophie ungehalten. „Das musst du selber wissen. Aber wenn das eine Midlife-Crisis ist, dann verschon mich bitte damit."

„Selbstverständlich, mein Fräulein", konterte sie schnippisch. „Mir ist der Appetit vergangen." Sie legte den Kochlöffel aus der Hand, stellte den Herd aus und verließ die Küche.

„Mensch, Mama, jetzt hab dich doch nicht so!", rief Sophie ihr hinterher.

Für diesen Abend hatte Kristina genug. Sie schloss die Tür hinter sich ab. Ich bin von gnadenlosen Egoisten umzingelt, und ich blöde Kuh stecke für die anderen zurück, dachte sie ärgerlich bei sich. Doch damit war nun Schluss. Es ist mein Leben, und damit mach ich, was ich will. Punkt – oder vielleicht doch nur ein Fragezeichen? Kristina ging zum Fenster und schaute hinaus. Wie oft hatte sie hier gestanden und darüber nachgedacht, was sie falsch und was sie richtig gemacht hatte …

Kristina ließ die vergangenen Jahre seit der endgültigen Trennung von Peter noch einmal Revue passieren. Es hatte durchaus ein paar andere Männer gegeben, die ihr den

Hof gemacht oder die sie interessiert hatten. Aber über das Versuchsstudium war sie nie hinausgekommen. Immer hatte einer Fortsetzung etwas im Weg gestanden. Sie dachte an Johannes, einen Psychologen, den sie auf einer Party bei Freunden kennengelernt hatte. Er war ihr so sensibel und einfühlsam begegnet. Leider hatte er das Temperament eines Crashtest-Dummys besessen. Dazu hatte er ein dunkles Geheimnis mit sich herumgetragen, dem Kristina mehr durch Zufall auf die Spur gekommen war. Mr. Schlaftablette hatte es nämlich nicht für nötig gehalten, Kristina zu verraten, dass er noch verheiratet gewesen war. Von ihr zur Rede gestellt, hatte er schließlich gestanden, dass er gar nicht an Trennung dachte. Eine Scheidung sei zu teuer, hatte er argumentiert. „Und ich bin als Zweitfrau für einen Bigamisten unbezahlbar", hatte Kristina ihm erbost an den Kopf geworfen und war gegangen.

Später hatte sie beim Joggen Florian kennengelernt. Der Immobilienmakler hatte sie damals mit seinem Selbstbewusstsein und seinem Optimismus regelrecht überwältigt. Manchmal hatte er sie an das Duracell-Häschen aus der Werbung erinnert. Doch bei all seinem Tschakka-Geschrei hatte er leider wie ein Hund namens Beethoven geküsst und dazu wie ein Iltis gerochen – Gründe genug, um Kristina ziemlich schnell in die Flucht zu schlagen.

Frank hingegen hatte gut gerochen und geküsst. Bei ihm hatte sie ihre goldene Regel gebrochen, nie mit einem Patienten auszugehen. Seltsam berührt hatte sie zwar seine Kosmetiksammlung im Badezimmer zur Kenntnis genommen. Natürlich war es schön, wenn ein Mann auf sich achtete. Aber musste er für seine Körperpflege fünfmal so viel Kosmetik verwenden wie sie? Frank war wie sie geschieden gewesen und hatte noch unter der Trennung von seiner Gudrun gelitten. Dafür hatte Kristina ja bis zu einem gewissen Grad sogar Verständnis aufbringen können. Aber dass Frank bei allem, was sie getan hatten, an seine Ex erinnert worden war und ihr das auch stets offenherzig mitgeteilt hatte, war Kristina irgendwann gewaltig auf die Nerven gegangen. Sie hatte keine Lust gehabt, auf Dauer in Gudruns Schatten zu stehen. Und deswegen hatte sie sich schleunigst aus dieser ominösen Dreierkonstellation verabschiedet.

Dann hatte sie über eine Kontaktanzeige im Internet, die Rita ohne ihr Wissen für sie geschaltet hatte, Carlos kennengelernt. Er hatte sich als waschechter Latin Lover entpuppt – mit vielen Qualitäten, die Kristina anfangs sehr gefallen hatten. Er hatte ihr ständig Komplimente gemacht und sie mit Blumen, Liebesbriefen und anderen Geschenken überschüttet. Aber Carlos' zweite Seite war ihr nicht lange verborgen geblieben: Er hatte seine Eifersucht wie eine Monstranz vor sich hergetragen. Selbst das hatte ihr zu Beginn noch geschmeichelt. In seinen Augen war sie offensichtlich eine extrem begehrenswerte Frau.

Aber mit der Zeit war diese Eifersucht immer schlimmer geworden. Carlos hatte sich zum Kontrollfreak entwickelt, der ihr Leben vollständig überwachen wollte. Er hatte ihre Post geöffnet, war nicht von ihrer Seite gewichen, wenn sie telefoniert hatte. Er hatte ihre SMS gelesen und sogar ihre Telefonrechnung gecheckt, um dort nach auffällig oft gewählten Nummern zu suchen. Er war fast durchgedreht, als er eine Telefonnummer, die ihm verdächtig vorgekommen war, angewählt hatte und sich dort ein Mann gemeldet hatte. Dass es nur ihr Steuerberater gewesen war, hatte er partout nicht glauben wollen. Gerade noch rechtzeitig hatte sie den feurigen Macho in die Wüste geschickt. Denn je mehr er sich aufgeblasen hatte, umso kleiner war er in Kristinas Augen geworden. Er war kein toller Hecht gewesen, sondern höchstens ein Fischstäbchen.

Ihr vorletzter Versuch lag inzwischen über ein Jahr zurück. Rolf, Lehrer, geschieden, Vater von zwei Kindern – oder besser gesagt, von zwei Monstern, die offenbar antiautoritär erzogen wurden. Zumindest waren sie Rolf und ihr auf der Nase herumgetanzt. Als Kristina einmal der Kragen geplatzt war und sie völlig entnervt den Versuch unternommen hatte, die beiden erzieherisch zu bändigen, hatten Kinder samt Vater empört reagiert. Gleich darauf hatte Kristina sich von dieser Addams Family verabschiedet und Rolf zum Schluss noch einen Nasenhaarschneider geschenkt. Den hatte er dringend nötig gehabt.

Und zu guter Letzt war da noch Nikolas gewesen. Ein Traum von Mann. Zahnarzt. Gutaussehend. So alt wie sie. Dazu glücklich geschieden, finanziell unabhängig und Vater zweier erwachsener Kinder, die auch noch nett gewesen waren. Nikolas hatte außerdem ein Ferienhaus in Südfrankreich gehabt, in das er sie entführt hatte. Alles hatte so perfekt gewirkt. Aber nach einiger Zeit hatte Kristina bemerkt, wie Nikolas sich immer mehr zurückgezogen hatte. Als sie ihn dann ganz direkt gefragt hatte, war er ihr ausgewichen und hatte sie mit Allgemeinplätzen wie „Ich bin noch nicht bereit für eine feste Beziehung“ oder „Es liegt nicht an dir“ abspeisen wollen. Erst ihr hartnäckiges Nachbohren hatte schließlich die Wahrheit ans Licht gebracht: Nikolas hatte in seiner Praxis eine andere kennengelernt. Und wie sich herausgestellt hatte, war diese Marlene auch noch zehn Jahre jünger gewesen als Kristina. Das hatte ihr einen gewaltigen Schlag versetzt. Sie war zurück auf die Resterampe gewandert.

Kristina war noch immer ratlos. Der Markt schien wie leergefegt zu sein, die allerletzten Angebote waren auf irgendeine Art beschädigt oder standen verstaubt wie sie im Regal. Warum sollte sie also jetzt jemanden wie Tom abweisen, der kein Egoist war, keine Probleme mit sich herumzuschleppen schien, der nicht ständig von seiner Ex faselte, keinerlei problematischen Anhang in Form von pubertierenden Kindern im Schlepptau hatte und der sie und offenbar keine Jüngere wollte? Das wäre der totale Irrsinn, so viel stand fest. Tom nahm in der Kategorie Traummann den obersten Platz ein. Aber abgesehen vom Altersunterschied muss die Sache noch einen Haken haben, dachte Kristina. Den gab es schließlich immer. Sie hatte mehrmals mit Rita über ihre Zweifel gesprochen, und gemeinsam hatten sie sich diverse Szenarios ausgemalt.

„Vielleicht ist er ein Bigamist", hatte Kristina in Erwägung gezogen, „der in jeder Stadt eine andere sitzen hat. Und ich bin nur eine von vielen."

„Oder er ist ein gesuchter Heiratsschwindler, der ältere Damen wie dich einlullt, bis sie ihm verfallen sind, und dann nimmt er ihnen ihr gesamtes Hab und Gut ab", hatte Rita den Faden fröhlich weitergesponnen.

„Oder er ist ein Frauenmörder, der mich zu seinem nächsten Opfer auserkoren hat."

„Genau", hatte Rita ihr beigepflichtet. „Und sobald er genug von dir hat, verpasst er dir Betonschuhe und versenkt dich in der Isar. Aber weißt du was, Kristina, das sind alles nur Hirngespinste. Schmeiß endlich deine Skrupel über Bord und stürz dich kopfüber ins Abenteuer. Den Rausch der Liebe, die lodernde Leidenschaft, die sexuelle Ekstase, das alles darfst du dir einfach nicht entgehen lassen."

„Klingt wie aus einem Lore-Roman, so wie du das sagst."

Rita hatte nur zustimmend genickt. „Und in denen gibt es immer ein Happy End!"

14

Die Abendsonne hing tief über dem See und tauchte die Landschaft in goldenen Schein. Ihr Licht zauberte ein Glitzern auf den See. Ein Lüftchen blies übers Wasser und kräuselte die Oberfläche. Kristina saß auf dem Holzsteg, der vom Ufer in den See ragte, und ließ die Beine herabbaumeln. Das ist der perfekte Augenblick, dachte sie. Sie fühlte sich leicht, frei und glücklich. Es war eine Art schwereloser Zustand.

Sie blickte an sich hinunter und betrachtete zufrieden ihre Oberschenkel. Seit Tom in ihr Leben getreten war, hatte sich nicht nur ihr Leben total verändert. Sie hatte außerdem vier Kilo abgenommen, ohne etwas dafür zu tun – und ohne es überhaupt zu merken. Erst als sie gestern Abend beim Packen für diesen Wochenendtrip ihren Badeanzug hervorgekramt und anprobiert hatte, war es ihr aufgefallen, und sie hatte vor Freude einen Bauchtanz vor dem Spiegel vollführt. Der Badeanzug saß perfekt. Luft und Liebe waren nun mal die beste Diät. Wer brauchte da einen Dr. Sommerfeld? Sie seufzte selig. Könnte ich diesen Moment nur festhalten! Und schon war er verschwunden. Sie hörte Tom näher kommen, der zwei Gläser in den Händen hielt.

„Zwei Hugos", erklärte er. „Prosecco, Limette, Minze und Holunderblütensirup auf Eis. Der perfekte Sommerdrink. Für den perfekten Augenblick. Für die perfekte Frau. Für dich, Süße." Er setzte sich neben sie auf den Steg und reichte ihr ein Glas. „Salute, Kris."

Niemand hatte sie mehr so genannt seit ihrer Kindheit. Damals hatte sie diese Kurzform gehasst, doch jetzt gefiel sie ihr. Tom war sehr erfinderisch in seiner Namensgebung für sie. Mal nannte er sie Kris oder Krissi, Kristinchen vor allem dann, wenn sie sich kindisch benahm. Oder Krikula, wenn sie sich aufregte. Kriselda nannte er sie, wenn sie auf den

Altersunterschied zu sprechen kam, und Dernier Kri, wenn sie ein neues Kleid trug.

„Auf dich, Kris!"

Sie stießen an, brachten ihre Gläser zum Klingen und nahmen einen Schluck.

„Lecker, dieser Hugo", stellte Kristina fest.

„So lecker wie du."

Sie kuschelte sich an ihn. So saßen sie eine Weile nebeneinander, blickten aufs Wasser hinaus und schwiegen. Kristina genoss dieses Zusammensein. Ein wohliger Seufzer entrang sich ihrer Kehle. „Schöner geht es nicht", schwärmte sie.

„Stimmt."

Kristina seufzte. „Ich würde diesen Moment gerne festhalten."

„Warum festhalten? Die Ewigkeit besteht aus lauter Augenblicken wie diesem. Und das hier können wir jederzeit wiederholen. Aber es gibt ja noch so viel mehr, was wir zusammen erleben können. Wenn du …"

Sie verschloss seine Lippen mit ihrem Zeigefinger. „Pscht."

„Ich bin ja schon still", lenkte Tom ein.

Kristina dachte an die Tage, die nun vor ihnen lagen. Ein ganzes Wochenende, das sie sich durch eine Lüge freigeschaufelt hatte: Ihrem Vater und Sophie hatte sie gesagt, dass sie auf Fortbildung wäre. Bei dem Gedanken daran schämte sie sich.

„Was liegt dir auf der Seele?", wollte Tom wissen.

„Du merkst aber auch alles", meinte Kristina. Und dann berichtete sie Tom von ihrem Versuch, ihrer Tochter von sich und ihm zu erzählen, und von Sophies Verhalten, das letztlich zum Streit geführt hatte.

„Solange du dir das gefallen lässt und nicht eindeutig Position beziehst, wird Sophie sich in Bezug auf dich nie ändern", erwiderte Tom. „Steh zu deinen Entscheidungen und zu mir. Dann wird alles gut."

Kristina schwieg. Tom hatte ja recht. Sie war alt genug und konnte ihr Leben so leben, wie sie es für richtig hielt – selbst wenn ihre Familie daran Anstoß nehmen sollte. Peter kümmerte es ja letztlich auch nicht, wie seine Kinder über sein neues Leben dachten. Ob Sophie, Philipp und Klaus ihre Beziehung zu Tom so einfach akzeptieren würden, bezweifelte sie allerdings.

Tom schien zu ahnen, worüber sie nachdachte. „Lass das Grübeln, Kristina. Wir wollen unser Wochenende genießen."

Nichts lieber als das, dachte sie bei sich.

Schließlich knöpfte Tom sein Hemd auf. „Wollen wir eine Runde schwimmen?"

„Ist das nicht zu kalt?"

„Der See hat 20 Grad. Das reicht, oder?" Tom schlüpfte aus Hemd und Jeans, danach legte er die Boxershorts ab und stand nackt vor ihr auf dem Steg.

Kristina betrachtete ihn von Kopf bis Fuß. „Wann verrätst du mir dein dunkles Geheimnis?"

„Hä?" Verwirrt starrte er sie an.

„Du bist … so perfekt. Alles an dir", sagte sie. „Da muss es einfach etwas geben, das du vor mir verheimlichst."

Tom bückte sich, ergriff ihre Hand und half ihr beim Aufstehen. „Wenn du mich so direkt fragst, dann will ich dir verraten, dass ich ein Toupet trage, dazu Schuppen und Schweißfüße habe, heimlich Topflappen häkle, normalerweise eine Po-Attrappe in der Hose trage, Mitglied in einer Männergesprächsgruppe bin und drei uneheliche Kinder und einen Hamster habe, die ich allesamt verleugne."

Kristina lachte laut auf.

„Und zu guter Letzt solltest du wissen", fuhr er fort, „dass ich ältere Frauen anlocke, um sie erst um den Verstand, dann um ihr Geld und schließlich um die Ecke zu bringen."

„Hier?", fragte Kristina belustigt und schaute auf den See.

„Warum nicht? Du kannst hoffentlich nicht schwimmen, oder?“

„Können wir das mit dem Ertränken noch etwas verschieben?“ Eindringlich musterte sie seinen nackten Körper.

Tom sah an sich herunter und räusperte sich. „Na gut. Überredet. Ich glaube, ich brauche sofort eine Abkühlung.“

Während Tom an der Leiter am Ende des Stegs ins Wasser kletterte und schnaubend hineinplumpste, legte Kristina ihr Kleid und nach kurzem Zögern auch ihre Unterwäsche ab. Dann nahm sie Anlauf und sprang über Tom hinweg mit einem Kopfsprung elegant in den See. Das Wasser war kalt, also machte sie einige kräftige Schwimmzüge, um warm zu werden. Schließlich blickte sie sich um und entdeckte Tom, der auf sie zukam. Schnell hatte er sie eingeholt.

Nebeneinander schwammen sie in Richtung Seemitte, dann drehten sie um und kraulten um die Wette zurück zum Ufer.

Tom kletterte als Erster die Leiter hinauf. „Bin sofort wieder da“, sagte er, verschwand im Haus und kehrte mit zwei Badetüchern zurück. Als auch Kristina nun den Steg erreichte, legte er ihr sofort eins der Handtücher um die Schultern und rieb sie trocken, ohne sich weiter darum zu kümmern, dass er noch immer nackt war. „Das mit der Abkühlung war wohl nichts“, meinte er lachend.

„Wäre auch zu schade gewesen“, entgegnete sie.

„Carpe diem“, schlug er vor, wogegen Kristina keine Einwände erhob.

Zum ersten Mal hatten sie Gelegenheit, zwei Tage lang einfach ihre Zweisamkeit zu genießen, völlig ungestört und frei von jeglichen Heimlichkeiten. Außerdem war es für sie beide natürlich spannend, den anderen so nah zu erleben. Neben vielen Übereinstimmungen kamen auch die Unterschiede deutlicher zum Vorschein. Kristina war ein

Morgenmensch und sprang gleich nach dem Aufwachen aus dem Bett. Tom hingegen war eher eine typische Nachteule: Er lag bis neun Uhr in den Federn und blieb dafür abends länger auf. Sie aß gern Fisch, er bevorzugte Fleisch. „Fleischgenuss macht Fleischeslust", lautete Toms Devise. Aber das waren bereits die größten Abweichungen zwischen ihnen. Die Gemeinsamkeiten schienen zu überwiegen, soweit man das am ersten gemeinsamen Wochenende schon sagen konnte. Es waren die alltäglichen Angewohnheiten, die hier in Erscheinung traten. Während Kristina es an freien Tagen zum Beispiel liebte, ausgiebig zu frühstücken, erfuhr sie, dass Tom ein Espresso und ein Croissant im Stehen ausreichten.

„Das kann ich mir auch gleich auf die Hüften kleben", hatte sie das angebotene Hörnchen abgelehnt. Stattdessen hatte sie zu einer Banane gegriffen und daran herumgenuckelt, bis Tom sie ihr mit den Worten „Warum eine schlechte Kopie, wenn man das Original haben kann" aus der Hand genommen hatte.

Sie gingen zusammen am Seeufer joggen, lagen auf dem Steg in der Sonne und ließen sich bräunen, dösten oder lasen, gingen schwimmen. Dazwischen kochten sie gemeinsam und liebten sich. Sie diskutierten über Politik, Beziehungen, über die Vergangenheit und die Zukunft. Nie gingen ihnen die Themen aus. Ein Stichwort genügte, und schon vertieften sie sich in ein Gespräch. Kristina genoss diese Diskussionen. Tom berichtete ihr ausführlich von seinen beruflichen Plänen und zeigte ihr Entwürfe, die er mitgebracht hatte. Kristina massierte ihn vor dem Schlafengehen und erforschte jeden Zentimeter seines Körpers. Später schliefen sie eng aneinandergekuschelt ein. Es gefiel ihr, in aller Ruhe sein Gesicht zu betrachten, während er noch neben ihr schlummerte.

Und sie sprachen über ihre früheren Beziehungen, wobei Kristina sich die Frage verkniff, mit wie vielen Frauen er schon was gehabt hatte. Dafür erzählte sie ihm von ihrem ersten Mal.

„In einem Fiat 500?“, wiederholte Tom ungläubig. „Bist du ein Schlangenmensch?“

Die Frage war nicht gänzlich unberechtigt, denn die Rückbank des kleinen Italieners bot beileibe nicht wirklich Raum für zwei ausgewachsene Teenager, die Sex haben wollten.

„Übung macht den Meister, aber heute würde ich das nicht mehr bringen“, meinte Kristina.

Als er sie nach ihrem besten Sexerlebnis fragte, überlegte sie lange.

„So viele?“, fragte Tom amüsiert.

Kristina setzte ihr Sphinx-Gesicht auf. Bewahre dir immer ein Geheimnis und gib niemals alles von dir preis, hatte Rita ihr eingeschärft. Wobei es bei ihr wie „breis“ geklungen hatte.

Und dann berichtete sie Tom von einer kühlen Nacht, in der sie auf einem abgeschiedenen Parkplatz auf der warmen Motorhaube ihres Wagens grandiosen Sex gehabt hatte. Tom zeigte sich sichtlich beeindruckt.

Aber auch er konnte mit allerlei Abenteuern aufwarten. So hatte seine erste Freundin ihn eines Nachts heimlich in ihr Zimmer geschmuggelt, während ihre Eltern im Zimmer nebenan geschlafen hatten. „Nicht auszudenken, was ihr Vater mit mir angestellt hätte, wenn er mich im Bett seiner Tochter erwischt hätte.“

Wie würde wohl ihr Vater reagieren, wenn er Tom in ihrem Bett entdeckte? Oder Sophie? Kristina mochte sich das gar nicht ausmalen. Ein mulmiges Gefühl überkam sie bei dem Gedanken daran, dass ihr diese Aussprache noch bevorstand. Sie hatte Tom versprochen, endlich reinen Tisch zu machen und ihrer Familie die Wahrheit zu sagen. Er hatte keine Zweifel daran gelassen, dass er so nicht weitermachen würde.

Hoch und heilig hatte sie schwören müssen, ihrer Familie in den nächsten Tagen von ihm zu erzählen. „Ich bin schließlich nicht irgendein Gigolo", hatte er betont, „sondern dein Partner."

Wie nicht anders zu erwarten, verging das Traumwochenende wie im Flug. Warum verrinnt die Zeit in Lichtgeschwindigkeit, wenn es mir gutgeht, aber wenn ich schlecht drauf bin, schleicht sie wie eine Schnecke auf dem Asphalt?, überlegte Kristina, während sie das Bett abzog. Sie rollte die gebrauchte Wäsche zu einem großen Knäuel zusammen, schnupperte daran und dachte an die vielen schönen Stunden zurück, die sie im Bett verbracht hatten. Sie hatten so viel Spaß gehabt …

„Träumst du?", fragte Tom, der zur gleichen Zeit das Geschirr abspülte.

„Mmh", antwortete Kristina versonnen.

Tom ließ sie in Ruhe. Jeder hing seinen Gedanken nach, während sie das kleine Haus am See sauber machten und zuletzt ihre Habseligkeiten zusammenpackten. Als sie fertig waren, deutete nichts mehr auf ihre Anwesenheit hier hin. Als wäre nie etwas gewesen, dachte Kristina wehmütig, während sie zum Auto ging und ihre Tasche im Kofferraum verstaute.

„Ich habe einen Bärenhunger", sagte Tom. „Ich kenne ein hübsches Restaurant auf der anderen Seeseite. Wollen wir da noch einen Happen essen?"

Kristina stimmte sofort zu. Auch wenn sie keinen Hunger verspürte, wollte sie noch nicht nach Hause, noch nicht weg von Tom. Als sie in dem Lokal eintrafen, wurde gerade ein Tisch frei. Eine junge Kellnerin, Kristina schätzte sie auf Anfang 20, strahlte Tom an und reichte ihm die Speisekarte. Für Kristina hatte sie gerade mal ein kurzes Nicken übrig. Während sie bestellten, beugte die Frau sich vor, und Kristina beobachtete, wie sie ihren Busen dabei immer näher in Toms Richtung schob. So eine billige Anmache, schoss es ihr durch den Kopf, und sie knallte die Speisekarte auf den Tisch. Die Kellnerin reagierte nur mit einem süffisanten Lächeln und widmete ihre gesamte Aufmerksamkeit dann gleich wieder Tom.

„Was darf ich Ihnen zu trinken bringen?“, wollte sie von ihm wissen.

„Wir nehmen eine Flasche Grauburgunder“, sagte er.

„Und Wasser dazu?“, schlug die Kellnerin vor und fügte hinzu: „Für Ihre Mutter bestimmt ohne Kohlensäure.“

Kurz spielte Kristina mit dem Gedanken, den Kerzenständer, der auf dem Tisch stand, zu packen und der jungen Kellnerin damit den Schädel zu spalten. Erschrocken über ihre plötzliche Mordlust, zog sie stattdessen in Erwägung, einfach ohnmächtig zu werden. Im Bruchteil einer Sekunde hatte sie zwei Optionen durchgespielt, doch sie tat nichts dergleichen, sondern schlüpfte wieder in die Rolle der Sphinx. Ohne eine Miene zu verziehen, sagte sie: „Bringen Sie mir doch bitte einen Kamillentee und den Seniorenteller. Danke.“

Tom lachte schallend auf. Dann beugte er sich zu ihr hinüber und küsste sie lange auf den Mund. Die Kellnerin rauschte davon.

„Sie hält mich ernsthaft für deine Mutter“, flüsterte Kristina.

„Wenn du unbedingt willst, lass ich mir einen Vollbart wachsen, dann sehe ich älter aus“, meinte Tom und grinste sie an.

„Ich weiß nicht, ob ich dich im Yeti-Look noch mag“, gab sie zurück. „Und es ändert auch nichts daran, dass ich für deine Mutter gehalten werde. Sei ehrlich: Sehe ich aus, als könnte ich deine Mutter sein?“

„Du willst sie also hören, die grausame Wahrheit", erwiderte er und trieb es auf die Spitze. „Du willst, dass ich dir diesen glühenden Pfahl der Erkenntnis wirklich ins Fleisch treibe, oder?"

„Du nimmst mich nicht ernst."

„Wie könnte ich das?", winkte Tom ab. „Die hat das bloß gesagt, um dich zu ärgern. Sie ist eifersüchtig auf dich, weil du glücklich bist und das auch ausstrahlst."

„Vergiss nicht, ich bin deine Mutter."

Tom ignorierte den Einwurf. „Sie ist eine primitive Person …"

„Deine Mutter?"

Tom verzog das Gesicht. „Die Kellnerin. Macht mich auf so eine plumpe Art an und wird dann auch noch unverschämt, wenn ich nicht darauf reagiere", erklärte er leicht genervt. „Eigentlich sollte ich mich beim Geschäftsführer über diesen miserablen Service beschweren." Schon hob er den Arm, um nach jemandem zu winken.

Kristina hinderte ihn daran. „Nein, bitte nicht."

„Na gut, weil du meine Mutter bist."

„Du!" Sie drohte ihm mit der geballten Faust und lächelte. „Ich würde heute Abend gerne Harold und Maude sehen. Das ist meine Lieblings-DVD. Kennst du den Film? Danach muss ich allerdings gleich zurück in den Sarg."

„Ist das dieser Film, in dem sie 80 und er 16 ist und die beiden eine Affäre haben?"

„Fast wie bei uns", seufzte sie. „Wie alt ist eigentlich deine Mutter?"

„Nicht schon wieder." Tom fasste sich an die Stirn.

„Wie alt?"

„65."

„Wirklich? Nicht vielleicht erst 52?"

„Isch 'abe gar keine Mutter", entgegnete er.

„Na dann hätten wir diese Frage auch geklärt."

„La Mamma!" Tom lachte so laut auf, dass sich viele der Gäste an den anderen Tischen zu ihnen umdrehten. Demonstrativ küsste er sie erneut auf den Mund.

„Endlich habe ich deine dunkle Seite entdeckt", flüsterte sie ihm ins Ohr. „Du stehst auf welkes Fleisch!"

„Ertappt. Im Übrigen habe ich nie ein Geheimnis daraus gemacht, dass ich eine Oma liebe. Ich für meinen Teil habe allen von dir erzählt."

„Wie bitte? Du hast uns geoutet?" Kristina tat so, als würde sie ohnmächtig werden. „Wem hast du von uns erzählt?"

„Meinen Freunden. Und ich kann es gar nicht erwarten, dich allen vorzustellen."

Kristina schluckte. „Was hast du denn gesagt?"

„Na ja … dass ich mich in eine Frau verliebt habe, die meine Mutter sein könnte."

„Blödmann."

Tom grinste. „Die platzen vor Neugierde. Weißt du was, wir fahren nach dem Essen noch auf einen Drink ins Schumanns. Da treffen wir vielleicht alle. Und dann stell ich dich vor."

„Heute Abend?", fragte Kristina schockiert.

„Widerspruch ist zwecklos. Und nach dem Auftritt von dieser Kellnerin hier kann dich doch sowieso nichts mehr erschüttern, oder?"

Nach dem Essen brachen sie nach München auf. Beide schwiegen während der Autofahrt. Kristina warf Tom gelegentlich einen Blick zu. Er wirkte zufrieden und entspannt. Ganz im Gegensatz zu ihr. Nervös kaute sie auf ihrer Unterlippe herum. Sie versuchte, sich vorzustellen, was sie in Kürze in der Bar erwarten würde. Das Wochenende war so wunderbar gewesen – und nun setzte er dem Ganzen so ein blödes Ende. Sie schnaubte.

„Alles okay da drüben?“, erkundigte er sich.

„Jaja“, erwiderte sie.

„Warum hyperventilierst du dann so?“, zog er sie auf.

„Altersbedingte Schnappatmung“, gab sie zurück, klappte die Sonnenblende herunter und schaute in den kleinen Schminkspiegel.

„Du siehst toll aus“, meinte er.

Kritisch musterte sie sich. „Ich habe hektische Flecken am Hals und Stresspickel am Kinn.“

„Du siehst wirklich toll aus“, wiederholte er.

Ach was, dachte sie. „Ist ja auch egal. Ich stehe einfach zu meinen Hängebäckchen und meinem Truthahnhals.“ Damit klappte sie die Blende wieder nach oben und fügte sich ihrem Schicksal.

Kaum hatten sie wenig später das Lokal betreten, griff Tom nach ihrer Hand und zog sie zur Bar, an der zwei junge Männer standen. „Hi. Super, dass es geklappt hat“, begrüßte er die beiden.

Endlich begriff Kristina. Tom hatte das alles arrangiert. Es war kein zufälliges oder spontanes Treffen mit seinen Freunden, es war von langer Hand geplant. Sie öffnete den Mund, um etwas zu sagen, doch klappte ihn sofort wieder zu.

„Also, das ist Fabian“, sagte Tom.

Der blonde Hüne, dem sie gerade mal bis zur Brust reichte, gab ihr die Hand. „Hallo Kristina. Hattet ihr Spaß am See?“

„Und das ist Sebastian“, fuhr Tom fort.

Sebastian überragte Kristina ebenfalls um einen Kopf. Der Kerl mit dem raspelkurzen Haar hielt ihre Hand länger als notwendig fest.

„Große Freunde hast du“, meinte sie etwas verdutzt.

Alle drei lachten.

„Ja, du hast dir den Kleinsten von uns ausgesucht“, erklärte Fabian. „Wir kennen uns vom Basketball, aber eigentlich hat Tom da keine Chance.“

„Spielst du deswegen nun Fußball mit meinem Sohn?“, fragte Kristina und bereute im gleichen Augenblick, dass sie ihren Sohn erwähnt hatte.

Fabian sah sie überrascht an. „Du hast einen Sohn?“

„Und eine Tochter“, ergänzte Tom.

„Wow.“ Fabian wirkte beeindruckt. „Und wer passt heute auf die beiden Kleinen auf?“

Kristina straffte die Schultern und grinste vielsagend.

„Was trinkst du, Kristina?“, wollte Tom wissen.

Lachend erwiderte sie: „Ein Glas heiße Milch, bitte.“

„Darf es ausnahmsweise auch Weißwein sein?“, fragte Sebastian.

Während Sebastian die Getränke bestellte, erzählte Tom von seinen Umbaumaßnahmen in Kristinas Praxis. Da die beiden anderen ebenfalls Architekten waren, interessierten sie sich für alle Details. Das Gespräch entwickelte sich unaufgeregt und wie von selbst. Tom hatte seinen Arm um ihre Taille gelegt und küsste sie immer wieder. Alles trug dazu bei, dass Kristina ihre anfängliche Scheu ablegte, und mit jeder Minute fühlte sie sich wohler in ihrer Rolle als Toms neue Freundin.

Auch Sebastians Freundin Amanda, die im Lauf des Abends dazustieß und kaum älter als ihr Sohn Philipp sein konnte, reagierte auf sie, als wäre es das Normalste der Welt, dass Tom mit einer älteren Frau zusammen war. Und so wurde aus einem geplanten Drink ein lustiger Abend, der ganz anders war, als Kristina zunächst befürchtet hatte. Sie erfuhr, dass Sebastian und Amanda im kommenden Frühjahr heiraten wollten. Fabian dagegen war gerade von seinem Freund verlassen worden und litt unter Liebeskummer.

Kristina fand Toms Freunde auf Anhieb sympathisch. Am meisten jedoch überraschte sie, dass der Altersunterschied zwischen ihr und Tom überhaupt keine Rolle in dieser Runde zu spielen schien. Daher beschloss sie, bei der nächsten sich bietenden Gelegenheit zu Hause reinen Tisch zu machen.

Später, als Tom die Drinks bezahlt hatte, verschwand Kristina kurz zur Toilette. Versonnen stand sie am Waschbecken und schaute sich im Spiegel an. Was sie da sah, war eine strahlende Frau mit leuchtenden Augen. Und du hast dich vorher vollkommen verrückt gemacht, schimpfte sie sich selbst. Wie blöd konnte man eigentlich sein? Beschwingt verließ sie den Waschraum und kehrte zu den anderen zurück. Es kam ihr beinahe so vor, als würde sie Amanda, Sebastian und Fabian schon ewig kennen. Fröhlich verabschiedete sie sich von den dreien und ging mit Tom in Richtung Ausgang. Er hatte seinen Arm um ihre Schultern gelegt.

„Alles gut?“, wollte er wissen und betrachtete sie.

„Alles gut. Kannst du mich küssen?“

Er folgte augenblicklich ihrem Wunsch.

„Mama?“, ertönte plötzlich eine Stimme. Es klang wie ein Stück Kreide, das über eine Schiefertafel gezogen wurde. Der schrille Ton ließ Kristina erstarren. „Mama? Du? Mit Tom?“ Es war Sophie, die sich vor den beiden aufbaute und ihre Mutter giftig anfunkelte.

„Sophie, Liebes …“, flüsterte Kristina entsetzt.

„Ich dachte erst, ich hätte eine Erscheinung“, fiel ihre Tochter ihr ins Wort, „aber du bist es wirklich. Hab ich da irgendetwas verpasst?“

Tom hielt Kristina fest an sich gedrückt und erwiderte: „Na ja, wonach sieht das hier denn aus?“

Sophie ließ den Blick von links nach rechts wandern und verharrte schließlich bei Tom. „Sag du’s mir.“

„Wir beide sind ein Paar", erklärte er mit einem Lächeln auf den Lippen. „Ein glückliches Paar, wie du siehst."

„Schwul bist du also nicht", sagte Sophie mit metallischer Schärfe und wandte sich an Kristina: „Fortbildung nennst du das also. Ich verstehe. Da habt ihr beide mich ja ziemlich verarscht. Hat's wenigstens Spaß gemacht?"

Kristina löste sich aus Toms Umarmung und ging auf sie zu. „Sophie, lass dir erklä…"

Ihre Tochter musterte sie mit eisigem Blick. „Na ja, ich konnte ja nicht ahnen, dass Tom auf reifere Modelle steht." Damit machte sie auf dem Absatz kehrt und stürmte aus dem Lokal.

„Für wen hält die sich?", meinte Tom entrüstet.

„Ich muss mit ihr reden." Sie wollte ihrer Tochter hinterherlaufen.

Tom ergriff ihren Arm und hielt sie zurück. „Tu das nicht, Kristina. Sie hat sich unmöglich benommen."

„Ich muss mit ihr reden. Sie ist meine Tochter, Tom", erklärte sie entschlossen, riss sich von ihm los und lief nach draußen. Sie sah Sophie jedoch gerade noch in einem Taxi wegfahren, als Tom sie nun einholte. „Kannst du mich bitte nach Hause bringen?", bat sie ihn leise.

„Na klar", antwortete er. „Du wirst schon sehen: Morgen hat sie sich wieder beruhigt."

Kristina schwieg. Sie wusste, dass Tom sich in dieser Einschätzung gewaltig irrte. Das war erst der Anfang.

15

Sophie saß in der Küche ihres Bruders und erzählte ihm, was sich in der Bar zugetragen hatte. „Tom und Mama", meinte sie empört, „kannst du dir das vorstellen? Und ich dachte, der wäre schwul."

„Bist du dir da ganz sicher?", fragte Philipp. „Ich glaub's einfach nicht."

„Philipp, die haben sich geküsst – vor allen Leuten", gab sie aufgebracht zurück. „Da läuft was. Tom hat es sogar zugegeben, dieser eingebildete Fatzke."

„Dieses Schwein", regte Philipp sich auf. „Schleicht sich als Freund bei uns ein und legt dann Mama flach. Der kann was erleben!"

„Was hast du vor?"

„Ihn zur Rede stellen. Ich geh runter." Entschlossen griff Philipp nach den Wohnungsschlüsseln.

„Ich komm mit", sagte Sophie und folgte ihm.

Philipp klingelte an Toms Tür. Niemand öffnete. Er drückte erneut auf die Klingel, hämmerte gegen die Tür und rief: „Mach auf, du Feigling!" Nichts geschah.

„Da kommt jemand", bemerkte seine Schwester und lauschte.

Jemand kam die Treppe nach oben. Es war Tom. Er sagte nichts, als er die beiden vor seiner Wohnung stehen sah. Er ahnte, was die zwei von ihm wollten.

Philipp rührte sich nicht. „Stimmt das? Du und Mama, ihr habt was …?"

Tom schloss auf. „Jetzt kommt erst einmal rein. Dann reden wir in Ruhe."

„Scheiße, sag mir die Wahrheit. Sofort!", schrie Philipp. Er war außer sich.

„Komm runter, Philipp", wollte Tom ihn beruhigen.

„Du hast sie geküsst", schaltete Sophie sich ein. „Ich hab's selbst gesehen."

Genervt schüttelte Tom den Kopf. „Ja, es stimmt. Kristina und ich sind zusammen. Schon seit einiger Zeit. Sie wollte es euch längst sagen, aber ihr hat der Mut dazu gefehlt. Und wenn ich mir euch beide hier so anschaue, kann ich sie gut verstehen. Ich hoffe, ihr seid unbewaffnet." Er wollte die Situation mit einem Scherz entschärfen, doch dieser Versuch ging leider nach hinten los.

„Du vögelst mit meiner Mutter!", rief Philipp erbost. „Das ist eine Riesensauerei."

„Mach mal halblang", konterte Tom. „Kristina ist eine erwachsene Frau, und sie kann tun und lassen, was sie will. Dazu muss sie euch nicht um Erlaubnis fragen."

Philipp kniff die Augen zu schmalen Schlitzen zusammen. „Für wen hältst du dich eigentlich? Du bist ein beschissener Freund."

„Ich denke, es ist besser, ihr geht jetzt", sagte Tom, betrat seine Wohnung und wollte die Tür hinter sich schließen. „Wenn ihr euch beruhigt habt, können wir gern wie Erwachsene darüber reden."

Philipp stellte den Fuß in die Tür. „So leicht kommst du mir nicht davon."

„Was?", fragte Tom mit ausgebreiteten Armen. „Willst du mir vielleicht den Kontakt zu Kristina verbieten?"

„Genau!"

„Ja, lass unsere Mutter in Ruhe", pflichtete Sophie ihrem Bruder bei.

„Ihr zwei habt sie ja nicht mehr alle. Gute Nacht."

In diesem Moment traf ihn Philipps Faust am Kinn. Tom geriet ins Taumeln und fiel hin. Verdutzt blieb er auf dem Boden sitzen und rieb sich das Kinn. „Spinnst du jetzt völlig?"

Philipp starrte erschrocken zu Tom, der sich wieder aufrappelte.

Schnell packte Sophie ihren Bruder am Arm und zog ihn weg. „Komm, wir hauen ab."

„Ja, verschwindet", fluchte Tom, „bevor ich zurückschlage." Damit warf er die Tür zu. Er ging ins Badezimmer und betrachtete sein Gesicht im Spiegel über dem Waschbecken. Als er den Kiefer dann bewegen wollte, durchzuckte ihn ein Schmerz, und er jaulte auf. Verdammt, der Schlag hatte gesessen. Wenigstens hatte Philipp auf sein Kinn gezielt. Ein gebrochenes Nasenbein oder eine geplatzte Augenbraue wären weitaus schlimmer gewesen.

Er lief in die Küche, holte sich eine Plastiktüte und füllte sie mit Eiswürfeln aus dem Gefrierschrank. Dann setzte er sich an den Küchentisch und drückte den Eisbeutel auf die schmerzende Stelle. Das war ja ein schöner Schlamassel. Er kannte Philipp eigentlich als ruhigen und besonnenen Menschen. Dass er ihm mit der Faust eine verpassen würde, wäre Tom niemals in den Sinn gekommen. Offensichtlich hatte die Nachricht Philipp ziemlich aus dem Gleichgewicht gebracht.

Na ja, morgen sieht alles ganz anders aus, dachte Tom. Die beiden würden sich schon wieder einkriegen. Aber was, wenn nicht? Würde Kristina trotzdem zu ihm und ihrer Beziehung stehen, wenn Philipp und Sophie sich dagegenstellten? So gut kannte er Kristina noch nicht, um vorhersagen zu können, wie sie sich verhalten würde, wenn sie von diesem Eklat erfuhr. Schließlich ging es hier eben auch um ihre Kinder.

„So eine verdammte Scheiße!", fluchte Tom und ließ wütend seine Faust auf die Tischplatte knallen. Irgendwie muss ich das wieder geradebiegen, überlegte er. Aber eine Idee, wie ihm das gelingen könnte, hatte er noch nicht.

16

Philipp und Sophie beugten sich über sie und fuchtelten mit geballten Fäusten vor ihrer Nase herum. Sie selbst stand auf dem Küchentisch und schrumpfte in Lichtgeschwindigkeit auf Mausgröße zusammen. Selbst der Salzstreuer, der neben ihr stand, überragte sie plötzlich. Sie wich langsam zurück. Verzweifelt flehte sie die beiden Riesen um Verständnis an, doch ihr zartes Mäusestimmchen verhallte ungehört. Am liebsten hätte sie sich ins nächste Mauseloch verkrochen, aber in dem Moment stürzte sie rückwärts über die Tischkante und fiel ins Leere.

„Neeeeiiinnn!“ Mit einem Schrei des Entsetzens wachte sie schweißgebadet aus ihrem Alptraum auf.

Kristina sah auf den Wecker. Es war halb sieben, Zeit zum Aufstehen. Erschöpft ließ sie sich ins Kissen zurücksinken und rührte sich nicht. Ihr Körper fühlte sich an, als wäre er aus Blei, und in ihrem Kopf machte sich ein leichtes Hämmern bemerkbar. Sie zog sich die Bettdecke über den Kopf und wünschte sich weit weg. Eine Zeitlang blieb sie bewegungslos so liegen, bis es ihr zu warm und die Luft zu dünn wurde. Entschlossen schlug sie die Decke zurück und setzte sich auf.

„Auf in den Kampf“, feuerte sie sich selbst an. „Da musst du jetzt durch. Go!“ Damit streckte sie Arme und Beine wie zur X-Lage von sich und sprang schließlich mit Geheul aus dem Bett. Bei ihrer Landung trat sie jedoch auf einen Turnschuh, der vor dem Bett stand, knickte um und landete bäuchlings auf dem Fußboden. „Scheiße, dieser Tag fängt ja super an.“ Fluchend rappelte sie sich auf und humpelte ins Badezimmer.

Als sie nach einiger Zeit wieder herauskam, hörte sie ihr Handy. Sie hatte eine SMS bekommen. Die Nachricht war von Tom. Er wollte wissen, wie es ihr ging, und bat um einen

Anruf, sobald sie Zeit dafür hatte. Später, viel später, dachte sie bei sich und legte das Telefon beiseite. Sie wollte jetzt nicht reden. Zuerst brauchte sie einen starken Kaffee und eine Aspirintablette. Vielleicht zwei.

Rita saß wie gewohnt an ihrem Arbeitsplatz, als Kristina wenig später in der Praxis auftauchte. „Du siehst aus wie zehn Tage Regenwetter“, stellte ihre Freundin fest.

„Wenn du wüsstest …“

„Was denn? Warum schleichst du hier herum wie ein tasmanischer Wolf?“

„Alles ist im Arsch.“

„So redet keine Dame“, erwiderte Rita leicht empört.

„Ich bin keine Dame, ich bin … ach …“ Sie kämpfte mit den Tränen.

„Ogodogod“, sagte Rita und war sichtlich erschüttert. „Was ist mit dirrr los? Ist was mit Dom?“

Kristina schneuzte sich. „Was sollte das mit dem tasmanischen Wolf bedeuten?“

„Vergiss es. Also raus mit der Sprache. Was ist los?“

„Tom und ich waren gestern Abend aus. In einer Bar. Und da hat Sophie uns zusammen gesehen. Sie ist stinksauer abgedampft und ist heute Nacht nicht nach Hause gekommen.“

Rita spitzte die Lippen und entgegnete: „Diese jungen Dinger! Alles nur Show. Zickenalarm. Die kriegt sich schon wieder ein. Du musst nur hart bleiben.“

„Du hast leicht reden“, seufzte Kristina. „Ich bin gespannt, wie Philipp darauf reagiert. Und Peter. Und mein Vater. Sie erzählt bestimmt allen brühwarm, dass wir uns geküsst haben.“

„Dass wir uns geküsst haben“, äffte ihre Freundin sie nach. „Das ist allerdings ein Skandal. Wo kommen wir denn da hin?“ Mit einem breiten Lächeln fügte sie hinzu: „Kristina. Wir leben nicht mehr im Mittelalter.“

„Du hast keine Kinder", hielt Kristina dagegen. „Du weißt nicht, wie man sich dabei als Mutter fühlt."

„Ach so, dann klär mich auf. Wie fühlt sich eine Mutter, die sich in einen Mann verliebt hat?"

„Wie eine … Verräterin", gestand sie.

„Verrräderin?" Rita rollte die Augen. „Du Oarschbaggnggsichd!"

Kristina drehte sich beleidigt um und verzog sich in den Behandlungsraum, in dem bereits der erste Patient auf sie wartete.

An diesem Tag versuchte Tom mehrmals, sie telefonisch zu erreichen, doch Kristina ließ sich verleugnen. „Sag ihm, ich rufe ihn am Abend an", wies sie Rita an.

„Feigling", gab diese zurück. „Er kann nun wirklich nichts dafür."

Nach dem dritten Anruf von Tom platzte Rita schließlich der Kragen. „Du bist ein solcherrr Schisser. Das mit dem Sprrrung, das glaub ich dirrr sowieso nicht, du kleins Pfcrzle. Das hast du dir besdimmd nurrr ausgedachd. Und wenn du nicht mit Dom rrreden willst, dann mach ich das eben."

Kristina huschte zurück ins Behandlungszimmer, um der Standpauke zu entgehen. Rita schluckte hinunter, was sie ihrer Freundin eigentlich an den Kopf werfen wollte. Dafür informierte sie Tom, dass der letzte Patient um sieben gehen würde, und überredete ihn dazu, einfach in der Praxis aufzutauchen.

Und genau das tat er. Um kurz vor sieben Uhr fand er sich bei Rita ein und setzte sich zu ihr an den Schreibtisch. Er erzählte ihr in verkürzter Form, was gestern Abend geschehen war.

„Und was ist das am Kinn?", wollte Rita wissen.

„Unwichtig."

Sie runzelte die Stirn. „War das etwa Sophie?"

„Nein, Philipp."

„Philipp?", wiederholte Rita entsetzt. „Das glaub ich jetzt nicht."

Kristina kam gerade aus dem Behandlungszimmer und schnappte die letzte Bemerkung ihrer Freundin auf. „Was ist mit Philipp?", fragte sie, dann entdeckte sie Tom und die Blessuren in seinem Gesicht. „Oh, mein Gott. Ihr habt euch geprügelt?"

Rita seufzte. „Für mich hat sich noch nie jemand geschlagen."

„Nein, wir haben uns nicht geprügelt", erklärte Tom bestimmt.

Kristina war entsetzt. „Dann hat Philipp dich geschlagen?"

„Vergiss es, das war eine Überreaktion", beschwichtigte er.

Sie schüttelte heftig den Kopf. „Alles, was recht ist, aber das geht zu weit."

Rita grinste. „Wer hat denn gewonnen?"

Wortlos lächelte Tom Rita an.

Aufgebracht strich Kristina sich übers Haar. „Der kann was erleben! Mein Sohn schlägt sich nicht."

„Kristina", sagte Tom mit ruhiger Stimme, „das ist eine Sache unter Männern. Halt dich da raus. Philipp hat die Nerven verloren. Na und? Ganz unschuldig bist du ja auch nicht daran."

„Wie bitte?"

„Na ja, hättest du den beiden von uns erzählt, wäre es sicher nicht zu diesem Eklat gekommen. Der Überraschungseffekt war …"

„Du brauchst Philipp nicht zu verteidigen", unterbrach Kristina ihn. „Bevor er sich nicht bei dir entschuldigt, braucht er sich gar nicht hier blicken zu lassen."

Rita sah sie bestürzt an. „Ich weiß nicht …"

„Kein Wort darüber“, fiel sie ihrer Freundin ins Wort und wandte sich an Tom: „Ich koche jetzt was. Ich habe einen Bärenhunger. Du bleibst doch zum Essen, oder?“

Er schüttelte den Kopf. „Ich muss zurück an den Schreibtisch. Der Wettbewerb … Wir sind in der Schlussphase. Du musst die nächsten drei Tage ohne mich auskommen.“

„Schlechtes Timing“, murmelte Kristina.

Er schloss sie in die Arme und zog sie eng an sich. „Ich bin ja nicht aus der Welt. Kommst du klar?“

Sie schmiegte sich an ihn. „Kümmer du dich um deinen Job, ich regle inzwischen meine Familienangelegenheiten. Denn jetzt zieh ich andere Saiten auf. Ich muss mich nur noch für die richtigen Waffen entscheiden. Gurkenhobel oder Schüreisen? Was meinst du?“, fragte sie lachend.

„Schön, dass du wieder lachst“, meinte Tom und küsste sie. „Ruf mich an, wenn es Probleme gibt und du mich brauchst. Oder falls Blut fließt.“ Erneut gab er ihr einen Kuss. „Und ruf mich auch an, wenn dir einfach bloß danach ist.“

Rita konnte die Augen nicht von den beiden abwenden. Versonnen sah sie ihnen beim Küssen zu, was Tom registrierte. Er legte seinen Arm um Ritas Taille und küsste sie auf beide Wangen.

Rita lief rot an. „Äh, dangä, Dom.“

„Tschüss, ihr beiden Schönen“, verabschiedete er sich von ihnen und verschwand.

„Wenn du den nicht festhältst, dann kriegst du richtig Ärger mit mir. Verstanden? So einen findest du nicht wieder“, sagte Rita.

„Weiß ich doch.“

Nachdem auch Rita gegangen war, schloss Kristina die Praxis ab und ging nach oben. Zuerst klopfte sie an Sophies Zimmertür, die nicht geschlossen war und sich langsam öffnete. Kristina streckte den Kopf herein, um nachzusehen, ob ihre Tochter vielleicht da war. Stattdessen musste sie feststellen, dass sämtliche Sachen von Sophie verschwunden waren. Kristina öffnete den Kleiderschrank. Er war leer. Ihre Tochter musste unbemerkt nach Hause gekommen sein und heimlich alles abgeholt haben.

Kristina ließ sich auf das ungemachte Bett sinken. Sophie hatte das Zimmer zwar leer, aber nicht aufgeräumt. Diese Aufgabe blieb wie immer an Kristina hängen. Na gut, wenn du schmollen willst, bitte schön, dachte sie. Ich kann warten. Sie stand auf und begann, das Bett abzuziehen. Danach holte sie die benutzten Handtücher aus dem Bad und trug die Wäsche hinunter in den Keller zur Waschmaschine. Als sie wieder nach oben kam, traf sie ihren Vater in der Küche.

„Auch mal wieder da?", begrüßte sie ihn. „Oder musst du gleich wieder wie üblich weg?"

„Wir müssen reden", sagte er ernst.

„Keine Lust."

„Kristina, bitte. Sophie hat sich bei Peter ausgeweint, und der hat mich angerufen. Sie ist bei ihrem Vater eingezogen", erklärte Klaus mit vorwurfsvollem Unterton. „Sophie behauptet, du hättest eine Affäre. Mit einem Studenten. Stimmt das?"

„Sophie. Sophie. Sophie. Ich kann es nicht mehr hören."

„Kristina! Was ist denn los mit dir? Was ist das für eine Geschichte mit diesem Studenten?"

„Er ist kein Student, er macht gerade Abitur." Sie lehnte sich mit dem Rücken gegen einen Küchenschrank.

„Mir ist nicht nach Witzen zumute." Ihr Vater setzte sich an den Küchentisch. „Also, was ist mit dir los? Warum ist Sophie weg? Und wer ist dieser ominöse Student?"

„Wenn du mehr Zeit zu Hause verbringen würdest, hätte ich dir Tom längst vorgestellt. Er ist Architekt."

„Und dein neuer Freund?"

Sie nickte. „Ja, ganz frisch. So wie bei dir."

„Lenk jetzt bitte nicht ab", erwiderte ihr Vater ungeduldig. „Wie alt ist er denn?"

„Alt genug."

„Kristina!"

„Jünger als ich. So wie deine neue Flamme auch."

„Wie viel jünger?", wollte Klaus wissen.

„Er ist schon volljährig", antwortete sie schnippisch.

Klaus musterte sie. „Du bist alt genug. Du solltest wissen, was du tust und was du besser lässt. Doch bei all deinen Entscheidungen musst du immer auch an deine Kinder denken."

„So wie Peter das tut? Oder du?"

Er stand auf. „Ich seh schon, du willst einfach nicht vernünftig mit mir reden – warum auch immer", sagte er beleidigt. „Aber dann musst du auch allein mit deinen Fehlern zurechtkommen."

„Was für Fehler?" Allmählich hatte sie genug.

„Nun, ein Student … Wohin soll das führen?"

„In die Ekstase, ins Nirwana oder so. Das hoffe ich zumindest", gab sie spitz zurück.

Ihr Vater schüttelte den Kopf. „Wie stellst du dir die Zukunft vor?"

„Woher soll ich jetzt schon wissen, wie sich alles entwickelt?", erwiderte sie erschöpft. „Ich werde es früh genug herausfinden und es euch rechtzeitig wissen lassen. Mit einer Sache ist allerdings Schluss: Ich lasse mir von euch keine Vorschriften darüber machen, mit wem ich meine Zeit verbringen darf und in welcher Form. Ich tanze ja schließlich nicht nackt auf dem Tisch."

„Sind das die Hormone?", fragte Klaus verunsichert. „Mama war damals auch für eine Weile etwas seltsam."

„So ein Blödsinn.“ Wütend stampfte sie mit einem Fuß auf.

„Na ja, ich hoffe, du weißt, was das Richtige ist, und du wirfst dich nicht einem unreifen Burschen an den Hals, der nur das eine will.“

Jetzt musste Kristina lachen. „Und wenn es so wäre“, prustete sie los, „warum sollte ich auf meine alten Tage nicht auch noch ein bisschen Spaß haben?“

„Werd bitte nicht geschmacklos. Ich bin immer noch dein Vater“, entgegnete er entrüstet. „Ich gehe dann mal und packe. Ich verreise nämlich für ein paar Tage.“

„Schön, dass du mir das so beiläufig mitteilst. Darf ich auch erfahren, mit wem du verreist und wohin?“

Klaus sah sie verärgert an. „Mit Charlotte. Wir fahren nach Bayreuth und sehen uns den Ring an.“

„Na dann viel Spaß bei den Walküren. Und nimm dir ein Sitzkissen mit. Die Stühle im Opernhaus sollen ziemlich übel sein. Und der Jüngste bist du ja schließlich auch nicht mehr.“

Ihr Vater öffnete den Mund, klappte ihn aber gleich wieder zu und rauschte davon.

Kristina nahm sich einen Joghurt aus dem Kühlschrank und löffelte den Becher hektisch leer. Meine bucklige Verwandtschaft, dachte sie. Die können mir alle gestohlen bleiben. Ihr Blick fiel auf den Text, der auf der Verpackung stand. „Hilft gegen Blähbauch“, las sie laut. „Warum gibt es das nicht auch für aufgeblähte Egos?“

Sophie wohnte nun also bei ihrem Vater, Klaus wollte verreisen. Gestern noch hätte Kristina angesichts einer sturmfreien Bude einen Freudentanz vollführt. Doch jetzt war ihre Beziehung mit Tom offiziell, ihre Familie war sauer, und Tom hatte keine Zeit. Schöne Bescherung. Sie holte sich ein Glas aus dem Schrank und goss sich etwas Weißwein ein.

„Herzlichen Glückwunsch, Frau Schuster. Operation gelungen, Patient tot."

Dann verzog sie sich in ihr Reich. Im Grunde war nun alles ganz genau wie früher: Sie war allein zu Hause, und keinen kümmerte es. Seufzend ließ sie sich auf die Couch fallen und legte die Füße hoch. Das hatte sie schon seit einigen Wochen nicht mehr gemacht – seit Tom in ihr Leben getreten war. Davor war es für sie völlig normal gewesen, nach dem Essen allein in ihrem Wohnzimmer zu sitzen, zu lesen oder fernzusehen. Nun kam es ihr vor, als hätte sie das vor einer halben Ewigkeit zuletzt getan. Dabei war sie erst seit zwei Monaten mit Tom zusammen. Ob das schon das Ende war?

Traurig dachte sie an Sophie und an den Streit mit ihrem Vater. Bei Peter hatte keiner von ihnen so einen Terz gemacht. Und nur weil Tom jünger war, war sie doch noch keine durchgeknallte Alte, die sich dem Nächstbesten an den Hals warf. Nein, Tom war etwas Besonderes. Er tat ihr gut, und er schien es wirklich ernst zu meinen. Der einzige Störfaktor war ihre Familie, die wie eine Herde wild gewordener Elefanten dieses kleine Beziehungspflänzchen platt zu trampeln drohte. Doch so einfach würde Kristina nicht klein beigeben.

Sie tippte eine SMS an Tom: Ich denke an dich!

Prompt antwortete er: Wir stehen das durch!

Und ob!, schrieb sie zurück.

Die folgenden Tage gingen schleppend vorüber. Auch wenn Tom häufig anrief, weil die Sehnsucht größer war als der berufliche Ehrgeiz, so blieb doch mit jedem weiteren Tag ein kleines Stückchen von ihrem Kampfgeist auf der Strecke.

„Eine heimtückische Strategie, die deine Kinder da verfolgen", stellte Rita fest. „Die setzen voll auf die Zermürbungstaktik."

„Sie kochen mich weich, so einfach ist das. Keine Mutter kann mit einem Liebesentzug ihrer Kinder leben."

„Sei stark", wollte ihre Freundin sie ermutigen. „Alles geht vorbei, auch dieser Zustand. Glaub mir. In zehn Jahren lachen wir darüber."

Dennoch fühlte Kristina sich zunehmend unglücklicher. Seit dem Eklat hatten weder Sophie noch Philipp von sich hören lassen. Und Kristina litt furchtbar darunter.

„Mit diesem Gesicht wirst du Shrek immer ähnlicher", stellte Rita eines Morgens fest. „Zum Färchdn. Diese Dauerdepri-Stimmung hier halt ich nicht mehr lange aus. Das schlägt ja jedem aufs Gemüt. Auch mir. Und die Patienten reden schon."

Damit hatte Rita gar nicht so unrecht. Selbst Frau von Dannewald hatte sich nach Kristinas Befinden erkundigt und ihr Johanniskraut als Stimmungsaufheller empfohlen. „Jaja, die Wechseljahre", hatte Frau von Dannewald gesagt. „Darauf müssen Sie sich die nächsten Jahre nun einstellen."

Wenn's nur die Hormone wären, dachte Kristina deprimiert. Was war nur aus ihr geworden? Früher war ihr das Leben wie ein langer ruhiger Fluss vorgekommen. Jetzt war daraus ein reißender Strom mit steilen Wasserfällen darin geworden, die alles hinabrissen – und sie war mittendrin. So hatte sie sich das alles nicht vorgestellt. Wenn sie an ihren Ex dachte, bekam sie noch schlechtere Laune. Peter schien alles mühelos zu gelingen. Er hatte die Scheidung bestens verkraftet und hatte bereits eine neue Frau an seiner Seite, die von allen – einschließlich ihrer gemeinsamen Kinder – akzeptiert wurde. Und um dem Ganzen die Krone aufzusetzen, hatte er mit der Neuen sogar ein Kind gezeugt, denn seine Julia war ja noch jung. Das ist alles so ungerecht, überlegte Kristina.

Rita schleppte jede Menge Bücher für sie an, Ratgeber für alle Lebenslagen. Kristina blätterte jedoch nur lustlos darin herum. Zu allem Übel hatte Tom außerdem wenig Zeit für sie. Er fehlte ihr. Genauso wie ihre Kinder. Sophie und Philipp waren nun mal die wichtigsten Menschen in ihrem Leben. Sie wollte weder Tom noch ihre Kinder verlieren. So weit darf es nicht kommen, dachte sie und schickte ein Stoßgebet gen Himmel. Wenigstens näherte sich Toms Abgabetermin für den Architekturwettbewerb, und damit würde es mit seinen nächtlichen Arbeitssessions bald vorbei sein.

„Am Samstag lade ich dich schick zum Essen ein", hatte Tom ihr versprochen. „Damit dieses Elend ein Ende hat."

Als könnten ein paar köstliche Kalorien den Kummer über den Liebesentzug ihrer Kinder beenden.

Dann kam der Freitag – und mit ihm eine völlig überraschende Wende, von der Kristina nicht einmal zu träumen gewagt hätte.

Sophie tauchte unerwartet in der Praxis auf. „Hi Mum", begrüßte sie sie cool. „Ich habe nachgedacht ... Das mit Tom, das ist schon okay."

Kristina war sprachlos.

„Der Laie staunt, der Fachmann lacht", sagte ihre Tochter mit einem frechen Grinsen und legte den Arm um ihre Schultern. „Du kannst den Mund wieder zuklappen."

Kristina hatte noch ihre Zweifel, ob das gerade wirklich stattfand oder ob sie unter einer Halluzination litt. „Kannst du mich mal zwicken? Aua!"

„Ich war einfach ziemlich schockiert, als ich euch so gesehen habe", erklärte Sophie. „Ist ja auch irgendwie verständlich, oder?"

Kristina schmolz augenblicklich dahin und glaubte fast, nur noch aus Gefühlen zu bestehen, als ihre Tochter sie nun umarmte. „Du glaubst gar nicht, wie froh ich bin, dass du das sagst", flüsterte sie und drückte Sophie an sich. „Du und

Philipp, ihr seid doch die wichtigsten Menschen in meinem Leben.“ Ein paar Tränen rannen über ihr Gesicht.

„Kein Grund zu weinen“, sagte Sophie. „Du hast doch sicher nichts dagegen, wenn ich wieder hier einziehe? Oder wohnt Tom jetzt bei dir?“

Verwirrt schaute sie ihre Tochter an. „Äh, nein, natürlich kannst du zurückkommen. Und Tom wohnt nicht hier. Gefällt es dir bei deinem Vater nicht mehr?“

Sophie machte ein genervtes Gesicht. „Julia ist schon irgendwie anstrengend, weißt du. Sie macht ein Riesentamtam um ihre Schwangerschaft. Inzwischen sieht sie wie eine Litfaßsäule aus. Und sie hat Brüste wie Wassermelonen. Schuhe braucht sie auch keine mehr. Sie leidet definitiv an Elefantitis im fortgeschrittenen Stadium. Und dabei hat sie noch drei Monate vor sich. Ihre Füße sind so dick, die passen höchstens noch in Schuhkartons.“

„Das macht die Sache erheblich billiger“, lästerte Kristina mit.

„Außerdem mischt sie sich in alles ein“, fuhr Sophie fort. „Sie wollte mir sogar erklären, wie ich mein Leben führen soll. Bescheuert. Ein Wunder, dass Papa das alles mitmacht. Du hast ihn jedenfalls nie so genervt.“

„Jeder so, wie er's mag.“

„Und schwanger werd ich bestimmt nicht. Das braucht ja kein Mensch.“

„Das geht doch vorbei. Ich war sehr glücklich, als ich mit dir und deinem Bruder schwanger gewesen bin“, erwiderte Kristina. Ihr Herz tat einen Sprung, als ihre Tochter ihren Koffer wieder nach oben schleppte. Jetzt musste sie sich nur noch mit Philipp aussprechen.

„Warum meldet Philipp sich nicht?“, fragte sie Sophie.

„Weil er sich dafür schämt, dass er sich wie ein Neandertaler benommen hat", meinte diese lapidar. „Und er weiß nicht, wie er aus dieser Nummer wieder herauskommen soll."

„Dann helfe ich ihm", sagte Kristina und griff nach dem Telefon.

Sophie hielt sie zurück. „Er ist an der Reihe, Mama."

Am Samstagmorgen konnte sie Philipps Schweigen jedoch nicht länger ertragen und wählte seine Telefonnummer. Als sich nur der Anrufbeantworter meldete, beschloss sie, ihm eine Nachricht zu hinterlassen, und sagte: „Philipp. Ich bin's, Mama. Wir sollten reden, meinst du nicht? Ruf mich an. Oder noch besser: Komm vorbei."

Doch Philipp rief nicht zurück. Als Tom sie dann wie verabredet am Abend abholte, um sie zum Essen auszuführen, erzählte Kristina ihm von Sophies Sinneswandel.

„Philipp wird sich auch beruhigen. Lass ihm einfach noch etwas Zeit", meinte Tom. „Wenn du mich fragst, dann hat Sophie ihn damals ziemlich aufgestachelt. Sie kann schon ein kleines Biest sein, oder?"

17

Kristinas Vater stand vor dem Kühlschrank und wollte sich gerade eine Flasche Mineralwasser herausnehmen, als Tom auftauchte. Skeptisch beäugte Klaus den Fremdling, der den Bademantel seiner Tochter trug.

„Guten Morgen“, begrüßte Tom ihn. „Sie müssen Kristinas Vater sein. Ich bin Tom Breuer.“ Er streckte Klaus die Hand entgegen. „Freut mich, Sie endlich kennenzulernen.“

„Äh ja.“ Verwirrt nahm er Toms Hand und schüttelte sie. „Sind Sie Sophies neuer Freund?“

Als Kristinas Vater seine Finger noch immer nicht losließ, entzog Tom sie ihm mit einem kräftigen Ruck und erklärte lachend: „Nein. Nicht von Sophie. Von Kristina.“

„Von meiner Tochter? Äh … Ach, Sie sind dieser Student.“ Klaus fühlte sich sichtlich unwohl in seiner Haut.

„Nicht mehr ganz. Das Studium habe ich schon vor Jahren beendet“, gab Tom amüsiert zurück und machte sich an der Espressomaschine zu schaffen.

Klaus räusperte sich und verließ die Küche. Schnurstracks ging er zum Zimmer seiner Tochter und klopfte an. „Kristina.“

Kurz darauf erschien sie in der Tür. Sie hatte ein Badehandtuch um ihren Körper gewickelt. „Papa, lange nicht gesehen. Du bist auch mal wieder zu Hause?“, fragte Kristina ihn fröhlich.

„Ich bin heute Nacht ganz spät aus Bayreuth zurückgekommen. Und jetzt steht da so ein junger Bursche in der Küche, der deinen Bademantel trägt und behauptet, dein neuer Freund zu sein.“

„Genau. Das ist Tom. Ich hab dir ja von ihm erzählt.“

Klaus kratzte sich am Kinn. „Hat er etwa hier übernachtet?“

„Ja, Papa, bei mir. In meinem Bett.“

„Aber ich dachte, wir hätten das …"

In diesem Moment tauchte Tom mit zwei Latte macchiatos in den Händen auf.

„Können wir später darüber sprechen?", meinte Kristina zu ihrem Vater und machte Tom den Weg frei, damit er eintreten konnte.

Klaus starrte ihm hinterher, als hätte er einen Geist gesehen.

„Es ist alles in bester Ordnung, Papa", beruhigte Kristina ihn. Dann beugte sie sich vor, gab ihm einen Kuss und schloss die Tür. Drinnen lauschte sie so lange, bis sie hörte, wie sich ihr Vater entfernte. „Ich glaub, der muss das erst einmal verdauen."

„Er könnte ja mit Philipp eine Gesprächsgruppe gründen", schlug Tom lachend vor, doch er bemerkte sofort, wie Kristinas Miene sich verdüsterte, und nahm sie in den Arm. „Das wird sich alles wieder einrenken. Und nun lass uns überlegen, was wir mit diesem wunderbaren Sonntag anfangen wollen."

„Keine Ahnung." Kristina war mit ihren Gedanken ganz woanders.

„Hallo. Erde an Venus", sagte Tom und wartete, bis sie ihn ansah. „Wie wär's, wenn wir in den Biergarten radeln? Was hältst du von der Waldwirtschaft?"

„Gute Idee", stimmte sie abwesend zu, ohne so recht zu ahnen, worauf sie sich einließ.

So radelten sie wenig später zusammen an der Isar entlang nach Großhesselohe. Nach einer guten Stunde erreichten sie ihr Ziel.

Kristina hatte weiche Knie, als sie vom Fahrrad stieg. Sie sah sich um. „Da hatten ein paar andere offensichtlich die gleiche Idee." Jeder Tisch im Biergarten war besetzt, es herrschte ein reges Kommen und Gehen.

„Dahinten wird einer frei. Komm schnell", sagte Tom, griff nach ihrer Hand und zog sie mit sich.

Sie hatten tatsächlich Glück. Als sie an dem frei gewordenen Tisch ankamen, ließ Kristina sich erschöpft auf die Bank sinken und streckte die Beine aus. Das gibt einen ordentlichen Muskelkater, dachte sie bei sich.

„Was soll ich dir holen?", wollte Tom wissen.

„Ein Radler und ein Hendl wären toll."

„Kommt sofort." Damit verschwand er.

„Na so ein Zufall", ertönte plötzlich ein Stimme hinter ihr. „Hallo Ex-Frau, dürfen wir uns dazusetzen?"

Kristina drehte sich um und entdeckte ihren Ex-Mann Peter und dahinter Julia. „Äh, ich weiß nicht …", murmelte sie.

Eigentlich hätte sie nicht überrascht sein sollen. Sie wusste ja, dass Peter hier Stammgast war. Ohne ihre Antwort abzuwarten, nahm Julia Platz.

„Bist du alleine hier, Kristina?", fragte Peter. „Kann ich dir etwas mitbringen?"

„Nein danke", antwortete sie. „Ich werde schon versorgt."

„Was möchtest du, Mausi?", wandte er sich an Julia.

Mausi erinnert ja wohl eher an ein Walross, dachte Kristina bei sich. Nachdem Julia ihre Bestellung aufgegeben hatte, ging Peter los, um seiner Pflicht als Jäger und Sammler nachzukommen.

„Und euch kann man wohl gratulieren", sagte Kristina. Sie wusste nie so recht, was sie mit Julia reden sollte. „Dann ist es ja bald so weit."

Julia sah an sich herunter und strahlte Kristina glücklich an. „In zwei Monaten", antwortete sie und streichelte ihren Bauch.

Kristina konnte sich die Frage nach Mehrlingen gerade noch verkneifen. Zum Glück tauchte in diesem Moment

Tom wieder auf. Er balancierte ein Tablett vor sich und stellte es auf den Tisch.

Sofort griff Kristina nach dem Radler und nahm einen kräftigen Schluck. „Gott, was hatte ich für einen Durst."

„Man sieht's", meinte Tom amüsiert und setzte sich zu ihr.

Nachdem sie einen zweiten ausgiebigen Schluck getrunken hatte, stellte sie den Krug ab. Tom entdeckte den Schaum auf ihrer Lippe, beugte sich vor und küsste ihn weg. Julia fielen fast die Augen aus dem Kopf.

„Tom", erklärte Kristina schließlich, „du hast heute das Vergnügen, ein weiteres Stück meiner bewegten Vergangenheit kennenzulernen. Das hier ist Julia, die neue Frau an der Seite meines Ex-Manns. Julia, das ist Tom."

Tom gab ihr die Hand. „Freut mich. Und Glückwunsch zum Nachwuchs. Ist es bald so weit?"

Julia brachte nur ein Nicken zustande, als auch schon Peter mit einem großen Tablett zurückkehrte und sich dazusetzte. Er reichte seiner Frau ein Glas Wasser und einen Salat, sich selbst hatte er ein Bier und einen Brotzeitteller mitgebracht.

„Das ist Peter. Mein Ex", sagte Kristina zu Tom.

Peter sah verdutzt in die Runde, dann ging ihm ein Licht auf. „Ach, Sie sind das", meinte er. „Sophie hat mir ja schon von Ihnen erzählt. Interessant."

„Genau", stimmte Kristina ihm zu.

Schweigend aßen sie ihre Brotzeit. So hatte Kristina sich den Sonntag mit Tom bestimmt nicht vorgestellt – an einem Tisch mit ihrem Ex-Mann. Sie konnte sehen, wie es hinter Peters Stirn arbeitete. Im Stillen beschloss sie, ihren Ex mal aus der Reserve zu locken.

Kristina lehnte sich an Toms Schulter und sah Peter verträumt an. „Und was hat Sophie so erzählt?", hauchte sie und imitierte dabei Julia, was jedoch weder dieser noch Peter aufzufallen schien. Nur Tom schaute sie fragend an. Sie warf ihm einen Luftkuss zu und beobachtete genüsslich aus dem Augenwinkel, wie ihr Ex daraufhin zusammenzuckte.

„Och … nur von diesem etwas … merkwürdigen Zusammentreffen mit euch“, antwortete Peter. „Ihr müsst sie wohl ziemlich schockiert haben.“

„Jaja“, gab Kristina zurück, „das arme Kind. Ich hoffe, sie kommt darüber hinweg, bis sie in der Pubertät ist.“

Pikiert betrachtete Peter sie. „Na ja, ein bisschen mehr Fingerspitzengefühl hätte nicht geschadet, oder?“

„Wir wollen uns doch jetzt nicht streiten“, mischte Julia sich ein und legte ihre Hand als beruhigende Geste auf die von Peter.

Kristina winkte lässig ab. „Nicht der Rede wert.“

„Ja. Und Sie sind demnach der neue Mann an der Seite meiner Frau“, nahm Peter den Faden wieder auf.

„Ex-Frau“, berichtigte Julia ihn sogleich.

Grimmig ergänzte Kristina: „So viel Zeit muss sein.“

„Äh … ja … Ex-Frau“, stammelte Peter, kurzfristig aus dem Konzept gebracht. „Und Sie sind außerdem mit meinem Sohn befreundet, nicht wahr?“

Kristina versetzte Tom unter dem Tisch einen sanften Tritt. Er sah sie schelmisch an, legte seine Hand auf ihren Oberschenkel und antwortete: „Philipp und ich sind Nachbarn.“

„Verstehe. Und wie haben Sie Kristina kennengelernt?“

Kristina zog die Brauen hoch. „Ich wüsste nicht, was dich das angeht.“

„Wieso?“ Peter sah sie mit Unschuldsmiene an. „Ich mache doch nur Konversation.“

„Ich bin ihr im wahrsten Sinn des Wortes in die Hände gefallen“, erwiderte Tom.

„Hä?“, fragte Peter.

Julia schaltete schneller. „Kristina hat Sie massiert?“

„Mehr noch, sie hat mich geheilt." Er grinste und ignorierte den zweiten, jetzt festeren Tritt, den Kristina ihm versetzte. „Und jetzt bin ich ihr verfallen."

Peter rang sich ein bemühtes Lächeln ab. „Ja, auf diesem Gebiet ist sie eine wahre Künstlerin."

„Nicht nur auf diesem Gebiet", fügte Tom frech hinzu.

Treib es nicht zu weit, mahnte Kristina ihn mit einem Blick und wandte sich schließlich an Peter, um das Gespräch in eine andere Richtung zu lenken. „Wie fühlst du dich denn als angehender Vater?" Im selben Moment bereute sie die Frage, denn damit hatte sie ihrem Ex das Stichwort geliefert.

Mit stolzgeschwellter Brust erklärte Peter: „Wenn man wie ich im besten Alter noch einmal Vater wird, dann ist das ein sehr erhebendes Gefühl. Ich weiß, was mich erwartet, aber jetzt bin ich viel reifer und werde einige Fehler, die ich als junger Vater gemacht habe, sicher nicht mehr wiederholen."

„Das kann ich nur für Julia hoffen", meinte Kristina schnippisch.

Peter musterte Kristina kritisch, dann nahm er Tom ins Visier. „Haben Sie Kinder?"

Tom schüttelte den Kopf.

„Lassen Sie sich Zeit damit", riet Peter ihm väterlich. „Sie sind ja noch so jung."

Mittlerweile hatte Kristina ihre Fingernägel in Toms Oberschenkel gekrallt.

„Ihnen läuft die Zeit nicht davon", fuhr Peter fort. „Sie können ja auch in zehn, ach was, in 20 Jahren noch eine Familie gründen. Und wie steht's mit dir, Kristina?"

Kristina kniff die Augen zu zwei schmalen Schlitzen zusammen. Innerlich entsicherte sie und lud durch.

Tom zuckte nur mit den Schultern. „Ich will keine Kinder."

Entgeistert starrte Julia ihn an. „Keine Kinder? Das ist ja so egoistisch."

„Sagt wer?“, fragte Tom sie freundlich. „Ich für meinen Teil finde mein Leben, so wie es ist, einfach perfekt. Ich liebe meinen Beruf, meine Freiheit. Ich reise viel. Das könnte ich so nicht mehr machen, wenn ich ein Kind hätte. Und ich finde es wunderbar, dass Kristina dieses Kapitel bereits hinter sich hat.“ Damit nahm er ihre Hand und küsste sie sanft. „So können wir ganz ungestört unsere Zweisamkeit genießen. Nicht wahr, meine Süße?“

Kristina schenkte ihm einen verliebten Blick. „Ich hätte es nicht besser ausdrücken können.“

Das Klingeln von Toms Mobiltelefon setzte dem Schlagabtausch ein jähes Ende. „Bin gleich wieder da“, sagte er, stand auf und verließ den Tisch, um zu telefonieren.

„Ich mache mir ernsthaft Sorgen um dich, Kristina“, meinte Peter und bedachte sie mit einem strengen väterlichen Blick.

„Aber ich bin doch schon groß“, antwortete sie mit kindlicher Piepsstimme.

Doch Peter ließ nicht locker. „Er könnte dein Sohn sein.“

„Wohl kaum. Eher deiner. Und dass sie deine Tochter sein könnte“, erwiderte Kristina und warf Julia einen Seitenblick zu, „steht außer Frage.“

„Das ist etwas völlig anderes“, widersprach er beleidigt.

Kristina legte ihre Hand auf Julias Arm. „Passen Sie gut auf. Jetzt kommt der Neandertaler zum Vorschein.“

Wortlos entzog Julia ihr den Arm.

„Denkst du überhaupt nicht daran, was Sophie oder Philipp davon halten?“, fragte Peter empört.

„Und du?“

„Spielst du jetzt Mrs. Robinson?“, gab er herausfordernd zurück.

„Das ist erst der Anfang“, konterte Kristina und schenkte ihm ein zuckersüßes Lächeln. „Alt hatte ich ja lange genug.“

In diesem Moment kam Tom zurück und strahlte übers ganze Gesicht. „Ihr seht aus wie zwei Halbstarke im Sandkasten, die sich gegenseitig das Schäufelchen über den Kopf ziehen. Gibt es schon Verletzte?"

„Der Sandkasten ist ja wohl mehr Ihr Terrain", knurrte Peter.

„Ich denke, wir sollten den Rückweg antreten", sagte Kristina und erhob sich. „Tschüss, ihr beiden. War nett mit euch."

Tom gab erst Julia und danach Peter die Hand. „Hat mich gefreut." Dann legte er den Arm um Kristinas Taille, und die beiden schlenderten davon.

„Peter ist so ein selbstgerechtes Arschloch", schimpfte Kristina, sobald sie außer Hörweite waren. „Ich frage mich, wie ich es so lange mit ihm ausgehalten habe. Was bildet der sich ein? Mischt sich in mein Leben ein und will mir Vorschriften machen."

„Das darfst du nicht zu ernst nehmen", meinte Tom. „Er glaubt vermutlich, dass er dich beschützen muss. So ticken Männer halt."

„Das hätte ihm mal früher einfallen sollen."

„Aber dass er sich noch mal ein Kind antut …" Tom schüttelte den Kopf.

Inzwischen waren sie bei ihren Fahrrädern angekommen, und Tom öffnete das Kettenschloss, das beide Räder miteinander verband.

„Hast du das vorhin eigentlich ernst gemeint?", fragte sie zögernd.

„Was?"

„Na, dass du keine Kinder willst."

„Hmm", bejahte Tom ihre Frage und schwang sich auf sein Rad.

„Aber was, wenn du deine Meinung änderst?“ Auch Kristina stieg auf.

„Keine Ahnung“, erwiderte er und fuhr los.

Kristina radelte neben ihm her. „In einem hat Peter recht. Du könntest wirklich in zehn oder 15 Jahren noch eine Familie haben. Ich nicht.“

Er bremste und sah sie nachdenklich an. „Du machst dir Gedanken darüber, was in zehn Jahren ist?“ Er zog sie näher zu sich. „Das ist verrückt. Nichts von dem, was wir uns jetzt und hier ausdenken, wird tatsächlich eintreten. Das solltest du doch am besten wissen. Oder hat deine Ehe mit Peter das gehalten, was ihr euch damals versprochen habt? Wir leben jetzt, Kristina.“ Er küsste sie auf die Nasenspitze und fuhr weiter.

Kristina folgte ihm.

„Übrigens gebe ich am kommenden Samstag eine Party. Dann wirst du noch ein paar meiner Freunde kennenlernen“, rief Tom ihr zu und verlangsamte sein Tempo, damit sie aufschließen konnte.

„Das ist dein Geburtstag, oder?“

„Genau. Ich werde ja schließlich nur einmal 30“, lachte er vergnügt.

„Soll ich mir ein paar Spiele ausdenken?“

„Pass auf, Kristina!“

Sie hörte Toms Warnung, doch im selben Moment fand sie sich auch schon auf dem Boden wieder.

Eine Sekunde später war Tom bei ihr und beugte sich über sie. „Hast du dir etwas getan? Tut dir was weh?“

Kristina schüttelte den Kopf. „Übermut tut selten gut“, murmelte sie.

„Kannst du aufstehen?“ Tom ergriff ihren Arm und wollte sie hochziehen.

Verwirrt starrte sie ihn an.

„Da kam plötzlich ein Ball heruntergerollt, wahrscheinlich von da oben. Und der hat dich regelrecht vom Rad geschossen", erklärte Tom ihr.

Mit Toms Hilfe rappelte Kristina sich auf und sah an sich herunter. Sie hatte sich beide Knie aufgeschürft, und sie konnte nicht richtig auftreten, weil ihr rechter Knöchel schmerzte.

„Gebrochen hast du dir anscheinend nichts, oder?" Tom tastete sie ab. „Den Knöchel hast du dir vermutlich nur verstaucht. Sollen wir ins Krankenhaus fahren, um ihn zur Sicherheit röntgen zu lassen?"

„Nein", antwortete sie und klopfte sich den Staub von der Hose, „ist halb so schlimm."

„Kannst du denn weiterfahren?", wollte Tom wissen.

„Jaja, geht schon", winkte sie ab, stieg mit wackligen Beinen auf ihr Fahrrad und trat dann beherzt in die Pedale. So fuhren sie eine Zeitlang schweigend nebeneinanderher.

„Was wünschst du dir zum Geburtstag?", erkundigte Kristina sich schließlich.

„Von dir? Dass du zu mir stehst und mit dem Grübeln aufhörst. Mehr nicht."

„Wenn es weiter nichts ist", gab sie ironisch zurück.

„Und ich lade auch Sophie und Philipp ein", erklärte er. „Es wird Zeit, dass er sich mit den Tatsachen anfreundet. Sophie hat das ja auch begriffen."

Kristina nickte zustimmend.

Dann bremste Tom abrupt. „Zu dir oder zu mir?"

Sie landeten schließlich bei Tom. Kristina hatte schon einige Male bei ihm übernachtet, und inzwischen stand ihre eigene Zahnbürste in seinem Badezimmer. Tom hatte sie dort hingestellt. Kristina lag nun auf seinem Bett, hatte die Füße hochgelegt und kühlte den verstauchten Knöchel mit einer

Eispackung, während Tom in der Küche hantierte. Als es klingelte, ging er an die Tür und öffnete.

„Ich weiß, es ist spät, aber kann ich dich kurz sprechen?" Das war eindeutig die Stimme ihres Sohnes, die Kristina bis ins Schlafzimmer hören konnte. Es lief ihr eiskalt den Rücken hinunter.

„Klar", antwortete Tom ihm. „Komm rein."

Kristina lauschte und vernahm die Schritte der beiden im Flur, sie selbst lag wie gelähmt da. Zum Glück würde Philipp sie hier im Schlafzimmer nicht sehen.

„Ich möchte mich entschuldigen, Tom", sagte Philipp. „Ich bin völlig ausgerastet, das war absolut daneben."

„Entschuldigung angenommen", erwiderte Tom. „Vergessen wir es einfach."

Kristina fiel ein Stein vom Herzen.

„Ich war total schockiert, als Sophie mir das von dir und meiner Mutter erzählt hat, da sind mir die Sicherungen durchgebrannt. Ich versteh's bis heute nicht, was mich da geritten hat. Wie geht's deinem Kinn?"

„Ich hab's ja überlebt", meinte Tom.

Kristina wäre am liebsten aus dem Bett gesprungen und zu Philipp gelaufen, um ihn fest an sich zu drücken. Aber irgendetwas in ihrem Innern sagte ihr, dass es besser war, das nicht zu tun. Und so blieb sie liegen und machte keinen Mucks.

„Ich kann dich sogar verstehen", fuhr Tom jetzt fort. „Ich hätte im umgekehrten Fall vielleicht genauso reagiert. Aber ich kann dir versprechen, dass ich es verdammt ernst meine, was deine Mutter betrifft. Das ist kein flüchtiges Abenteuer."

Wohlig kuschelte Kristina sich ins Kissen und ließ seine Worte auf sich wirken.

„Ja, sie ist eine Klassefrau, und ich will nicht, dass man ihr weh tut“, entgegnete Philipp. „Die Scheidung damals hat ihr ganz schön zugesetzt.“

„Ich weiß“, erklärte Tom. „Und ich weiß auch, dass dir und deiner Schwester der Altersunterschied zu schaffen macht. Aber ich finde Kristina einfach umwerfend – egal, wie viele Jahre uns trennen. Sie ist eine starke Frau und etwas ganz Besonderes. Sie hat ihren Stil, ihre Anschauungen und ihre Erfahrungen. Sie steht auf eigenen Füßen, ist völlig unabhängig, und sie liebt ihren Job. All das habe ich bei jüngeren Frauen nie gefunden, und es hat mir gefehlt. Deswegen bin ich mit Kristina zusammen. Und das will ich auch bleiben.“

Kristina schwebte auf Wolke sieben. Da draußen standen zwei Männer, die ihr die schönsten Liebeserklärungen machten, und sie lag hier und hatte Angst vor ihren eigenen Gefühlen.

„Ich bin eigentlich froh, dass du und Mama … na ja, dass ihr ein Paar seid“, sagte Philipp nun. „So glücklich war sie seit langem nicht mehr.“

„Sag ihr das selbst“, erwiderte Tom.

Kristina zuckte zusammen.

„Mach ich“, meinte Philipp.

Dann hörte sie, wie die beiden die Küche verließen.

„Kommst du am Samstag zu meiner Geburtstagsparty?“, fragte Tom ihren Sohn.

„Klar, gerne.“

Als kurz darauf die Tür ins Schloss fiel, stieß Kristina einen Jauchzer aus. Das Leben war zum Schreien schön.

18

Kristina öffnete das Fenster weit, um die frische Morgenluft hereinzulassen. Sie lehnte sich hinaus und atmete tief ein. Es war noch ganz früh, das Leben kroch erst langsam aus den Häusern in die Straßen. Ein paar Vögel zwitscherten in den Bäumen, die vor dem Haus standen. Was für ein verrückter Sommer ist das?, dachte sie. Auf jeden Fall war es einer, den sie niemals vergessen würde. Der Ausgang? Ungewiss. Aber die Gegenwart erschien ihr wie ein Traum. Wenigstens wusste sie inzwischen, was sie Tom zum Geburtstag schenken würde. Er hatte ihr ja ausführlich genug von der Designerlampe vorgeschwärmt.

Ihr Blick fiel auf die große Plakatwand auf der gegenüberliegenden Straßenseite. Ein Mann war gerade dabei, ein neues Werbeplakat für Dessous dort anzubringen. In dem Moment kam Tom aus dem Bad. Er hatte nur ein Handtuch um die Hüften geschlungen. Mein Gott, siehst du gut aus, schoss es Kristina bei seinem Anblick durch den Kopf. Still sah sie ihm zu, wie er sich anzog.

„Tolle Aussicht hast du da", sagte sie schließlich.

„Was meinst du?"

„Na, diese knackige halbnackte Maus da gegenüber."

Tom trat ans Fenster und sah hinaus. „Ach, die da. Ich habe doch was viel Besseres hier in meinem Schlafzimmer. Aber wie findest du die Wäsche?"

„Sexy."

„Hmm", stimmte er ihr zu und erklärte dann: „Ich bin bis Donnerstag in Berlin. Sehen wir uns am Abend, wenn ich wieder da bin?"

„Donnerstag klappt nicht", entgegnete sie. „Da hat mich mein Vater zum Essen eingeladen, um mir seine neue Flamme endlich vorzustellen." Kristina rollte mit den Augen.

Tom grinste. „Dann Freitag. Und Samstag wird gefeiert.“

„Kindergeburtstag, ich weiß“, zog sie ihn auf.

Er begleitete sie hinunter bis zur Haustür, dort küsste er sie zum Abschied. „Du fehlst mir jetzt schon“, flüsterte er ihr ins Ohr.

„Du mir auch. Was machst du in Berlin?“

„Och, nur ein paar Termine wegen des Jobs.“

Kristina stutzte. Mit solchen kryptischen Bemerkungen hatte Peter sie früher auch immer abgespeist, wenn er für ein paar Tage auf Geschäftsreise gegangen war. Und später hatte Kristina ja herausgefunden, was der wahre Zweck seiner Reisen gewesen war … Aber Tom ist nicht Peter, schärfte sie sich ein. Ihm konnte sie vertrauen. Deshalb beschloss sie, keine weiteren Fragen zu stellen.

Kristina war frühzeitig zu Hause und hatte noch ein wenig Zeit für sich, bevor der erste Patient kam. Sie ging in die Küche, um zu frühstücken. Sophie gesellte sich auf einen Kaffee dazu.

„Ist alles in Ordnung?“, fragte Kristina ihre Tochter, die ihr heute sehr blass erschien.

„Ja, mir ist nur ein bisschen flau“, meinte sie. „Vielleicht war der Kartoffelsalat gestern nicht mehr ganz frisch.“ Kaum hatte sie den Satz beendet, hielt sie schon die Hand vor den Mund und raste aus der Küche.

Kristina stellte ihre Tasse ab und lief hinterher. So schnell, wie die Übelkeit gekommen war, war sie auch wieder verschwunden.

„Hoffentlich ist das kein Virus“, sagte Kristina und musterte ihre Tochter. „Am besten legst du dich wieder ins Bett.“

„Es geht schon“, erwiderte Sophie. „Außerdem muss ich in die Redaktion. Ich präsentiere dem Chefredakteur heute meine Layouts für die Sonderausgabe, da kann ich nicht krank sein. Nur spucken sollte ich in seiner Anwesenheit nicht – auch wenn ich ihn zum Kotzen finde." Sie lachte kurz auf.

Kristina betrachtete sie mit gerunzelter Stirn.

„Entspann dich, Mama. Mir geht's schon wieder gut."

Kristina ging in die Küche zurück. Während sie ihr Müsli löffelte, gesellte sich Klaus dazu.

„Bleibt's bei Donnerstagabend, Papa?", wollte sie wissen.

„Selbstverständlich."

Nachdem sie zu Ende gegessen hatte, räumte sie die Müslischale und die Tasse in die Spülmaschine.

„Und das mit diesem Tom, ist das was Ernstes?", fragte Klaus unvermittelt.

„Selbstverständlich", imitierte sie ihn. „So wie bei dir und deiner Charlotte."

Klaus räusperte sich. „Verstehe. Na dann. Aber mir wäre es lieber, wenn du ihn nicht mitbringen würdest."

„Hatte ich auch nicht vor", entgegnete Kristina. „So, jetzt muss ich mich um meine Patienten kümmern. Ich wünsch dir einen schönen Tag." Sie küsste ihn flüchtig auf die Wange und verließ die Küche.

Gut gelaunt eilte sie nach unten. In der Praxis saß Rita bereits an ihrem Schreibtisch und arbeitete. Kristina nahm auf der Tischkante Platz und erzählte ihrer Freundin von Toms bevorstehender Geburtstagsparty.

„Weiß ich doch längst." Rita wedelte mit einer Einladung. „Du wirst dort aber nicht als Golden Girl mit Plissee im Gesicht auftauchen, oder?" Ihre Freundin wollte die Stirn in Falten legen, was ihr allerdings nicht gelang. Nichts rührte sich in ihrem Gesicht. „Heute Nachmittag begleitest du mich zu Dr. Sommerfeld. Der Termin steht. Absagen geht nicht. Ich habe alles arrangiert."

Kristina protestierte: „Auf keinen Fall ..."

„Truthahnhälse, Tränensäcke und der Kräusel-Look sind so was von out", schnitt Rita ihr das Wort ab. „Dr. Sommerfeld macht dich zehn Jahre jünger, da fällst du auf der Party gar nicht mehr auf."

„Ich bin bisher ganz gut ohne das ausgekommen …"

„Gschmarri", konterte ihre Freundin. „Bodox g'härt g'macht. Bunkt."

Unwillig schüttelte sie den Kopf. „Verschanz dich nicht hinter deinem Dialekt."

„Ich lass dich doch nicht in dein Unglück laufen", meinte Rita energisch.

Kristina seufzte. „Na ja, das mit dem Entkräuseln kann ich ja mal ausprobieren, aber frühestens in zehn Jahren. Und meinen Truthahnhals, den behalt ich sowieso. Da kann ich mich so gut drin verstecken."

„Pah." Dennoch breitete sich ein zufriedenes Lächeln auf Ritas Gesicht aus. Sie würde nicht lockerlassen. Es war ja schließlich nur zu Kristinas Bestem. Als das Telefon klingelte, schaute Rita zunächst aufs Display. „Das ist der Ruudzläffl", sagte sie grimmig. Als Kristina sie verständnislos ansah, räusperte sie sich und fragte in einwandfreiem Hochdeutsch: „Möchtest du mit deinem Sohn sprechen? Soll ich das Gespräch durchstellen?"

Kristina nickte. Sie wusste ja, was Philipp ihr zu sagen hatte. Sie drückte die Taste, damit Rita alles mithören konnte. Und mit jedem Wort, das aus dem Telefonhörer drang, schmolzen die beiden ein Stückchen mehr. Rita schneuzte sich leise und vergoss ein paar Tränen angesichts Philipps Entschuldigung.

„Was hast du nur für ein Glück!", schniefte Rita, als Kristina aufgelegt hatte. „Du hast so wunderbare Kinder und einen Adonis, der dich auf Händen trägt. Da könnte ich ja glatt neidisch werden."

Kristina beugte sich zu ihrer Freundin hinunter und küsste sie auf die Wange. „Und nicht zu vergessen, ich habe auch noch die beste Freundin der Welt."

„Obacht, kein Wod mer", erwiderte Rita gerührt. „Sonst muss ich heulen. Wie ein Schlosshund."

Am Donnerstagabend fuhr Kristina mit dem Taxi zu dem Restaurant, in dem sie ihren Vater und dessen neue Flamme treffen sollte. Ein Kellner führte sie an den Tisch. Rotes Haar, aber hallo, schoss es ihr durch den Kopf, als sie die beiden sah. Die Frau hat null Ähnlichkeit mit Mama. Kristina war ein bisschen mulmig zumute. Was, wenn ihr diese Frau total unsympathisch war? „Wartet ihr schon lange?", fragte Kristina.

Ihr Vater sprang sofort auf. „Nein, Kristina. Wir haben nur schon einen Drink genommen. Charlotte, darf ich dir meine Tochter vorstellen."

Auch Charlotte erhob sich und schüttelte ihr die Hand. Kristina schätzte sie auf Anfang 60, wobei sie trotzdem jünger wirkte, wozu ihr kurzer Haarschnitt und ihr jugendliches Outfit erheblich beitrugen. Sie hatte einen offenen Blick, und ein schelmisches Lächeln umspielte ihre Lippen. Kristina hatte das Gefühl, die Frau bereits zu kennen. Irgendwoher kannte sie das Gesicht, doch es wollte ihr partout nicht einfallen, wo ihr Charlotte vielleicht schon einmal begegnet sein könnte. Auch Klaus kam ihr plötzlich deutlich jünger vor als früher, irgendwie frischer und lebendiger. Die Liebe wirkte offensichtlich wie ein Jungbrunnen. Natürlich unterstrich auch sein sportliches Outfit diesen vitalen Eindruck. Na ja, bei einer jüngeren Frau musste er sich schließlich ein bisschen ranhalten. Kristina setzte sich an den Tisch.

„Lass uns gleich bestellen", schlug ihr Vater vor. „Wir haben nämlich mächtig Hunger. Du hoffentlich auch?"

Kristina nickte und schlug die Speisekarte auf. Schnell trafen die drei ihre Wahl, und der Kellner entschwand mit der Bestellung.

„Ich bin froh, dass ihr euch endlich kennenlernt", nahm Klaus den Faden auf. „Vielleicht sollte ich erzählen, wo wir uns das erste Mal getroffen haben. Oder möchtest du, Charlotte?"

Sie wehrte ab: „Nein, nein, mach du ruhig. Ich bin neugierig auf deine Version." Dabei lächelte sie verschmitzt.

Er erwiderte das Lächeln und strahlte sie verliebt an. „Nun gut", wandte er sich an Kristina. „Also, das war im März. Erinnerst du dich an die Delle, die ich mir in meinen Wagen gefahren hatte?"

Sie erinnerte sich nur zu gut daran. Trotz des erheblichen Schadens hatte ihr Vater die Sache sehr locker, fast fröhlich hingenommen – was ganz untypisch für ihn gewesen war. Er hasste es eigentlich, wenn sein Auto nicht tipptopp in Schuss war.

„Ich bin damals beim Ausparken auf Charlottes Wagen aufgefahren." Er grinste schelmisch. „Das war schon ein ziemlich heftiges Aufeinandertreffen."

Lächelnd sagte Charlotte: „Ihr Vater … Ach, wollen wir uns nicht duzen?"

„Sehr gerne."

„Schön, Kristina … Also, dein Vater sprang aus seinem Auto. Er hat geschimpft wie ein Rohrspatz. Ich kam gerade vom Einkaufen und habe ihm eine Weile zugeschaut. Das sah einfach zu komisch aus. Wie Rumpelstilzchen sprang er hin und her, hat sich immer wieder die Delle angesehen und sich dabei die Haare gerauft."

Kristina konnte sich die Szene lebhaft vorstellen. Es hätte sie sehr aus dem Gleichgewicht gebracht, wenn ihr Vater anders auf den Schaden reagiert hätte.

„Mach dich nur lustig über mich", meinte er gespielt gekränkt zu Charlotte und erzählte weiter: „Dann stand Charlotte plötzlich neben mir und sagte, dass so ein kleiner Blechschaden doch kein Weltuntergang sei."

„Er hat tief Luft geholt und wollte sich gerade aufregen. Er hat wie ein Kugelfisch ausgesehen", fuhr Charlotte fort und plusterte zur Verdeutlichung ihre Wangen auf.

„Charlotte hat mich ganz frech gefragt, wo denn der Stöpsel sei, damit ich Dampf ablassen könne, bevor ich platze. Dann hakte sie sich bei mir ein und meinte nur, dass sie auf den Schreck erst mal einen Drink brauchte", ergänzte Klaus.

„Das Leben ist viel zu kurz, um sich über solche Kinkerlitzchen aufzuregen, finde ich", meinte Charlotte. „Jedenfalls, als wir wenig später hier in diesem Lokal an der Bar saßen und redeten, da habe ich schnell gemerkt, dass es Klaus gar nicht um diese lächerliche Delle ging. Es war vielmehr sein eigener Fahrfehler, der ihn so auf die Palme gebracht hat."

„Typisch mein Papa. Immer korrekt, alles muss seine Ordnung haben und perfekt laufen", zog Kristina ihn auf.

Er sah sie pikiert an. „Na ja. Seit diesem Zusammenstoß haben wir uns nicht mehr aus den Augen verloren." Erneut warf er Charlotte einen verliebten Blick zu. „Was so eine verfahrene Situation doch für wunderbare Folgen haben kann."

Der Kellner tauchte auf, servierte die Getränke und deckte den Tisch für das Essen.

„Ja, es war wie ein Wink des Schicksals", stimmte Charlotte ihm vergnügt zu. „Wir sollten wohl aufeinandertreffen – und da hat's dann richtig gescheppert."

Kristina erfuhr im Lauf des Abends mehr über Charlotte und deren bisheriges Leben. Sie konnte immer besser verstehen, warum ihr Vater sich noch einmal verliebt hatte. Charlotte arbeitete als Regisseurin fürs Fernsehen und war ziemlich viel auf Achse. Damals, als sie Klaus begegnet war, hatte sie gerade wegen Dreharbeiten in München geweilt. Eigentlich wohnte sie in Berlin. Wann immer Klaus in letzter Zeit verreist gewesen war, hatte er sie also in Berlin besucht. Charlotte hatte außerdem einen Sohn und eine Tochter aus zwei früheren Beziehungen. Der Sohn lebte in München, die Tochter in New York. Sie hatte nie geheiratet, aber mehr verriet sie über ihr Privatleben nicht. Dafür interessierte sie sich brennend für Klaus' Vergangenheit.

Der Abend verging wie im Flug. Kristina suchte nach Gemeinsamkeiten zwischen ihrer Mutter und Charlotte, doch die beiden Frauen schienen völlig gegensätzlich zu sein. Charlotte tat ihrem Vater allerdings sichtlich gut. Und das allein sprach schon für sie.

„Übrigens verreise ich bald", sagte Klaus zu seiner Tochter, als er am Ende des Abends die Rechnung bezahlte. „Ich werde Charlotte begleiten. Sie dreht in Kapstadt, und ich fliege mit."

„Und wenn wir aus Kapstadt zurückkommen", meinte Charlotte beim Abschied zu Kristina, „dann werden wir ein großes Essen geben und unsere Patchworkfamilien zusammenführen. Das wird bestimmt lustig."

Und ich bringe Tom mit, dachte Kristina amüsiert bei sich. Mal sehen, ob du das dann auch noch lustig findest.

Die beiden begleiteten Kristina noch zum Taxi. Durchs Fenster konnte sie sehen, wie Klaus den Arm um Charlottes Schultern legte. Fröhlich winkten die zwei ihr zu.

19

Das Gemüse war klein geschnipselt, der Ingwer gehackt und das Huhn in mundgerechte Stücke zerteilt. Die Schüsseln mit allen Zutaten standen aufgereiht am Herd. Perfekt wie in einer Fernsehküche – es geht doch nichts über ein gutes Mise en Place, lobte Kristina sich selbst im Stillen. Sie holte noch den Wok aus dem Schrank, dann konnte es eigentlich losgehen. Als sie nun auf die Armbanduhr schaute, klingelte es an der Tür. Schnell sauste sie die Treppe hinunter und öffnete, ohne vorher durch den Spion zu sehen. Wie erwartet stand Tom draußen. Er hatte einen so großen Blumenstrauß in der Hand, dass sie sein Gesicht dahinter gar nicht erkennen konnte. Dafür hörte sie ihn jetzt niesen.

„Heuschnupfen?", fragte sie ihn, als sie den Strauß und ein kleines Tütchen, das er ihr reichte, in Empfang nahm.

„Nein", antwortete Tom, „ich glaube, ich werde krank. Diese elende Klimaanlage im Flugzeug! Und das vor meinem Geburtstag." Als Kristina ihn küssen wollte, zuckte er zurück und sagte: „Steck dich nicht an."

„Da hilft nur ein heißes Bad, dann ab ins Bett und richtig schwitzen", riet sie ihm und küsste ihn auf die Wange. „Danke für die schönen Blumen. Und was ist das Hübsches?"

„Ich hoffe, es gefällt dir", sagte Tom und nieste kräftig.

Bevor sie nach oben ging, spähte Kristina in das Tütchen und entdeckte darin etwas Seidiges mit Spitzen. Tom folgte ihr hinauf. Rasch holte sie eine Vase aus der Küche und stellte den bunten Sommerstrauß hinein. Danach zog sie den Inhalt aus der Tüte. Es waren schwarze Dessous.

„Wow, sehr sexy", staunte sie und strich mit den Fingern über den Stoff. „Woher kanntest du meine Größe?"

„Hab heimlich nachgesehen, als du mal im Bad warst." Er nieste erneut.

„Ich zieh's gleich an, aber zuerst musst du ins Bad." Sie ging ihm voraus und ließ Wasser in die Wanne ein. Im Schrank stand neben diversen Badezusätzen auch ein Erkältungsbad.

„Sind wir allein?", wollte Tom wissen, während er sich langsam auszog.

„Ja, mein Vater ist ausgegangen, und Sophie ist noch in der Redaktion", erwiderte sie, während sie etwas von dem Erkältungsbad ins Wasser goss.

„Kommst du mit in die Wanne?", fragte Tom und versuchte sich dabei vergeblich an einem lüsternen Blick.

Kristina lachte auf und schüttelte den Kopf. „Du hast heute Pause. Ich flitze schnell in die Apotheke rüber und hol dir was gegen die Erkältung."

Er machte ein enttäuschtes Gesicht, verließ dann das Bad und kam kurz darauf mit seinem iPod zurück. Mit einem Seufzer ließ er sich in die Wanne gleiten.

„Ich bin gleich wieder da", sagte Kristina und ging.

Tom steckte sich die Ohrstöpsel in die Ohren, machte die Musik an und schloss die Augen.

Sophie sah noch, wie ihre Mutter auf dem Fahrrad um die Ecke bog, als sie nach Hause kam. Auf dem Weg nach oben überlegte sie, dass sie sich gleich erst einmal eine kalte Dusche gönnen würde. Das würde sicherlich ihre Lebensgeister auffrischen. Zunächst ging sie aber in die Küche. Sie nahm eine Flasche Mineralwasser aus dem Kühlschrank, schraubte sie auf und trank einen kräftigen Schluck. Dann entdeckte sie die Zutaten auf dem Herd. Mama kocht, dachte sie erfreut und fischte eine Cashewnuss aus einem Schälchen. Wahrscheinlich hat sie nur etwas vergessen und kommt gleich wieder. Sophie schob sich eine zweite Nuss in den Mund und verzog sich in ihr Zimmer. Dort schlüpfte sie aus ihren Klamotten und streifte den Bademantel über. Dann ging sie ins Badezimmer.

Sie sah den Haarschopf, der aus der Wanne ragte. Zuerst wollte sie kehrtmachen, doch dann verharrte sie in der Tür. Tom schien sie nicht gehört zu haben. Als sie sich langsam der Wanne näherte, entdeckte sie die Ohrstöpsel, die zu dem iPod führten, der auf dem Wannenrand lag. Tom lag mit geschlossenen Augen da und bemerkte sie nicht.

Vorsichtig kam Sophie näher, dann ließ sie den Bademantel von ihren Schultern gleiten. Von hinten beugte sie sich über ihn und begann, seinen Nacken zu kraulen. Er griff nach ihrer Hand und wollte sich zu ihr umdrehen, doch sie verdeckte ihm mit den Fingern schnell die Augen. Tom verstand die Geste und entspannte sich, während Sophie ihm durchs Haar fuhr. Schließlich fing sie an, sanft seine Schultern zu massieren, was er mit einem wohligen Seufzen quittierte. Sophie setzte sich hinten auf den Wannenrand, ohne dabei ihre Zärtlichkeiten zu unterbrechen. Tom rückte ein Stück nach vorne, um ihr Platz zu machen. Als sie daraufhin ins Wasser glitt, schmiegte Tom seinen Rücken an sie. Seine Hände berührten ihre Oberschenkel. Dann erstarrte er plötzlich – und drehte sich um. Entsetzt riss er sich die Ohrstöpsel heraus.

„Du?", stieß er hervor. „Spinnst du?"

„Entspann dich", flötete sie. „Ich bin ja schließlich nicht von schlechten Eltern, oder?" Sie rekelte sich lasziv und ergriff seine Hand.

Sofort stieß Tom sie zurück und sprang aus dem Wasser. Er griff nach dem Badehandtuch, das Kristina ihm hingelegt hatte, und schlang es sich rasch um die Hüften.

„Bist du völlig durchgedreht?", fragte er atemlos.

„Stell dich nicht so an", erwiderte Sophie und machte es sich in der Wanne bequem. „Das mit meiner Mutter, das meinst du doch nicht wirklich ernst."

Er warf ihr einen bitterbösen Blick zu. „Es ist mir ein absolutes Rätsel, wie so eine Klassefrau wie deine Mutter ein solches Biest zur Tochter haben kann."

„Manche Männer würden alles dafür geben, wenn sie mit der Mutter und der Tochter ins Bett gehen könnten", konterte sie giftig.

„Du schaust zu viele Soaps, Sophie. Aber so funktioniert die Welt nicht." Er stürmte in Richtung Tür und stieß mit Kristina zusammen, die vor Schreck ihre Tasche fallen ließ.

„Was ist denn hier los?", fragte sie verwirrt.

„Deine Tochter ... sie ... Ich hab sie nicht gehört ... Plötzlich war sie da ... Ich kann echt nichts dafür", stammelte er. „Ach, verdammt noch mal."

Jetzt entdeckte Kristina ihre Tochter in der Badewanne. Schlagartig war ihr klar, was geschehen war. Sie ging zur Wanne und zog den Stöpsel heraus, damit das Wasser ablaufen konnte.

Sophie starrte sie entgeistert an und stotterte: „Mama, ich kann nichts dafür. Tom wollte mich ..."

„Ich denke, du solltest dich anziehen", fiel Kristina ihr ins Wort. „Pack deinen Koffer und geh. Hier kannst du nach alldem jedenfalls nicht mehr bleiben. Warum gehst du nicht zurück zu Sven? Das ist für alle Beteiligten vermutlich das Beste." Damit verließ sie das Bad, während sie mit Mühe die Tränen zurückhielt.

„Aber Mama ...", rief Sophie noch, bevor Kristina die Tür zum Badezimmer zuschlug.

Wo war bloß Tom? Kristina fand ihn im Wohnzimmer. Er saß auf der Couch.

„Ich hatte den Kopfhörer auf. Ich habe zuerst gar nicht gemerkt, dass sie ins Bad gekommen ist. Ich dachte, du bist es. Und dann saß sie plötzlich in der Wanne. Oh, mein Gott", stöhnte er.

Kristina ließ sich neben ihm auf das Sofa fallen. Erneut spürte sie, wie ihr die Tränen in die Augen stiegen. Sie kämpfte dagegen an – vergeblich. Schluchzend schlug sie die Hände vors Gesicht. Tom legte den Arm um ihre Schultern und zog sie an sich.

„Es tut mir so leid", flüsterte er und strich ihr übers Haar. „Ich verstehe nicht, warum sie das getan hat."

Weinend schmiegte sie sich an seine Brust. „Wie kann sie nur so gemein sein?"

Tom suchte nach Worten, um sie zu trösten, doch ihm fiel nichts Passendes ein. So hielt er sie einfach fest und schwieg. Nach einer Weile beruhigte sie sich, und die Tränen versiegten. Als er niesen musste, griff er nach den Papiertaschentüchern, die auf dem Tisch lagen. Er reichte Kristina ein Taschentuch und nahm sich ebenfalls eins. Gemeinsam schneuzten sie sich. Nachdem sie sich beide geräuschvoll die Nase geputzt hatten, rang Kristina sich ein Lächeln ab.

„Wie soll es jetzt weitergehen?", fragte sie ihn. „Ich dachte, meine Kinder hätten akzeptiert, dass wir zusammen sind. Und jetzt das." Wieder schossen ihr Tränen in die Augen, doch sie beherrschte sich. „Ich habe ihr gesagt, dass sie ihre Koffer packen soll."

Tom nickte zustimmend. „Das war das einzig Richtige."

Mit dem Handrücken trocknete sie sich notdürftig das Gesicht und verließ den Raum. Kurz darauf kam sie zurück und sagte: „Sie ist weg." Kristina holte tief Luft und seufzte. „Für diese Spielchen bin ich definitiv zu alt."

„Und Sophie auch", fügte Tom hinzu.

20

Eine unruhige Nacht lag hinter Kristina. Sie fühlte sich wie gerädert, als sie am Morgen aufstand. Zärtlich schaute sie zu Tom, der noch im Bett lag und friedlich schlummerte. Kristina schlüpfte in ihren Bademantel und ging auf Zehenspitzen ins Badezimmer. Hier hatte Sophie versucht, Tom zu verführen. Kristina konnte es immer noch nicht glauben, was ihre Tochter gestern angestellt hatte. Sie hielt sich am Waschbecken fest und starrte in den Spiegel. Meine eigene Tochter wird zu meiner Rivalin, dachte sie traurig. Wie tief sind wir gesunken. Sie studierte ihr Spiegelbild, sah die Augenringe. Der Schlafmangel und die vielen Tränen hatten ihre Spuren hinterlassen. Nicht nur in ihrem Gesicht: Kristina fühlte sich schrecklich. Seit ihrer Beziehung zu Tom gab es unentwegt Probleme – nicht zwischen ihm und ihr, nur mit ihrer Familie. Aber sollte sie für eine neue Liebe alles aufs Spiel setzen?

Das eine hat mit dem anderen nichts zu tun, überlegte sie. Selbst wenn sie nicht mit Tom zusammen wäre, würde er sich nicht für Sophie interessieren. Das hatte er ihr mehrfach gesagt, und Kristina glaubte ihm. Ihre Tochter war zwar jung, aber eben nicht sein Typ, und vor allem war sie viel zu unreif für einen Mann wie Tom. Jugend war schließlich nicht alles. Doch dass es zwischen Sophie und ihr zu diesem Eklat gekommen war, hatte andere Ursachen. Tom war bloß der Katalysator gewesen. Während Kristina nun duschte, stellte sie sich immer wieder dieselben Fragen. Wie sollte sie mit dem gestrigen Verhalten ihrer Tochter fertig werden? Wie sollten sie überhaupt in Zukunft miteinander umgehen?

Es war Tom, der ihrer Grübelei ein Ende bereitete. Mit zerzaustem Haar stand er plötzlich im Badezimmer und sah sie forschend an, während sie sich abtrocknete. „Guten

Morgen, Krissi. Wie hast du geschlafen?", wollte er wissen und nahm sie in den Arm.

„Mit Unterbrechungen", gab sie zurück. „Und du?"

„Ging mir genauso. Ich hab total blöd geträumt."

„Kleine Kinder, kleine Sorgen, große Kinder, große Sorgen", entgegnete sie mit einem schiefen Lächeln.

„Machst du dir denn große Sorgen um Sophie?"

„Nein, aber ich bin traurig und verletzt."

„Ich hoffe, Sophie sieht bald ein, wie unmöglich ihr Verhalten uns gegenüber gewesen ist."

„Ich weiß nicht mehr, wer meine Tochter eigentlich ist. Das hätte ich nie von ihr erwartet."

Tom zuckte mit den Schultern. „Sie muss nur erwachsen werden."

„Erwachsen werden", wiederholte Kristina. „Sie benimmt sich wie die kleine verzogene Prinzessin, die immer genau das haben will, was anderen gehört. So war es früher auch schon."

„Irgendwie pubertär. Wo hat sie das nur her?"

„Ich habe keine Ahnung. Ich frag mich bloß, was ich bei ihrer Erziehung falsch gemacht habe."

Tom ignorierte ihre Selbstvorwürfe und fragte: „Glaubst du, dass sie mit ihrem Bruder darüber sprechen wird?"

„Ich hoffe es."

Wenig später musste Tom sie allein lassen. Am Abend sollte ja seine Geburtstagsparty stattfinden, und er hatte noch einiges vorzubereiten. Kaum war er verschwunden, rief Kristina Rita an.

„Können wir uns sehen?", fragte Kristina ohne Umschweife.

„Komm vorbei", lud ihre Freundin sie ein.

Kurz darauf stand Kristina bereits vor Ritas Tür.

„Shrrrek is bäck", begrüßte Rita sie lapidar, als sie Kristinas Leichenbittermiene erblickte. „Na dann komm mal rein."

Die beiden setzten sich auf den Balkon, und Kristina berichtete ausführlich, was sich gestern ereignet hatte. Außer einem gelegentlichen „Oh, God“, „Wärggli?“ und „So a Deifi!“ hielt Rita den Mund und ließ sie ungestört erzählen. Als Kristina geendet hatte, meinte ihre Freundin voller Empörung: „Dera Gla muss oner ma des Ärschla versohln!“

„Ich schlage meine Kinder nicht.“

„A bar hinder die Läffl, sag i“, beharrte Rita entrüstet.

„Was?“, fragte Kristina leicht genervt.

„A mordsdrumm Schelln! So a bimberlaswichdi, hinderfodzigs“, regte sie sich auf.

„Rita. Sprich deutsch!“

Ihre Freundin schnaubte verächtlich. „Eine Tracht Prügel, das bräuchte sie mal. So ein verwöhntes Gör. Wo kommen wir denn da hin, wenn Töchter ihrer Mutter Konkurrenz machen wollen? Was für ein Gworschdl … äh … Durcheinander, meine ich.“

„Wahrscheinlich ist das alles mein Fehler“, meinte Kristina und fing sich damit einen bitterbösen Blick ein.

„Bass amol auf, Schäffin, des glabbst obber a blos du.“ Dabei schüttelte Rita heftig den Kopf.

Irgendwie fühlte Kristina sich mit jeder Minute besser, was auch dem Kommentar ihrer Freundin zu verdanken war. In Ritas Dialekt klang alles halb so schlimm.

„Ach Rita“, seufzte sie. „Was soll ich denn bloß machen?“

„Hart bleiben“, antwortete Rita wie aus der Pistole geschossen. „Du darfst jetzt keinen Millimeter nachgeben. Es ist höchste Zeit, dass Sophie die Kurve kriegt, bevor es zu spät ist.“

„Und ich soll nicht den ersten Schritt machen, meinst du?“

„Nein.“

„Und wie lange soll ich warten? Wochen, Monate?“

„Wenn es sein muss, dein ganzes Leben lang.“

„Das könnte ich nicht."

„Hör auf zu jammern."

„Du hast leicht reden", verteidigte Kristina sich.

„Des is mia worschd." Rita schaute sie grimmig an. „Da musst du durch. Die kommt schon irgendwann angekrochen."

„Aber wann?"

Allmählich verlor Rita die Geduld. „Heid nimmä."

„Und dann hat Tom auch noch Geburtstag. Mir ist überhaupt nicht nach Feiern zumute", meinte Kristina schließlich. „Ich sage ab."

„Das kannst du ihm nicht antun", erwiderte Rita. „Du vergisst jetzt mal deine undankbare Tochter und gehst nach Hause. Und da machst du dich so hübsch wie möglich, damit Tom heute Abend mit dir angeben kann. Zieh dir was Erodisches an."

„Wenn schon, dann bitte erotisch."

Rita grinste. „Brudal erodisch!"

Auch Kristina musste lachen. „Okay, dann eben dodal erodisch. Soll ich dich abholen?"

„Nein, wir treffen uns dort. Ich komme etwas später. Das solltest du im Übrigen auch tun." Rita blinzelte sie verschwörerisch an.

„Warum?"

„Eine Diva kommt für den perfekten Auftritt erst dann, wenn alle anderen schon da sind. Dann übersieht sie keiner, und alle schauen hin!"

„Des glabbst obber a blos du", äffte Kristina ihre Freundin amüsiert nach.

„Wennst di ned glei schleichst …!", drohte Rita gespielt beleidigt.

Als sie die Wohnung ihrer Freundin eine Weile später verließ, war Kristina in weitaus besserer Stimmung als am

Morgen. Sie beschloss, sich Ritas Rat zu Herzen zu nehmen und sich besonders hübsch für den Abend zu machen. Als sie mit dem Rad an einem Kosmetikgeschäft vorbeikam, trat sie so abrupt auf die Bremse, dass ihr Vorderrad blockierte und sie fast hinfiel. In letzter Sekunde fing sie sich und kam zum Stehen. Mit noch etwas wackligen Beinen betrat Kristina das Geschäft und wurde von einem jungen Mann empfangen.

„Kann ich Ihnen helfen?“, fragte er und strahlte sie an.

Er hatte gezupfte Augenbrauen und eine makellose Haut. Als er die Hände vor die Brust hielt, konnte sie seine perfekt manikürten Finger bewundern. Kein Zweifel, er war besser gepflegt als sie selbst.

„Äh … ich wollte … Ich dachte, ich bräuchte …“, stammelte sie verwirrt.

Er musterte ihr Gesicht. „Darf ich etwas empfehlen?“

Kristina nickte ergeben.

„Womit pflegen Sie Ihre Haut denn jetzt?“

„Och, mit nichts Speziellem“, gestand sie ihm.

Er nickte wissend. „Dann lassen Sie uns mal Ihr persönliches Beauty-Paket zusammenstellen. Sie brauchen auf jeden Fall eine abschwellende Augencreme“, sagte er und griff zielsicher ins Regal. „Dazu einen Concealer.“

„Eigentlich wollte ich nur …“

Blitzschnell zauberte der Verkäufer einen Spiegel hervor und hielt ihn Kristina vor die Nase. Erschrocken von dem, was sich ihr in dem Vergrößerungsglas präsentierte, wich sie zurück. Kratertiefe Poren, umrahmt von einem Adergeflecht wie bei einem schweren Trinker, dazu dicke Lider à la Axel Schulz. War das etwa ihr Spiegelbild? Das ist bestimmt nur ein ganz fieser Trick, irgendeine optische Täuschung, dachte Kristina. Sie sah erneut hinein, dann legte sie den Spiegel entsetzt auf den Tresen.

Zufrieden registrierte der junge Mann ihre Reaktion, nahm einen kleinen Einkaufskorb und legte den Abdeckpinsel hinein. „Das hier hilft gegen Schlupflider", sagte er, und wieder landete etwas im Korb. „Das hier lindert Couperose, und das deckt die größer werdenden Poren ab."

Kristina hatte das Gefühl, unter seinem strengen Blick zu schrumpfen, als er nun konzentriert ihr Gesicht studierte.

„Für die Fältchen um die Lippen sollten Sie eine kollagenhaltige Tagescreme mit lichtreflektierenden Nanopartikeln verwenden", erklärte er weiter. „Sonne ist ja Gift für die reife Haut. Und darüber tragen Sie am besten dieses Make-up auf." Das kleine Körbchen füllte sich um ein weiteres Schönheitsprodukt.

Kristina schluckte. Reife Haut, Schlupflider, Schrumpellippen. Wo war sie hier nur hineingeraten?

Der Verkäufer kontrollierte den Einkaufskorb. „Ich denke, das dürfte fürs Erste genügen. Kann ich sonst noch etwas für Sie tun?" Er schenkte ihr ein Lächeln.

Ein neues Leben vielleicht, dachte Kristina und schüttelte stumm den Kopf.

Der Mann nickte zufrieden. „Dann darf ich Sie bitten, mich zur Kasse zu begleiten." Damit tänzelte er zur Kasse, an der ein junges Mädchen alle Produkte aus dem Korb nahm und die Preise eingab.

„Ach, das hätte ich fast vergessen", meinte der Verkäufer und sauste davon. Kurz darauf kam er mit einem weiteren Karton zurückgeschwebt. „Das ist eine Maske. Die tragen Sie zuerst auf. Zehn Minuten Einwirkzeit genügen. Danach strahlt Ihre Haut wie ein Pfirsich. Jetzt ist Ihr Anti-Aging-Programm komplett."

Das Mädchen gab den Preis ein. „327 Euro."

Kristina schluckte. 327 Euro – nur zum Einschmieren? Am liebsten hätte sie dem Kerl alles vor die Füße geworfen, aber sie traute sich nicht. Stattdessen suchte sie nach ihrem Geldbeutel. Sie hatte nicht genug Bargeld dabei und legte ihre EC-Karte auf den Tresen. Mit ihrer Einkaufstüte, prall gefüllt mit den Bestandteilen ihres neuen Beauty-Pakets, verließ sie kurz darauf das Kosmetikgeschäft, schwang sich aufs Rad und fuhr nach Hause. Über 300 Euro hatte sie der kurze Ausflug in die Kosmetikoase gekostet. Alt werden ist teuer, dachte sie grimmig.

Zu Hause packte sie ihre Errungenschaften aus den Kartons, studierte die Anwendungsbeschreibungen und legte zuerst die Maske auf. Nach und nach arbeitete sie sich durch ihr neues Kosmetikprogramm. Eine Stunde später hatte sie ihr Werk vollendet. Zufrieden betrachtete sie sich im Spiegel. Die Fältchen waren zwar immer noch da, aber sie sah gut aus. Daran bestand kein Zweifel. Die Restaurierung der Mumie hat gewirkt, dachte sie und zog eine Grimasse. Zur Hölle mit den Falten. Der Frischhalteversuch war gelungen. Für die Tarnkappe war es definitiv noch zu früh. Als sich die Gedanken an den gestrigen Tag und an Sophie wieder einschleichen wollten, schob Kristina sie bewusst beiseite. Im Moment konnte sie sowieso nichts an der Situation ändern. Heute wollte sie mit Tom in dessen 30. Geburtstag hineinfeiern. Und diese Party würde sie ihm nicht vermiesen. Sie war gespannt, was der Abend mit seinen Freunden bringen würde. Wenigstens würde Rita ja an ihrer Seite sein. Ein bisschen Schützenhilfe im Angesicht all dieser Jugend konnte nicht schaden.

„Du siehst phantastisch aus“, begrüßte Tom sie, als Kristina lange vor Beginn der Party in Fabians Haus am See auftauchte, in dem das Fest stattfinden sollte.

Sie staunte darüber, was Tom inzwischen alles auf die Beine gestellt hatte. Stehtische, Holztische und Bänke waren am

Seeufer und auf dem Steg aufgestellt worden. Teller, Besteck, Gläser und Servietten waren einsatzbereit. Sogar an Blumen hatte er gedacht. Das Essen hatte er bei einer Cateringfirma bestellt.

„Eine Frau brauchst du dafür zumindest nicht", meinte Kristina beeindruckt.

„Ich bin emanzipiert", erwiderte er mit einem Grinsen, „das solltest du allmählich gemerkt haben. Champagner?"

Sie nickte, griff sich ein Glas und hielt es ihm hin. Tom nahm eine Flasche aus einem großen Eiskübel, entkorkte sie mit einem leisen Ploppen und goss ein.

„Auf dich", sagte Kristina und stieß mit ihm an.

„Auf uns", berichtigte er sie. „Wir feiern heute ja auch ein kleines Jubiläum."

Kristina zog die Brauen hoch.

Er beugte sich vor und küsste sie. „Wir sind seit drei Monaten ein Paar."

„Wirklich?" Schnell rechnete sie im Geiste nach. Er hatte recht. Ende Mai hatte Philipp ihn zum Essen mitgebracht, und jetzt war es bereits August. „Mir kommt es vor, als wäre das alles erst vor wenigen Tagen geschehen. Und dabei ist in den vergangenen Wochen so viel passiert."

„Stimmt. Und ich hoffe, dass es noch lange so bleibt", gab Tom zurück und sah sie verliebt an.

„Trotz all der Probleme?"

„Ich habe keine Probleme."

„Na ja, ich meine das Theater, das meine Familie da veranstaltet."

„Deine Familie braucht halt etwas länger, um sich daran zu gewöhnen." Er legte den Arm um ihre Taille. „Das wird sich mit der Zeit alles einrenken."

Sie setzten sich auf die Bank, die vor dem kleinen Haus stand.

„Wann lerne ich eigentlich deine Familie mal kennen? Du erzählst ja nie was", bemerkte Kristina. „Meinst du, deine Verwandten reagieren genauso bescheuert?"

„Wer weiß? Aber bei mir ist das viel komplizierter. Meine Mutter ist eine Vagabundin. Ständig unterwegs, bloß nirgends sesshaft werden. Das war schon früher so. Mein Vater war Vater und Mutter in einem. Du hättest ihn gemocht."

„Wann ist er gestorben?"

„Vor zehn Jahren. Ein Autounfall."

„Deine Mutter kommt heute nicht, oder?"

„Sie hat natürlich auch heute Abend etwas Wichtigeres vor."

„Hör ich da einen Vorwurf heraus?", hakte Kristina nach.

„Nein ... Ach, ich weiß nicht. Manchmal wünsche ich mir nur, sie wäre ein bisschen normaler."

„Und was ist mit Geschwistern?"

„Ich habe eine Schwester. Oder besser gesagt, eine Halbschwester. Sie lebt in den USA. Wir sehen uns nicht so oft, aber wir telefonieren und mailen regelmäßig. Und sie brennt darauf, dich kennenzulernen." In dem Moment ertönten Motorengeräusche auf der Straße. Tom sprang auf. „Die ersten Gäste kommen. Nicht weglaufen. Ich bin gleich wieder da."

Kristina blieb sitzen und wartete darauf, was auf sie zukommen würde. Sie entspannte sich, als sie sah, dass Tom mit Fabian zurückkam. Kurz darauf tauchten Sebastian und Amanda auf, und nach und nach trudelten die weiteren Gäste ein. Wenig später tummelten sich die Menschen auf dem Steg und am Ufer. Einige hatten Badesachen dabei und nutzten die sommerlichen Temperaturen zu einem Bad im See. Kindergeburtstag eben, dachte Kristina amüsiert. In diesem Gewimmel hatte sie Tom bald aus den Augen verloren. Als Gastgeber musste er sich natürlich um jeden Neuankömmling kümmern. Sie schaute immer wieder zu dem kleinen Tor vor dem Steg. Sehnlichst erwartete sie Rita. Doch diese hatte es offenbar ernst gemeint, als sie angekündigt hatte, als Letzte auf dem Fest aufzukreuzen.

Schließlich traf Philipp ein, und sie unterhielt sich eine Weile mit ihrem Sohn. Er schien noch nichts von Sophies Watergate gehört zu haben. Und Kristina schwieg zu diesem Vorfall. Eine Party war nicht der richtige Ort, um Probleme zu wälzen. Dann entdeckte sie Tom, der sich angeregt mit einer jungen Frau unterhielt. Er winkte Kristina zu sich und kam ihr entgegen.

„Da bist du ja! Ich habe dich schon vermisst", sagte er, als ihm jemand von hinten auf die Schulter tippte. Tom drehte sich um und begrüßte die attraktive Blondine: „Hallo Tanja." Dann wandte er sich Kristina zu: „Das ist Tanja. Sie ist auch Architektin und arbeitet seit kurzem bei uns im Büro. Und das ist Kristina, meine Freundin."

Tanja musterte sie kühl, setzte ein künstliches Lächeln auf und reichte ihr die Hand. „Hallo."

„Freut mich, Sie kennenzulernen, Tanja", erwiderte Kristina und gab sich betont locker.

„Ihr entschuldigt mich", meinte Tanja, „ich muss mal für kleine Mädchen."

„Amüsierst du dich?", fragte Tom, nachdem Tanja verschwunden war.

„Klar. Und du?"

„Na ja, irgendwie ist das auch ziemlich stressig mit so vielen Leuten", erklärte er und kratzte sich am Kopf. „Den nächsten Geburtstag feiern wir nur zu zweit." Schon wieder trafen neue Gäste ein. „Entschuldige mich bitte", sagte er und ging zu ihnen.

Kristina bahnte sich den Weg zum Haus. Eine Schlange hatte sich vor der Tür gebildet, und sie reihte sich brav ein. Etwas weiter vorne stand Tanja.

„Na ja, wahrscheinlich hat sie andere Vorzüge“, hörte sie Tanja zu einer anderen Frau sagen, die mit einem hämischen Lachen reagierte.

„Alte Scheunen brennen schneller“, gab die andere zurück. „Oder besser gesagt, auf alten Pfannen lernt man kochen.“

Tanja lachte laut auf. „Über unerwünschte Schwangerschaften muss er sich jedenfalls keine Gedanken machen.“

„Ältere Semester sind ja auch viel dankbarer“, sagte die andere.

Die zwei amüsierten sich offenbar prächtig. Dann stupste Tanja die andere Frau an, und beide sahen zu Kristina. Tanja verzog keine Miene, während die andere wenigstens verlegen wirkte.

„Taucht ein Genie auf, verbrüdern sich die Dummköpfe“, ertönte plötzlich eine Stimme neben Kristina. Es war Rita, die unvermittelt aufgetaucht war. „Was nutzt all die Jugend, wenn Alter und IQ identisch sind?“ Sie umarmte Kristina.

„Bin ich froh, dass du endlich da bist“, flüsterte Kristina ihrer Freundin ins Ohr und zog sie in Richtung Küche. „Wo bist du denn so lange gewesen?“

„Ich habe einen Heiratsantrag bekommen“, meinte Rita in einem Tonfall, als würde sie über spontanen kreisrunden Haarausfall reden.

Kristina wirbelte herum. „Und? Hast du ja gesagt?“

„Spinnst du?“ Ihre Freundin sah sie empört an. „Ich bin noch nicht reif für die Ehe. Außerdem macht Heiraten dick. Und ich habe gerade die perfekte Figur.“

„Heiraten macht dick?“ Sie musterte Rita skeptisch. „Hast du getrunken?“

„Ein wenig, aber noch nicht genug“, antwortete sie, griff nach einer Flasche Champagner und schenkte sich etwas ein.

„Trink lieber mal ein Wasser“, empfahl Kristina ihrer Freundin.

„Hätte Gott gewollt, dass wir nur Wasser trinken, dann hätte er nicht 85 Prozent davon versalzen.“ Sie nahm einen großen Schluck und fuhr kichernd fort: „Weißt du, in zu hoher Dosis sind Männer wirklich schlecht für Frauen. Denn sie sind verantwortlich dafür, dass wir zunehmen. Sobald wir mit einem Mann zusammen sind, essen wir automatisch mehr und kalorienreicher.“

„Blödsinn“, widersprach Kristina. „Seit ich Tom kenne, lebe ich von Luft und Liebe. Ich habe bestimmt vier Kilo abgenommen.“

„Das liegt an deiner Addams Family, nicht an Tom.“

In diesem Moment stöckelte Tanja mit ihrer Freundin vorbei. Die beiden trugen inzwischen nur noch knappe Bikinis.

„Cellulitis lässt grüßen“, sagte Rita laut und deutete auf Tanjas Hinterteil. An der Rückseite von Tanjas Oberschenkeln waren tatsächlich kleine Dellen zu sehen.

„Übersäuertes Bindegewebe, kein Zweifel“, pflichtete Kristina ihr ebenso lautstark bei. „Und das schon in so jungen Jahren! Wie werden die erst aussehen, wenn die so alt sind wie wir?“

Tanja warf ihnen einen bitterbösen Blick zu und marschierte mit hocherhobenem Kopf weiter. Doch Kristina entging nicht, wie sie zu der anderen Frau etwas sagte, die daraufhin Tanjas Schenkel taxierte und nickte, woraufhin Tanjas arroganter Gesichtsausdruck verschwand.

Auf einmal ergriff Rita ihren Arm und zog sie hinter sich her. Kristina kannte den Ausdruck in Ritas Augen. Wenn diese so tiefgründig zu funkeln begannen, war ihre Freundin nicht mehr zu bremsen. Und jetzt hatte sie Tanja und deren Freundin ins Visier genommen und steuerte auf sie zu. Die beiden jungen Frauen saßen auf dem Steg und ließen die Beine ins Wasser baumeln. Das war Ritas Startsignal.

„Ist es kalt, das Wasser?“, fragte Rita mit Unschuldsmiene und betrachtete Tanja, die zu ihren Füßen saß. Statt der Bikinischönheit Zeit zum Antworten zu geben, fuhr Rita gleich fort: „Wenn im grönländischen Sommer die Menschen zum Baden gehen, ziehen sie sich nicht aus, sondern an. Die Seen in Grönland erreichen im Hochsommer gerade mal sieben Grad.“

Tanja starrte sie an, als wäre sie von allen guten Geistern verlassen.

Doch Rita ließ sich nicht aus der Ruhe bringen. „Wer es sich leisten kann, hat einen Ganzkörperanzug aus Neopren. Damit kann man auch in Eiswasser baden. Gelegentlich wünsche ich mir diese Sitte auch bei uns“, erklärte sie mit süffisantem Lächeln. „Haben Sie nicht auch das Gefühl, dass oft ausgerechnet diejenigen, die es sich am wenigsten leisten können, am wenigsten anziehen?“

Tanja bedachte Rita mit einem Blick, der selbst Kristina das Blut in den Adern gefrieren ließ. Dann sprang Tanja ins Wasser und schwamm davon.

„Na, denen hast du es gegeben“, meinte Sebastian, der fasziniert gelauscht hatte.

„Das musste sein“, gab Rita zurück. „Wir sind zwar alt, aber nicht blöd.“

„Wer sagt, dass ihr alt seid?“, wollte Amanda wissen.

„Die Wassernixe“, antwortete Kristina und deutete in Tanjas Richtung.

„Ach, die“, sagte Amanda und winkte ab. „Die dürft ihr nicht ernst nehmen. Mir hat sie erzählt, dass sie Buddhistin wäre und an die Wiedergeburt glauben würde. Sie hat behauptet, dass sie zuletzt eine große Königin irgendwo in Afrika gewesen wäre."

„Ich finde Reinkarnation ja grundsätzlich ein spannendes Thema", erwiderte Rita amüsiert. „Allerdings reicht meine Erinnerung gerade mal bis zu meinem zweiten Lebensjahr zurück. Was davor war? Ich habe keinen blassen Schimmer. Es ist schon interessant, dass all die Wiedergeborenen unter uns entweder Prinzessinnen, Nobelpreisträger, Priesterinnen, Großgrundbesitzer oder Feldherren gewesen sind. Keiner war in seinem früheren Leben auch mal Regenwurm, Tagelöhner, Diktator oder Serienkiller. Aber die hat's doch damals auch gegeben, oder?"

Alle lachten. Immer mehr Gäste gesellten sich zu ihnen. Dann drehte irgendwer die Musik lauter, und Stevie Wonders Happy Birthday erklang. Es war Mitternacht. Kristina schaute sich suchend um. Sie wollte zu Tom und ihm gratulieren. Schließlich entdeckte sie ihn und bahnte sich den Weg zu ihm. Als sie sich endlich durchgeschlängelt hatte, sah sie Tanja neben ihm stehen, die ihn anflirtete.

„Da bist du ja", sagte er, als er Kristina erblickte.

„Herzlichen Glückwunsch", hauchte sie ihm ins Ohr und küsste ihn. „Alle deine Wünsche sollen in Erfüllung gehen."

Er küsste sie auf die Nasenspitze. „Ich bin wunschlos glücklich. Ich habe alles, was ich zum Leben brauche."

„Dürfen wir das junge Glück stören?", schaltete Sebastian sich ein und klopfte Tom auf die Schulter. „Alles Gute zum Geburtstag."

Während die anderen Gäste ihm gratulierten, wich Kristina nicht von seiner Seite. Das war nicht allein ihre Entscheidung: Wann immer sie gehen wollte, hielt Tom sie zurück. Und so verbrachte sie den Rest der Feier mit ihm und dachte nicht mehr an den kleinen Fehlstart zu Beginn der Party.

Als gegen drei Uhr morgens alle Gäste gegangen waren, saßen Kristina und Tom auf dem Steg. Tom hatte noch eine letzte Flasche Champagner gefunden, goss den Rest in zwei Gläser und stieß mit ihr an. „Ich habe jede Menge Komplimente bekommen“, meinte er. „Deinetwegen.“

Kristina sah ihn fragend an.

„Meine Freunde finden dich toll.“

„Und keiner hat mich für deine Mutter gehalten“, sagte Kristina mit einem Grinsen.

Er lachte auf. „Na ja, ein paar.“ Er beugte sich zu ihr hinüber. „Ich liebe dich.“

Kristina musste schlucken. Diesen Satz hatte sie seit Ewigkeiten von keinem Mann mehr gehört. Sie schwieg.

21

Als Kristina vorfuhr, wartete Philipp bereits vor dem Haus. Er verstaute zwei Reisetaschen im Kofferraum und stieg zu ihr ins Auto. „Hallo Mama“, begrüßte er sie und küsste sie auf die Wange. „Nett von dir, dass du mich zum Flughafen bringst.“

Sie fuhr los. „Ist Sophie bei dir?“

„Ja, sie ist gestern hier aufgetaucht und wohnt vorübergehend bei mir, solange ich in New York bin.“

Eine ganze Weile lang schwieg Kristina, dann siegte die Neugier. „Hat sie dir erzählt, was …?“

„Ja, hat sie.“

Sie warf ihrem Sohn einen Seitenblick zu. „Und?“

„Eins kann ich dir verraten. Sie fühlt sich … total beschissen, um es deutlich auszudrücken. Sie weiß, dass sie einen megagroßen Fehler gemacht hat, aber sie hat keine Ahnung, wie sie aus dieser Nummer wieder herauskommen soll.“

„Soll ich …?“, überlegte Kristina laut.

„Auf gar keinen Fall. Sie muss zu dir kommen und sich entschuldigen“, meinte Philipp. „Lass sie ruhig etwas schmoren. Das tut ihr gut.“

„Und du glaubst wirklich, dass sie diesen Gang nach Canossa freiwillig antritt?“, fragte sie ungläubig.

„Wenn nicht, bekommt sie von mir einen Tritt in den Hintern.“ Philipp grinste. „Manchmal geschehen aber auch Wunder.“

Kurz darauf erreichten sie den Flughafen, und Kristina bog zum Terminal 1 ab. Zum Abschied drückte sie ihren Sohn fest an sich.

Lächelnd schaute Philipp sie an. „Mama, ich bin doch nur ein paar Tage weg.“

„Trotzdem." Sie küsste ihn auf beide Wangen. „Pass auf dich auf." Dann gab sie ihn frei und sah ihm nach, bis er aus ihrem Blickfeld verschwunden war.

Kristina wollte gerade losfahren, als sie Toms Wagen entdeckte. Verwirrt las sie das Kennzeichen noch einmal, aber es bestand kein Zweifel: Das war eindeutig Toms Auto. Was hatte er denn hier verloren? Sie stellte den Motor ab und wollte aussteigen, um nach ihm zu suchen. In diesem Moment kam er jedoch in Begleitung einer jungen Frau aus dem Gebäude. Er hatte den Arm um die Schultern der Frau gelegt. Kristina traute ihren Augen nicht. Die beiden sahen aus wie das perfekte Liebespaar. Sie schätzte die andere auf Mitte 20.

Krampfhaft hielt Kristina das Lenkrad umklammert und schaute den beiden nach. Tom führte die Frau zu seinem Wagen und öffnete ihr, ganz Gentleman, die Beifahrertür. Gepäck hatte sie offensichtlich keins dabei. Vielleicht bleibt sie nur kurz für … Kristina wollte diesen Gedanken nicht zu Ende denken. Bevor die Frau sich ins Auto setzte, schlang sie die Arme um Toms Nacken und schmiegte sich an seine Brust. Trotz der Entfernung konnte Kristina die Freude im Gesicht der Frau erkennen. Dann löste sie die Umarmung und nahm auf dem Beifahrersitz Platz. Kristina wartete, bis Toms Wagen aus der Parkbucht verschwunden war, startete den Motor und gab Gas.

Auf der Fahrt zurück nach München hielt sie Abstand zu Tom. Sie ahnte ja bereits, wohin er fahren würde. Tausend Gedanken schossen ihr durch den Kopf. Wer war diese Frau? Und warum tauchte sie gerade jetzt auf, wenn sich alles so gut zu entwickeln schien? Seit wann ging das so? Warum hatte sie nichts gemerkt? Kristina war fassungslos. Hatte sie sich in Tom getäuscht? Führte er hinter ihrem Rücken ein Doppelleben? Tränen schossen ihr in die Augen. Gestern hatte er ihr noch seine Liebe gestanden – und heute ging er fremd?

Als sie München erreichte, verlor sie Toms Wagen an einer Kreuzung aus dem Blick. Er hatte die Grünphase noch erwischt, doch als sie angekommen war, hatte die Ampel bereits auf Rot geschaltet. Kristina wischte sich die Tränen aus dem Gesicht. Wenn ihre Vermutung richtig war, dann fuhr er mit diesem Weib zu sich nach Hause. Als die Ampel umschaltete, trat sie aufs Gaspedal, so dass die Reifen quietschten. Sie musste Gewissheit haben.

Wenig später bog sie in Toms Straße ein, und dort entdeckte sie ihn mit dieser Frau. Hand in Hand gingen sie über den Gehsteig. Kristina fuhr an ihnen vorbei, doch Tom bemerkte sie nicht. Er hatte nur Augen für die andere. Im Rückspiegel beobachtete Kristina noch, wie er die Haustür aufschloss und mit der Schwarzhaarigen im Haus verschwand. Sie stoppte den Wagen. Sollte sie ihm folgen und ihn zur Rede stellen? Nein. Diese Blöße würde sie sich nicht geben. Also legte sie den ersten Gang ein und brauste los. Sie war so dumm gewesen! Wie hatte sie ihm nur glauben können? Wieso war sie bloß auf ihn hereingefallen? Was hatte sie nicht alles für ihn aufs Spiel gesetzt … Und nun stand sie vor einem riesigen Scherbenhaufen. Sie konnte einfach nicht fassen, was sie soeben mit eigenen Augen gesehen hatte, und dennoch musste sie den Tatsachen ins Gesicht sehen. Sie war getäuscht, betrogen, verraten worden. Von Tom, der ihr seine angebliche Liebe beteuert hatte. Kristina konnte jetzt nicht nach Hause fahren, sie musste mit jemandem darüber reden. Kurzentschlossen fuhr sie zu Rita. Hoffentlich war sie daheim und hatte Zeit.

„Jessas“, stöhnte Rita, als sie die Tür aufmachte und Kristina sah. Rita trug eine Haube auf dem Kopf und Wattepads unter den Augen. „Was fürrr eine Kadasdrophe isd denn jezd schon wieder passierrrd?“ Ohne eine Erklärung abzuwarten, trat sie zur Seite, um Kristina hereinzulassen.

Kristina blieb im Flur stehen und schaute ihre Freundin an. „Tom. Er hat eine andere." Dann brach sie in Tränen aus.

Rita legte den Arm um ihre Schultern. „Woher weißt du das?"

„Ich hab ihn mit ihr erwischt", berichtete sie schniefend.

Rita nahm die Pads von den Augen und klebte sie Kristina ins Gesicht. „Zum Abschwellen." Danach führte sie Kristina in die Küche und forderte sie auf: „Setz dich erst einmal und dann erzähl mir bitte alles schön der Reihe nach."

Und dann erzählte Kristina, was sie am Flughafen zufällig beobachtet hatte. „Was für eine schäbige Inszenierung", begann sie. „Es war genau wie bei Peter. Damals habe ich ihn überraschen wollen und bin zum Flughafen gefahren, um ihn abzuholen – obwohl er mir gesagt hatte, dass das nicht nötig wäre und er mit einem Kollegen zurückfahren würde. Und da hab ich ihn dann gesehen."

„Wen?"

„Na, Peter, zusammen mit dieser Jungen, die ihr Leben auch nur auf hohen Absätzen verbringt." Kristina spürte, dass sie hektische Flecken auf den Wangen bekam.

„Peter?", fragte Rita verwirrt. „Ich denk, es geht um Tom."

„Ist ja auch egal. Die sind alle gleich."

„Irrtum ausgeschlossen?" Ungläubig schüttelte Rita den Kopf.

„Ich hab ihn gesehen! Mit eigenen Augen! Am Flughafen", platzte Kristina heraus. „Er hatte den Arm um sie gelegt, und sie hing an seinem Hals. Und jetzt ist sie bei ihm in seiner Wohnung."

Ihre Freundin schwieg. Es hatte ihr offensichtlich die Sprache verschlagen. Was äußerst selten vorkam.

„Er hat mich belogen und mir bloß was vorgespielt. So wie Peter damals", schimpfte Kristina aufgewühlt los. Als ihr die Augenpads herunterfielen, ließ sie sie einfach liegen. „Und du hast dich genauso von ihm täuschen lassen. Du hast mir sogar zugeredet."

„Na dangä", setzte Rita zu ihrer Verteidigung an. „Wer had den so was geahnd, das derrr Dom so a Lüachebäöüdl is'? Wenn ich das gewussd häd. Doud merrr echt leid!"

„Hä?"

Rita stand ebenfalls kurz davor, ihre Fassung zu verlieren. „Und du bist dir ganz sicher, dass es Tom war?"

„Ich bin vielleicht alt, aber nicht dement!" Kristina schüttelte sich erbost.

Schweigend beobachtete Rita sie eine Weile. Dann sagte sie: „Du musst ihn zur Rede stellen! Soforrrd! In flagrandi!"

„Vergiss es. Er ist für mich gestorben, verstehst du!" Kristina funkelte ihre Freundin giftig an. „Wenn ich mir vorstelle, wie der mich verarscht hat … oh … Ich hoffe, ich seh ihn nie wieder. Was hab ich mir nur dabei gedacht? Diese Hühner auf der Party, die hatten ja recht! Alte Scheunen brennen eben doch schneller. Blind bin ich gewesen."

„Das war Liebe, nicht Libido", widersprach Rita. „Aber dass der sich so verstellen kann …"

„Ja, wir sind alle auf ihn hereingefallen."

„Was füra hinderfodzige Dagdik."

Kristina stemmte die Arme in die Hüften. „Sollte der in der Praxis anrufen, legst du sofort auf. Ich will nichts mehr mit ihm zu tun haben, verstehst du? Ach, am liebsten würde ich abhauen, untertauchen, so lange verschwinden, bis Gras über die Sache gewachsen ist."

„Wer hindert dich?"

„Meine Patienten. Wir sind ausgebucht, wenn ich mich recht entsinne."

„Tom wird …"

„Pscht", fiel Kristina ihr ins Wort. „Sprich diesen Namen nicht aus. Er ist von nun an tabu, verstehst du … Persona non grata."

„Dabu und non grada", wiederholte ihre Freundin nervös. „Als häde es ihn nie gegebn."

Kristina nickte zufrieden. „Ich will ihn vergessen. Je schneller, desto besser."

„Zukunfd gschaud, Bleedsinn gmochd, Zeid ogholdn, un dann so was …", murmelte Rita leise vor sich hin.

„Was?"

„Ma red't ja net, ma sogt ja bloß", plapperte Rita weiter und wackelte dabei mit dem Kopf, der immer noch unter der ominösen Haube steckte.

22

Kristina stürzte sich in die Arbeit und schottete sich völlig von der Außenwelt ab. Außer ihren Patienten und Rita kam niemand in ihre Nähe. Natürlich unternahm Tom unzählige Versuche, sie zu erreichen. Zuerst rief er mehrmals an.

Als Rita ihr Bescheid gab, dass er am Telefon war, wies Kristina sie an: „Wimmel ihn ab!“

Murrend tat ihre Freundin, was sie verlangte. „Sie will dich nicht sprechen, Tom. Wie oft muss ich dir das noch sagen?“, herrschte Rita ihn am Telefon an. „Es hat sich ausgedurdeld. Ruf nimmer an.“ Damit knallte sie den Hörer auf und wandte sich an Kristina: „Das war heute das 20. Mal, dass er angerufen hat.“ Dann reichte sie ihr entnervt einen Stapel mit handschriftlich beschriebenem Papier. „Und die hat er per Fax geschickt.“

Kristina warf nur einen flüchtigen Blick darauf. Ohne zu zögern, zerriss sie die Faxe und pfefferte die Schnipsel in Ritas Mülleimer.

Rita trommelte nervös mit den Fingernägeln auf den Schreibtisch. „Er kommt her, hat er gesagt. Er will mit dir reden. Der lässt nicht locker. Vielleicht …“

„Nur über meine Leiche. Ich will ihn nicht mehr sehen. Ende!“, rief Kristina und eilte zur Eingangstür. Der Schlüssel steckte bereits im Schloss, und sie überprüfte, ob die Tür auch abgeschlossen war.

Wie Rita befürchtet hatte, ließ Tom nicht locker. Doch sie legte jedes Mal auf, sobald er sich am Telefon meldete. Auch als er es mit unterdrückter Telefonnummer probierte, durchschaute Rita ihn sofort. An ihr als Zerberus kam Tom nicht vorbei.

Schließlich tauchte er persönlich auf und versuchte, in die Praxis zu kommen. Rita sah durch den Türspion und machte ihm nicht auf. „Verschwinde. Kristina will dich nicht sehen."

„Rita, bitte, ich muss mit ihr reden", flehte er. „Bitte lass mich rein."

Rita war unschlüssig. Irgendwie tat ihr Tom leid. Und seine hartnäckigen Bemühungen, mit Kristina zu reden, imponierten ihr. Draußen klopfte Tom erneut gegen die Tür. Schließlich gab sie sich einen Ruck. Ach, was soll's, dachte sie und wollte ihm gerade aufschließen, als Kristina wie ein geölter Blitz auf sie zugeschossen kam.

Sie zog den Schlüssel ab und fauchte: „Ich will ihn nicht sehen!"

„Ich kündige, wenn du so weitermachst", warf Rita ihr an den Kopf. „Seit Tagen ist das hier wie im Irrenhaus. Wie lange soll das noch so weitergehen?"

„Bis er aufgibt", erwiderte Kristina und ließ keinen Zweifel daran, dass sie es ernst damit meinte.

„Und was ist mit dir? Wie lange willst du dich hier noch verschanzen?"

„Bis das da aufhört, so weh zu tun." Dabei fasste sie sich ans Herz.

„Ich will sie sehen", sagte Rita.

„Wen?"

„Na, dieses Weib, mit dem er dich betrügt."

„Wie soll das gehen? Wir können ja schlecht bei ihm klingeln", meinte Kristina entrüstet.

„Ich schon."

„Kommt nicht in Frage. Ich mach mich doch nicht lächerlich."

Als Tom sich am nächsten Tag gemeinsam mit einem Patienten Zutritt verschaffen wollte, wurde Rita allerdings rabiat. „Drool die!“, schleuderte sie ihm entgegen und fuchtelte dabei wild mit einem Lineal herum.

Tom nahm ihr das Lineal ab und hielt sie an den Handgelenken fest. „Aber warum will sie mich nicht mehr sehen? Ich verstehe es nicht. Was hab ich denn falsch gemacht?“, fragte er verzweifelt.

Rita riss sich los. Inzwischen hatte sie hektische Flecken im Gesicht bekommen. „Du elender Hallodri“, schimpfte sie. „Du weißt genau, warum! Abmarsch!“ Sie erteilte ihm Hausverbot und drohte damit, die Polizei zu rufen, falls er noch einmal hier auftauchen würde.

Doch Tom gab sich nicht so schnell geschlagen. Er bombardierte Kristina weiter mit Faxen. Rita stellte daraufhin das Gerät ab. In den folgenden Tagen warf Tom Briefe in den Briefkasten. Auch sie landeten ungelesen im Papierkorb.

Rita begann, Kristina mit Argusaugen zu beobachten – so als hätte sie Angst, ihre Freundin würde sich etwas antun. Doch davon war Kristina weit entfernt. Stattdessen wuchs ihre Wut auf Tom und auf sich selbst immer weiter.

„Ich muss total verblödet gewesen sein, als ich auf diesen jungen Kerl hereingefallen bin. Ich hab mich total lächerlich gemacht“, sagte sie irgendwann.

Da platzte Rita der Kragen. „Etz her halt endle auf mit deim Rumgejammer, glaabsd es naa!“

„Du hast gut reden“, beschwerte Kristina sich schluchzend. „Wenn du sie gesehen hättest … so verliebt. Oh, wie gemein.“

Mit jedem neuen Tag gelang es Kristina ein bisschen besser, sich zusammenzureißen. Sie ging dazu über, Tom mit keinem Wort mehr zu erwähnen. Doch wenn sie nachts in ihrem Bett lag, kam das heulende Elend. Sie vergoss unzählige Tränen, und es dauerte lange, bis sie die Müdigkeit übermannte. Morgens galt ihr erster Handgriff der Kühlbrille, dann folgten Augencreme und Augentropfen.

Zum Glück kannte Rita sämtliche Tricks auf diesem Gebiet und empfahl ihr eine Spezialcreme. „Eigentlich hilft die gegen Hämorrhoiden, aber es gibt nichts Besseres gegen geschwollene Lider."

Natürlich entging Rita nicht, dass es hinter Kristinas gleichmütiger Fassade brodelte. Eines Tages brachte sie ihr ein langes schmales Kissen mit. „Das ist das Neueste gegen Herzschmerz und Einsamkeit", sagte Rita. „Das klemmst du dir zwischen die Beine als eine Art Mannersatz."

Kristina tippte sich an die Schläfe. „Spinnst du? Ein Kissen als Ersatzmann?"

Nachts lag Kristina jedoch in ihrem Bett und hielt tatsächlich das Kissen, das sie Jopi getauft hatte, mit Armen und Beinen fest umklammert. Wann hörte dieser schreckliche Zustand endlich auf? Wann würde sie Tom und das, was er ihr angetan hatte, vergessen?

„Du musst ausgehen und dich mit anderen Männern ablenken", meinte Rita. „Ein anderer Kerl muss her! Das hilft sofort! Ich weiß, wovon ich spreche." Sie redete so lange auf Kristina ein, bis diese endlich zermürbt ihren Widerstand aufgab.

Am Freitagabend war es dann so weit. Nach einer längeren Tour durch verschiedene Münchner Lokale landeten Rita und Kristina in einer Bar in der Maximilianstraße. Sie setzten sich an den Tresen. Während Rita sich umschaute, um die Lage zu sondieren, zog Kristina ein Gesicht wie sieben Tage Regenwetter.

„Wenn du hier wieder auf Shrek machst, können wir auch gleich heimgehen", schimpfte Rita. „Damit vergraulst du ja jeden."

Kristina ließ die Kritik unbeeindruckt an sich abperlen. Jedem Mann, der es wagte, in ihre Nähe zu kommen, schenkte sie derart böse Blicke, dass dieser schleunigst die Flucht ergriff. In ihrer Verzweiflung griff Rita zu härteren Methoden und bestellte Kristina einen Drink namens Long Island Iced Tea. Was so harmlos klang, enthielt eine äußerst gefährliche Mischung aus Wodka, Rum, Gin und Tequila. Der Cocktail zeigte schnell Wirkung. Mit jedem Schluck entspannte Kristina sich mehr und bestellte sich trotz Ritas Protest gleich noch einen zweiten.

„Ihre Freundin verträgt das hoffentlich“, sagte der Barkeeper zu Rita und beobachtete Kristina skeptisch.

„Lecker, das Zeuch“, bemerkte Kristina mit leichtem Zungenschlag und wandte sich dem jungen Mann rechts von ihr zu, der gerade an die Bar gekommen war.

„Ist der frei?“, fragte er höflich und deutete auf den leeren Barhocker neben ihr.

„Hab ich für Sie frei gehalten“, antwortete sie und strahlte ihn an.

Rita und der Barkeeper wechselten vielsagende Blicke, doch Kristina beachtete die beiden nicht mehr. Sie hatte nur noch Augen für ihren Nachbarn und flirtete ihn hemmungslos an. Überraschenderweise ergriff der junge Mann, der sich als Ben vorstellte, nicht die Flucht. Wie Kristina erfuhr, hatte Ben gerade sein Medizinstudium beendet und war nun Arzt im Praktikum. Danach wollte er sich auf die Gynäkologie spezialisieren.

Kristina war entzückt. „Ein Mann, der die Frauen liebt.“

Ben quittierte dies mit heftigem Kopfnicken, was Kristina ermutigte, tiefer in das Minenfeld vorzudringen. Zuvor machte sie Rita und Ben miteinander bekannt. „Rita, das ist Ben. Ben, das ist meine beste Freundin Rita.“

Rita schenkte ihm nur ein kühles Lächeln, während Ben ihr freundlich zunickte. Sie stieß Kristina den Ellbogen in die Seite und flüsterte ihr ins Ohr: „Was willste denn mit dem? Das ist eine fleischgewordene Ausgabe von diesem Barbie-Mann Ken."

„Du bist ja bloß neidisch", gab Kristina zurück und wandte sich wieder Ben zu: „Ich befinde mich im Moment in einer ziemlich komplizierten Phase, müssen Sie wissen, Ken. Wenn man in der Mitte des Lebens angekommen ist, geht es offensichtlich nur noch bergab."

„Aber, aber", widersprach Ben charmant. „Mit 30 fängt das Leben doch erst an."

Kristina warf den Kopf in den Nacken und lachte laut auf. „Mehr, mehr, mehr!"

Er zwinkerte ihr zu. „Sie haben alles, was Männer sich wünschen – die meisten jedenfalls."

Kristina beugte sich zu ihm hinüber. „Ach, wissen Sie, Ken, im Leben einer jeden Frau gibt es einen Punkt, an dem sie mitleidslos und unerschrocken Bilanz ziehen muss. Das mag schwerfallen, aber es nützt nichts. Man muss den Tatsachen eben ins Auge sehen. Wenn hier die Haut wie ein Segel herunterhängt", erklärte sie, hob den Arm und zwickte sich in die Unterseite des Oberarms, „und sich hier eine Wulst über die Hüften legt …" Dabei griff sie sich an die Taille. „… und wenn sich hier Hamsterbäckchen bilden und die Schwerkraft die Mundwinkel nach unten zieht …" Dabei zeigte sie auf die Stellen rechts und links von ihrem Kinn. „… dann können wir Frauen einpacken. Kein Mann, nicht einmal mehr Jopi, würde sich noch für uns interessieren. Dann beginnt die Zeit, in der wir Frauen unsichtbar werden. Jawohl, unsichtbar." Kristinas Stimme überschlug sich fast.

Erneut rammte Rita ihr den Ellbogen in die Seite, um sie zu bremsen. „Komm, wir gehen“, forderte sie sie auf, doch Kristina ignorierte sie.

„Sie übertreiben“, meinte Ben, „die Schwerkraft hat bei Ihnen doch keinerlei Wirkung. Und übrigens, ich heiße Ben.“

„Weiß ich doch, Ken“, lallte Kristina, strich sich durchs Haar und leckte sich die Lippen.

Ohne Erfolg versuchte Rita, sie zu bändigen. Anscheinend hatte Kristina sich in den Kopf gesetzt, Ben zu verführen.

„Krrrisdina, du machst dich hierr zum Kaschber“, raunte Rita ihr ins Ohr.

Doch diese winkte nur ab. „Ich amüsiere mich prächtig.“

Als Ben Ritas Dialekt bemerkte, sagte er zu ihr: „Allmächd, eine Frängin! Wemmä frängisch redn koo, dann waas mer a, wos gemannt is’.“

Das gab Rita den Rest. „Da liegen Sie völlig daneben“, säuselte sie durch die Nase und bestellte die Rechnung. Dann befahl sie Kristina: „Wir gehen. Sofort!“

Nachdem sie die Drinks bezahlt hatte, ergriff sie Kristinas Arm und wollte sie mit sich ziehen. Doch Kristina schob sie beiseite und zupfte Ben am Ärmel, der sich hilfesuchend umsah. Und plötzlich strahlte er übers ganze Gesicht. Ein junger Mann, erheblich jünger als Ben, näherte sich zielsicher der Bar, umarmte ihn und küsste ihn auf den Mund.

„Billy, Sweetheart“, hauchte Ben hingerissen, „endlich.“

„Wer ist der denn?“, fragte Kristina, die schon gefährlich wankte.

„Deine Mutter?“, erkundigte sich der Neuankömmling bei Ben.

„Mutter?“, wiederholte Kristina schrill. Sie wäre fast vom Hocker gekippt, wenn Rita sie nicht rechtzeitig aufgefangen hätte. Dann starrte sie zuerst Ben, anschließend den anderen

Mann an und fragte entsetzt: „Du bist … äh … Er ist dein …?"

„Sorry", unterbrach Ben sie. „Aber Sie waren so in Fahrt. Das ist Billy, mein Freund."

„Ihr Freund ist ein Regal?", lallte Kristina.

Nun hatte Rita endgültig genug. Sie packte Kristina entschlossen am Arm und zerrte sie in Richtung Ausgang. Mit schwankenden Schritten wie auf dem Oberdeck eines Schiffes in schwerer See verließ Kristina die Bar. Rita winkte ein Taxi heran und wies den Fahrer an, sie zu Kristinas Haus zu bringen.

„Deine Mutter, hat er gefragt", sagte Kristina empört. „Jetzt ist es so weit, ich zähle wirklich zum alten Eisen."

„Der Sefdl", widersprach Rita energisch.

Rita brachte Kristina nach Hause und verfrachtete sie ins Bett. Kristina wehrte sich nicht mehr. Zwei Long Island Iced Tea hatten ihr den Rest gegeben.

„Wo ist Jopi? Ich brauche ihn jetzt", meinte sie und suchte nach dem Kissen, das Rita ihr geschenkt hatte. „Jopi, da bist du ja endlich." Damit klemmte sie das Kissen zwischen ihre Beine und schlief augenblicklich leise schnarchend ein.

23

Nach zwei Wochen gab Tom auf und beschloss, Kristina in Ruhe zu lassen. All seine Bemühungen, mit ihr zu sprechen, waren gescheitert. Rita hatte jeden seiner Kontaktversuche rigoros abgewürgt. Er bezweifelte, dass Kristina ein einziges Fax oder einen seiner Briefe gelesen hatte. Denn dann hätte sie sich bestimmt gemeldet. Er verstand die Welt nicht mehr. Warum wollte sie ihn plötzlich nicht mehr sehen? Er zermarterte sich das Hirn, suchte nach einer Erklärung. War auf der Geburtstagsparty etwas geschehen? Hatte er etwas Falsches gesagt oder getan? Zum x-ten Mal ließ er die letzten Tage mit Kristina Revue passieren, doch er fand keinen plausiblen Grund für ihr Verhalten. An seinem Geburtstag hatte er ihr gestanden, dass er sie liebte, und das war sein voller Ernst gewesen. Und jetzt das. Vielleicht war er zu schnell vorgeprescht? Aber erklärte das Kristinas plötzlichen Rückzug? Warum sprach sie nicht mit ihm? Warum sagte sie ihm nicht ins Gesicht, dass es vorbei war – aus welchen Gründen auch immer? Wie nur sollte er Kristina erreichen?

„Honey, worüber denkst du so angestrengt nach? Es wird ja alles ganz kalt."

Tom sah auf. „Sorry, Schwesterchen." Lustlos stocherte er im Essen herum.

Cinzia nahm ihre langen schwarzen Haare, zwirbelte sie zu einem Zopf und machte einen Knoten. „Immer noch Kristina?", fragte sie ihn und nippte an ihrem Rotwein.

„Ja. Ich habe echt alles versucht. Wie soll ich nur mit ihr reden, wenn sie sich derart abschottet?"

Cinzia lehnte sich zurück. „Well, Sweetheart, so kann es jedenfalls nicht weitergehen."

Tom nickte. „Nein, so kann es wirklich nicht weitergehen. Wenn ich bloß wüsste, warum sie mich plötzlich nicht mehr sehen will. Ich verstehe es einfach nicht." Er stützte den Kopf in die Hände und schaute sie traurig an. „Ich möchte doch nur eine Erklärung."

„Und du hast ganz sicher nichts Falsches gesagt oder getan, etwas, das sie total verletzt haben könnte?", wollte Cinzia wissen. „Denn so wie sie benimmt sich nur eine Frau, die verletzt worden ist."

„Nein. Das ist es ja, was mich so verrückt macht. Es gibt gar keinen Grund für ihr Verhalten."

„Hast du sie betrogen?"

Tom schüttelte heftig den Kopf. „Nein, verdammt noch mal. Warum hätte ich das tun sollen? Ich liebe sie."

„Und sie? Liebt sie dich auch?"

Er zuckte mit den Schultern. „Ich weiß es nicht … nicht mehr."

„Hat sie es gesagt? Vielleicht wollte sie bloß ein kurzes Abenteuer, und als ihr klargeworden ist, wie ernst es dir ist, da hat sie die Flucht ergriffen", meinte Cinzia.

„Wer weiß das schon? Möglich ist alles. Aber habe ich es nicht verdient, dass sie mir das wenigstens ins Gesicht sagt?"

Während Tom wieder ins Grübeln verfiel, fing Cinzia an, den Tisch abzuräumen. Mit einem Mal ertönte laute Musik aus der Wohnung über ihnen. Die wummernden Bässe brachten die Decke regelrecht zum Vibrieren.

„Feiert da jemand eine Party?", fragte Cinzia, die sich wieder zu ihm gesellte.

„Da wohnt Philipp, Kristinas Sohn", antwortete er und kratzte sich am Kopf. „Ich dachte, der wäre verreist. Vielleicht ist er früher zurückgekommen als geplant."

„Ein Einbrecher würde ja wohl kaum die Musik aufdrehen. Geh hoch und sprich mit ihm. Kann doch sein, dass er weiß, was mit seiner Mutter los ist."

Sofort hellte seine Stimmung sich auf. „Ja, genau das mache ich."

Tom lief die Treppe hinauf und klingelte bei Philipp. Es war jedoch Sophie, die ihm die Tür öffnete.

Sie starrte ihn an und schluckte. „Tom … äh … hallo."

Tom war mindestens genauso perplex wie sie. „Äh … hallo … ich dachte, es ist Philipp … wegen der Musik."

Sophie errötete. „War die Musik zu laut? Das tut mir leid."

Er winkte ab. „Nein, deswegen bin ich nicht hier. Ich wollte eigentlich mit Philipp reden. Na ja … dann nicht … Schönen Abend noch." Er machte auf dem Absatz kehrt und wollte wieder nach unten gehen.

„Tom, warte bitte", rief Sophie ihm hinterher. „Ich würde gerne mit dir reden. Magst du nicht auf einen Sprung hereinkommen?"

Er verharrte auf der Treppe und schaute sie unschlüssig an. „Ein anderes Mal."

„Bitte, Tom", flehte sie. „Du musst keine Angst haben, dass ich dich wieder so blöde anmache. Ich habe meine Lektion gelernt."

Tom war hin- und hergerissen. Er hatte definitiv keinen Nerv für Sophies Allüren, anderseits wollte er dieses leidige Thema gerne aus der Welt schaffen.

„Bitte", wiederholte sie.

„Na gut", gab er nach und folgte ihr in Philipps Wohnung.

„Setz dich doch", sagte Sophie in der Küche. „Möchtest du ein Glas Wein?"

Er nahm am Küchentisch Platz. „Gern, warum nicht."

Sophie holte eine Flasche Wein aus dem Kühlschrank und öffnete sie. Nachdem sie Tom etwas eingeschenkt hatte, füllte sie für sich ein Glas mit Leitungswasser.

„Danke. Du trinkst nicht?", fragte Tom.

Sie schüttelte den Kopf. Er bemerkte, wie blass sie war.

„Du siehst müde aus", meinte er. „Alles okay mit dir?"

Sie zuckte mit den Schultern. „Geht so. Irgendwie stehe ich gerade vor den Scherben meines Lebens." Dennoch rang sie sich ein Lächeln ab.

„Damit sind wir schon zu zweit."

Sophie legte den Kopf schief. „Wieso?"

„Nur so", gab er knapp zurück. Sophie war die Letzte, mit der er über seinen Liebeskummer reden wollte. „Wohnst du jetzt bei Philipp?"

„Vorübergehend." Sie räusperte sich. „Tom ... das neulich, in Mamas Bad, da habe ich mich völlig danebenbenommen."

„Stimmt."

„Ich weiß immer noch nicht, welcher Teufel mich da geritten hat, und ..."

„Ist ja auch egal", fiel Tom ihr ins Wort.

Abwehrend hob sie die Hand. „Nein, bitte, lass mich ausreden. Ich möchte mich dafür entschuldigen. Das war eine ganz üble Show, die ich da abgezogen habe. Ich habe dir und Mama so extrem viel Stress gemacht. Das war echt mies. Und so fühle ich mich auch."

„Hast du seitdem mit Kristina gesprochen?", wollte Tom wissen.

Ein Schimmern trat in ihre Augen, und sie kämpfte mit den Tränen. „Nein." Sie kramte ein Taschentuch hervor und schneuzte sich geräuschvoll. „Ich kann manchmal nicht nur gemein sein, ich bin außerdem ziemlich feige." Erneut putzte sie sich die Nase.

„Scheint in der Familie zu liegen", stellte er bitter fest. „Was wolltest du damit überhaupt erreichen?"

„Ich weiß es nicht ... ich ...", stammelte sie. „Ich war so wütend, weil Mama alles hat und ich nichts."

Tom runzelte die Stirn. „Verstehe ich nicht."

„Meine Beziehung ist im Arsch, im Job hab ich auch nur Ärger … Nichts geht voran … Bei Mama, da läuft alles wie am Schnürchen. Und dann hat sie auch noch dich gekriegt. Ich fand das so ätzend."

Tom schwieg. Ihm fiel dieser blöde Spruch ein: Eifersucht ist eine Leidenschaft, die mit Eifer sucht, was Leiden schafft. Leider traf dieser Satz genau ins Schwarze.

„Es tut mir leid, ganz ehrlich. Kannst du mir verzeihen?", fragte Sophie und sah ihn an. Wieder kamen ihr die Tränen, doch diesmal hielt sie sie erfolgreich zurück. „Keine Angst. Ich fange nicht an zu heulen." Sie lächelte ihn an.

Er erwiderte ihr Lächeln. „Vergessen wir einfach, was war."

„Danke."

„Aber ich bin hier zweitrangig, Sophie. Du musst mit Kristina reden. Erklär ihr, warum du so wütend gewesen bist und wie du dich gefühlt hast. Sie wird es verstehen."

„Meinst du?"

„Sie ist deine Mutter."

„Mmmh." Sophie schien nicht überzeugt. „Könntest du vorfühlen? Ein gutes Wort für mich einlegen?"

Tom betrachtete sie lange. Dann schüttelte er langsam den Kopf. Sofort bemerkte er Sophies enttäuschte Miene.

„Du missverstehst das jetzt", sagte er. „Ich würde dir helfen, wenn ich die Möglichkeit dazu hätte. Aber das geht leider nicht."

Fragend blickte sie ihn an. „Warum nicht?"

„Weil sie mich nicht mehr sehen will. Deshalb geht es nicht."

Sophie richtete sich auf. „Habt ihr euch gestritten?"

Wieder schüttelte er den Kopf. „Nein. Sie hat Schluss gemacht."

„Daran bin ich schuld.“ Sie war sichtlich schockiert. „Nach dem ganzen Stress, den ich ihr gemacht habe. Das war zu viel für sie.“

„Kann sein. Trotzdem verstehe ich nicht, warum sie mir das nicht ins Gesicht sagt. Sie ist einfach abgetaucht. Und ich habe nicht den blassesten Schimmer, warum sie sich so verhält.“

„Hast du mit Rita gesprochen?“

Er lachte bitter auf. „Die behandelt mich wie einen Kindermörder.“

„Alles meine Schuld. Ich habe schon immer alles kaputt gemacht.“ Sophie sah ihn geknickt an.

„Das spielt keine Rolle mehr. Es ist vorbei. Damit muss ich mich abfinden.“ Tom stand auf und wollte gehen. „Ich muss wieder runter. Ich habe Besuch, meine Schwester ist ausnahmsweise mal in München und wohnt zurzeit bei mir.“

„Du hast eine Schwester?“

„Eine Halbschwester. Cinzia. Sie lebt in New York und ist ganz überraschend vor drei Tagen hier eingetroffen.“

Sophie begleitete ihn zum Ausgang. „Das mit Mama, das mach ich wieder gut, Tom.“

Tom öffnete die Wohnungstür und trat ins Treppenhaus. „Kläre erst mal deine Angelegenheiten mit ihr. Aber wenn sie dir irgendetwas darüber erzählt, was ich falsch gemacht habe, dann wäre ich froh, wenn du es mir sagst. Tschüss. Und viel Glück.“

24

Kristina lag in ihrem zerwühlten Bett und stöhnte auf. In ihrem Kopf arbeitete ein Presslufthammer. „Ich trinke nie wieder, nie mehr, ich versprech's dir, Jopi", murmelte sie und wälzte sich auf die andere Seite. Mühsam setzte sie sich schließlich auf und nahm einen großen Schluck aus dem Wasserglas, das auf dem Nachttisch stand. Dabei hielt sie das Kissen weiterhin fest an die Brust gedrückt. Dann stand sie auf und wankte mit geschlossenen Augen zum Fenster. Sie zog die Vorhänge beiseite, öffnete das Fenster und danach ganz vorsichtig ihre Augen. „Oje", seufzte sie, ging rasch zu der kleinen Kommode, nahm ihre Sonnenbrille aus der Schublade und setzte sie auf.

Kristina stand eine Weile am Fenster, legte Kissen Jopi aufs Fensterbrett und strich zärtlich den Bezug glatt. „Wenigstens du entfaltest dich." Erneut seufzte sie. „Weißt du, Liebeskummer, Trennungen und Herzschmerz sollten nicht im Sommer, sondern nur im Herbst stattfinden dürfen, am besten im November. Wer braucht denn dazu noch Sonne und Vogelgezwitscher? Ich will tiefhängende Wolken, die den Himmel verdunkeln, und es soll schütten, als würde die Welt untergehen, und alle sollen schlechte Laune haben. Verstehst du, Jopi?" Sie tätschelte das Kissen und antwortete sich selbst: „Ja, du verstehst mich."

Kurz darauf schlurfte sie ins Bad, löste eine Aspirin in einem Wasserglas auf und trank die Brühe in einem Schluck leer. Danach duschte sie ausgiebig. Die Kopfschmerztablette fing langsam an zu wirken. Kristina zog sich an und legte ein leichtes Make-up auf. Dennoch zeigte der Spiegel eine Frau, der nicht einmal sie selbst begegnen wollte.

Anschließend ging sie in die Küche, öffnete den Kühlschrank – und blickte in eine gähnende Leere. So kann es nicht weitergehen, beschloss sie im Stillen. Ab heute musste Schluss sein mit den trüben Tagen. Tom war passé, und sie war bereits viel zu lange durchs Jammertal gewandert.

„Jetzt reicht's!" Mit Schwung warf sie den Kühlschrank zu. „Mir geht es gut, das Leben ist schön", murmelte sie, während sie die Treppe hinunterging und das Haus verließ.

Energisch schwang sie sich aufs Fahrrad und fuhr los in Richtung Innenstadt. Dort würde sie sich in einem hübschen Straßencafé in die Sonne setzen, frühstücken und dabei die Süddeutsche lesen. Und danach würde sie gemütlich shoppen gehen. „Mir geht es gut, das Leben ist schön", wiederholte sie ihr persönliches Mantra auf der Fahrt in die Stadt. Wenn man sich das lange genug einredete, glaubte man es am Ende wirklich – das hatte Rita ihr versprochen. Kristina bog in die Maximilianstraße ein, machte kurz an einem Zeitungskasten halt, um sich ein Exemplar herauszuholen, und fuhr dann weiter in die Fußgängerzone. Dort stellte sie das Rad ab, schloss es ab und schlenderte los.

In der Nähe des Marienplatzes entdeckte sie einen leeren Tisch in einem Café. Mit jeder Minute fühlte Kristina sich besser. Es war eine gute Idee gewesen, das Schneckenhaus zu verlassen. Der Kellner kümmerte sich aufmerksam um sie. Offensichtlich war das kein Treffpunkt für Singles, aber das störte sie an diesem schönen Samstagmorgen nicht im Geringsten. Sie genoss ihr Frühstück im Freien – und noch mehr, dass ihr alles gebracht wurde und sie sich um nichts sorgen musste. Beim Essen las sie in ihrer Zeitung und hob nur gelegentlich den Blick, um die Menschen zu beobachten, die kamen oder gingen. Sie ließ sich Zeit, nichts zwang sie zur Eile. Schließlich hatte sie nichts anderes vor und keine Verabredungen an diesem Wochenende.

Nach dem Frühstück bummelte sie durch die Fußgängerzone und kaufte sich ein Paar hochhackige Jimmy-

Choo-Pumps, die zwar reduziert, aber immer noch astronomisch teuer waren. Und ob sie jemals darin unfallfrei laufen konnte, stand in den Sternen. Doch ihr war irgendwie danach gewesen. Wenig später kaufte sie sich in einer Parfümerie noch einen neuen Duft. Sie sah sich die Schaufenster an und ließ sich einfach treiben.

Plötzlich erstarrte Kristina zur Salzsäule. Sie hatte ihn entdeckt. Tom. Und an seiner Seite dieses Weib mit der schwarzen Mähne.

Der Morgen hatte so wunderbar begonnen – und nun das. Wenn Rita nur hier wäre, dachte sie unglücklich. Rita hätte gewusst, was jetzt zu tun war. Wahrscheinlich hätte sie sich um die eigene Achse gedreht und die Einkaufstüten wie beim Hammerwerfen weggeschleudert, um damit Tom und seine Begleitung niederzumähen. Ja, Rita, die war mutig. Und was tat Kristina? Stand starr vor Schreck da und duckte sich, damit er sie bloß nicht sah.

„Hallo Frau Schuster", ertönte hinter ihr eine vertraute Stimme – wobei Kristina allerdings nicht einfiel, woher sie sie kannte. „Dass ich Sie hier treffe. Wie schön!"

Sie wirbelte herum und schaute direkt in ein strahlendes Lächeln. Es gehörte Justus Claussen, ihrem sportbegeisterten Patienten und hartnäckigen Verehrer. Er war von Kopf bis Fuß in Grün gekleidet, trug Kniebundhosen und hatte sich ein Fernglas um den Hals gehängt.

„Hallo Herr Claussen", erwiderte sie. Ihr Blick blieb auf seinem kunstvoll zurechtgelegten Haar ruhen, das seinen kahl werdenden Oberkopf kaschieren sollte.

„Ich komme gerade vom Jagen", erzählte er. „Und Sie? Machen Sie einen Stadtbummel?"

Kristina sah sich hektisch nach Tom um. Wo steckte er nur? Dann erblickte sie ihn. Er schien sich mit seiner Begleiterin prächtig zu amüsieren. Zumindest ließ sein schwachsinniges Grinsen darauf schließen.

„Würden Sie mir das mal ausleihen?" Sie deutete auf Claussens Fernglas.

„Äh ...", erwiderte er. Anscheinend musste er darüber erst einmal nachdenken.

„Bitte, es pressiert", betonte sie und zerrte an dem Fernglas, als Tom aus dem Blickfeld zu verschwinden drohte. „Jetzt stellen Sie sich doch nicht so an. Sie kriegen es ja gleich zurück."

Erschrocken nahm er es vom Hals und reichte es ihr.

„Danke", sagte Kristina und flitzte davon. Sie rannte in die Richtung, in der sie Tom zuletzt gesehen hatte. Doch er blieb verschwunden. Sie wollte schon aufgeben, als sie den Haarschopf seiner Begleiterin entdeckte. Die beiden hatten inzwischen in einem Straßencafé Platz genommen. Kristina suchte sich einen strategisch günstigen Standort und hielt sich das Fernglas vors Gesicht.

Jetzt hatte sie Tom genau im Visier. Er studierte die Speisekarte und machte einen vergnügten Eindruck. Sie spürte, wie die Wut in ihr aufstieg. Jetzt legte die blöde Tussi auch noch ihre Hand auf seine! Hatte Tom denn überhaupt keine Skrupel? Wie gebannt beobachtete sie das Paar. Sie war so vertieft in die Szene, dass sie gar nicht bemerkte, wie zwei Mädchen sich neben sie stellten und in die gleiche Richtung schauten.

„Was gibt's denn da?", fragte eins der Mädchen. „Ist da ein Promi?"

Kristina drehte sich herum und sah das Mädchen an, das sie nun mit komplett ausdrucksloser Miene anstarrte. Ein schmaler Reif verhinderte, dass dem Kind das Haar ins Gesicht fiel. Dazu trug das Mädchen ein schulterfreies T-Shirt, einen Minirock und trotz der sommerlichen Temperaturen Ugg-Boots. Kristina schätzte es auf 15. Neben der mit dem

Haarreif stand noch eine Jugendliche, die etwa gleich alt war. Sie trug eine gigantische Sonnenbrille auf der Nase, die Kristina unwillkürlich an zwei Fliegenaugen denken ließ. Das Einzige, was sich in ihrem gelangweilten Gesicht bewegte, war ihr Kiefer – sie kaute unaufhörlich Kaugummi. Auf dem Kopf trug sie einen schicken Strohhut, Modell Frank Sinatra, ansonsten die gleiche Girlie-Uniform wie ihre Freundin.

„Kümmert euch um euren eigenen Kram“, erwiderte Kristina barsch und widmete sich wieder dem Fernglas.

„Sind Sie so 'ne Art Stalker?“, fragte Haarreif.

„Großer Auftritt, wenig Hirn, was?“, gab Kristina genervt zurück.

„Meint die etwa uns?“, sagte Hütchen zu Haarreif.

„Kein' Schimmer, aber wir können ja auch zu dem Bullen da gehen“, meinte Haarreif und zeigte auf einen Uniformierten, der durch die Fußgängerzone ging.

Kristina signalisierte den beiden, dass sie abdampfen sollten, und konzentrierte sich auf Tom. Die Mädchen rührten sich jedoch nicht.

Entnervt gab Kristina nach und erklärte: „Dahinten sitzt mein Freund mit einer anderen. Zufrieden?“

„Cool. Und Sie spionieren ihm nach?“, wollte Haarreif wissen.

„Hm.“ Kristina beachtete die beiden nicht weiter, sondern wandte sich ihrem Zielobjekt zu, das etwa 40 Meter entfernt einen Espresso trank.

„Wie lange poppt der die andere schon?“, erkundigte sich Hütchen.

Kristina starrte die zwei an. Das ist grotesk, dachte sie bei sich. „Müsst ihr nicht nach Hause? Eure Eltern vermissen euch bestimmt schon.“

„Nee, wieso?“, antwortete Haarreif.

In dem Moment klingelte Kristinas Telefon. Ratlos stand sie da. Sollte sie die Beschattung nun abbrechen und ans Handy gehen?

„Soll ich die beiden weiterbeobachten, während Sie telefonieren?“, bot Haarreif an.

Kristina gab dem Mädchen das Fernglas. „Die beiden da vorne rechts. Die Frau hat langes schwarzes Haar.“

„Supi.“ Haarreif schaute durch das Glas und berichtete: „Er hält sich gerade ein iPhone ans Ohr.“

„Lass mich auch mal!“, schaltete Hütchen sich ein und zerrte an dem Gurt, an dem das Fernglas hing.

„Vorsicht“, warnte Kristina die beiden. „Passt auf, sonst fällt das Ding noch auf den Boden.“

Hütchen schaute durch das Fernglas und stieß einen spitzen Schrei aus. „Die hat diese supergeile Gucci-Bag, ich fass es nicht.“

Jugendliche Ignoranz, dachte Kristina gereizt. Aber so ein Mangel an Wissen und Erfahrung kann ja auch ein Segen sein. Sie wühlte in ihrer Handtasche, bis sie endlich das Telefon fand. Die Nummer war unterdrückt. „Telefoniert er noch?“, wollte sie von Hütchen wissen.

Sie bekam keine Antwort. Die beiden waren inzwischen dazu übergegangen, andere Personen zu observieren.

Kristina zauderte. War das vielleicht sogar Tom? Sollte sie rangehen oder lieber nicht? Während sie überlegte, klingelte es hartnäckig weiter. Der Anrufer ließ nicht locker. Schließlich siegte ihre Neugier, und Kristina nahm das Gespräch an.

„Mein Gott, gut, dass ich dich erreiche.“ Peter war am anderen Ende der Leitung. „Du musst mir helfen. Mein Rücken. Kann ich heute zu dir kommen?“

Kristina sackte innerlich zusammen. Ihr Ex-Mann war wirklich der Letzte, den sie heute sehen wollte. „Ich bin verabredet“, wollte sie ihn abwimmeln.

„Kristina“, beschwor er sie mit vorwurfsvoller Stimme. „Ich habe so furchtbare Schmerzen im Kreuz. Ich kann nicht bis Montag warten. Bitte. Ich brauche dich. Jetzt.“

„Na gut“, lenkte Kristina ein. „Dann komm in einer Stunde.“ Damit steckte sie das Telefon wieder ein und erklärte den Mädchen: „Ich muss weg. Mein Fernglas, bitte.“

„Schade, jetzt wurde es gerade spannend.“ Haarreif reichte ihr das Glas.

„Aber ist das Sahneschnittchen nicht sowieso ein bisschen jung für Sie?“, meinte Hütchen.

„So klein und schon so spießig!“, zischte Kristina, machte auf dem Absatz kehrt und brachte Claussen sein Glas zurück. Dann lief sie zu ihrem Fahrrad und fuhr los. Auf dem Rückweg erledigte sie schnell die Einkäufe fürs Wochenende. Sie schaffte es gerade noch, alles auszupacken, als Peter auftauchte.

Dieser Simulant, dachte sie bei sich, als sie ihm die Tür öffnete und er die Praxis betrat. Aber wenigstens hatte er seine schwangere Frau nicht im Schlepptau, sondern war alleine hergekommen.

„Das ist nett, dass du mich heute behandelst. Mir geht es wirklich schlecht“, sagte Peter und verzog das Gesicht, als wäre er soeben in einen Nagel getreten.

„Du siehst aus wie das blühende Leben.“

„Der Schein trügt. Es ist mal wieder mein Rücken. Heute Morgen beim Aufstehen, da ist es passiert. Und jetzt kann ich mich kaum noch bewegen.“

„Dann geh in Raum Eins und mach dich frei. Ich bin gleich bei dir“, erwiderte sie und schob ihn mit Nachdruck in Richtung Tür. Sie glaubte ihm kein Wort. Sicher wollte er bloß mit ihr über Tom und Sophie reden. Von wegen Rücken. Alles nurrr Dagdik, würde Rita sagen.

Kristina holte eine Fangopackung aus dem Nebenraum und ging damit zu Peter in den Behandlungsraum. Er lag bereits mit nacktem Oberkörper auf der Liege. Als sie die Packung auf seinen Rücken legte, stöhnte er auf.

„In zehn Minuten komm ich wieder", meinte sie und wollte schon verschwinden.

„Bleib doch, dann können wir uns ein bisschen unterhalten", bat er sie.

„Worüber denn?" Sie hatte die Klinke bereits in der Hand.

„Na, über dich zum Beispiel und unsere Kinder und so."

„Muss das sein?" Kristina zögerte. Sollte sie bleiben oder gehen?

„Hast du Sophie in letzter Zeit gesprochen?", wollte er wissen.

„Nein. Und du?"

„Nicht mehr, seit sie bei Julia und mir ausgezogen ist. Irgendetwas stimmt nicht mit ihr. So kenne ich sie gar nicht."

Schweigend lehnte Kristina sich mit dem Rücken an die Tür.

„Hat sie dir irgendetwas erzählt?", hakte Peter nach.

Schließlich stieß sie sich von der Tür ab und trat vor das Kopfende der Liege. Sie starrte auf seinen Hinterkopf, auf dem sie sogleich die ersten lichten Stellen entdeckte. Ob sie ihm Justus Claussens Kämmtechnik zeigen sollte?

„Du als ihre Mutter, du solltest doch wissen, was in ihr vorgeht", meinte Peter.

„Und du als Vater nicht?", konterte sie. „Aber ich habe da so eine Vermutung. Ich denke, sie ist sauer, dass du nicht mehr ihr Ganztagsvater bist, sobald das Baby auf der Welt ist. Sie will dich eben ganz – wie sie es gewohnt ist. Sie will nicht nur einen Abend- oder Wochenendpapa."

„So was Ähnliches hat Julia auch gesagt. Sie meint, Sophie wäre eifersüchtig auf sie und das Kind, das sie erwartet."

„Wenn Julia das sagt.“ Kristina nahm die Fangopackung herunter und legte sie zur Seite. „Dann wollen wir mal.“ Sie tastete seinen Rücken ab. „Tut's hier weh?“, fragte sie und erhöhte den Druck an einer Stelle.

„Ohhh!“, jaulte er auf. „Nicht so fest.“

Während sie seine Rückseite bearbeitete, schwieg er. Diesen Mann habe ich mal geliebt, dachte Kristina bei sich. Der Gedanke kam ihr eigentümlich fremd vor.

„Wie geht es dir eigentlich mit deinem Tom?“, erkundigte Peter sich unvermittelt.

„Danke der Nachfrage.“ Kristina bohrte einen Finger in seinen Rücken, und Peter schrie auf.

Trotzdem ließ er nicht locker. „Ist das was Ernstes?“

„Wieso?“

„Ich will mich ja nicht in dein Leben einmischen …“

„Dann lass es“, unterbrach sie ihn rüde.

Peter fuhr ungerührt fort: „… aber ich möchte dich vor einem Fehler bewahren. Schließlich fühle ich mich für die Mutter meiner Kinder immer noch verantwortlich.“

Du selbstgerechtes Arschloch, schoss es ihr durch den Kopf. „Du fühlst dich verantwortlich für mich? Als wir noch verheiratet gewesen sind, hattest du mit solchen Anwandlungen doch auch nichts am Hut“, meinte sie spitz.

„Jetzt bist du ungerecht. Ich habe immer für euch gesorgt.“

„Und es anderen Frauen besorgt.“

„Das ist geschmacklos, Kristina“, gab er empört zurück.

„Aber wahr. Und jetzt bin ich fertig“, sagte sie. „Du kannst dich wieder anziehen.“

Er setzte sich auf und sah sie nachdenklich an. „Was haben wir falsch gemacht?“

„Das fragst du mich?“ Ihr fiel selbst auf, wie schrill ihre Stimme bei diesen Worten klang.

„Ja. Wir sollten darüber reden, finde ich.“

„Und das fällt dir jetzt ein?“ Allmählich wurde sie wütend. „Du hättest mit mir reden können, als wir noch verheiratet gewesen sind.“

„Du hast es mir nicht gerade leichtgemacht“, widersprach er bockig.

„Jetzt bin vielleicht auch noch ich an allem schuld?“

Peter stand auf. Er griff nach seinem Hemd, schlüpfte hinein und knöpfte es langsam zu. „Du drehst mir jedes Wort im Mund um. So habe ich das gar nicht gemeint.“

„Dann solltest du dich deutlicher ausdrücken, aber Reden war ja nie deine Stärke.“

„Mach aber mal ’nen Punkt!“, erwiderte er beleidigt.

„Wer ist denn in unserer Ehe ständig fremdgegangen? Du oder ich?“, fragte sie ihn giftig. „Bist du Julia eigentlich treu?“

Peter kniff die Augen zu schmalen Schlitzen zusammen. „Was denkst du denn von mir?“

Das Schlechteste, dachte sie. „Na ja, was nicht ist, kann ja noch werden.“ Mittlerweile kam sie richtig in Fahrt. In Peter hatte sie den perfekten Gegenspieler gefunden, um sich abzureagieren. „Bild dir aber nicht ein, dass ich dir je ein Alibi verschaffe“, fügte sie bissig hinzu. Damit spielte sie auf einen gemeinsamen Freund aus damaligen Zeiten an, mit dem Peter während ihrer Ehe angeblich häufig seine Freizeit verbracht hatte – bis Kristina herausgefunden hatte, dass das eine Lüge gewesen war.

Leider ließ Peter sich jetzt nicht provozieren. Statt sich aufzuregen, setzte er ein zufriedenes Grinsen auf. „Ich kann nichts dafür, wenn es bei dir nicht gut läuft. Also lass deinen Frust nicht an mir aus.“

„Ich muss dich enttäuschen: Bei mir läuft’s bestens“, widersprach sie ihm heftig.

„Mir kannst du nichts vormachen. Dazu kenne ich dich zu gut.“

Dass er das Gespräch in diese Richtung lenkte, gefiel ihr gar nicht. Darauf hatte sie in diesem Moment ungefähr so viel Lust wie auf einen Löffel Lebertran. „War nett, mit dir geplaudert zu haben“, sagte sie, zog das Handtuch von der Liege und warf es in den Wäschekorb. „Aber jetzt musst du gehen. Ich bin später verabredet, und davor habe ich noch einiges zu tun. Sex sells – du verstehst?“ Dabei zwinkerte sie ihm zu und schob ihre Brüste nach vorn.

„Dann wünsche ich noch einen schönen Sonntag“, gab Peter angesäuert zurück und glotzte auf ihren Busen. Langsam bewegte er sich in Richtung Ausgang.

„Ja, vielen Dank.“ Sie öffnete die Tür und schob ihn hinaus. „Und schöne Grüße an die werdende Mutter.“

Kristina schaute auf die Uhr. O Gott, schon so spät. Siedend heiß fiel ihr ein, dass sie Philipp versprochen hatte, ihn vom Flughafen abzuholen. In der ganzen Aufregung um Tom und Peter hatte sie diesen Termin völlig vergessen. Philipp würde in exakt 20 Minuten landen, wenn alles planmäßig verlief. Also musste sie sich sputen.

Kristina raste zum Flughafen und fuhr wie der letzte Rowdy. Auffahren, Lichthupe, rechts überholen – sie probierte das volle Programm, aber nur so würde sie es rechtzeitig zum Flughafen schaffen. Als sie kurz darauf mit quietschenden Reifen vor dem Terminal anhielt, kam Philipp gerade heraus.

„Ganz schön sportlich unterwegs heute“, begrüßte ihr Sohn sie grinsend und stieg zu ihr in den Wagen.

Während der Fahrt erzählte er, was er in New York erlebt hatte. Kristina war froh, dass er sich nicht nach Tom erkundigte. Sie hatte überhaupt keine Lust zu reden, sondern wollte ihm einfach nur zuhören. Mit einem mulmigen Gefühl in der Magengegend parkte sie direkt vor dem Haus, in dem

Philipp und der, dessen Name nun tabu war, wohnten. Beim Aussteigen schaute sie unwillkürlich an dem Gebäude hinauf. Sie half ihrem Sohn noch, seine Sachen in seine Wohnung zu tragen. Das flaue Gefühl nahm noch zu, als sie im ersten Stock an Toms Tür vorbeikam. Was würde ich tun, wenn er jetzt herauskäme?, überlegte sie kurz. Sie hoffte inständig, dass ihr das erspart bleiben würde – und ihr Stoßgebet wurde erhört. Als Philipp seine Wohnungstür aufschloss, atmete Kristina auf. Sie stellte seine Reisetasche im Flur ab und sah sich um. Auf der Kommode entdeckte sie die gestapelte Post, doch Sophie schien nicht da zu sein.

Philipp gähnte. „Ich hau mich erst mal aufs Ohr."

„Dann lass ich dich mal wieder allein", meinte Kristina. „Wir sehen uns am Samstag."

Ihr Sohn umarmte sie. „Samstag?"

„Ja, Papa und Charlotte kommen aus Südafrika zurück. Sie wollen uns abends zum Essen einladen. Familienzusammenführung", sagte sie und verdrehte die Augen.

Philipp zog die Brauen hoch. „Cool. Dann lerne ich seine Angebetete endlich kennen."

„Sagst du Sophie Bescheid?"

„Okey-dokey!"

Daraufhin ging Kristina. Auf leisen Sohlen stieg sie die Treppe hinunter. Als sie an Toms Wohnung vorbeikam, verharrte sie kurz. Von drinnen war jedoch kein Laut zu hören – dafür aber von unten. Irgendwer betrat gerade das Haus. Kristina erstarrte, als eine Stimme ertönte. Kein Zweifel, es war die von Tom. Sie wagte sich bis ans Geländer vor und spähte verstohlen nach unten. Tom kam die Stufen hinauf, dicht gefolgt von diesem Weib. Kristinas Hirn arbeitete auf Hochtouren. Sie konnte keinesfalls hier stehen bleiben und darauf warten, dass die beiden auftauchten. Natürlich konnte sie weitergehen, die Begegnung mit ihm herbeiführen und ihm eine ordentliche Szene machen. Kristina stellte sich vor, wie sie sich ihm schreiend an den Hals warf und mit den Fäusten gegen seine Brust hämmerte. Augenblicklich verwarf sie diese Idee. Ich mach mich hier doch nicht zum Deppen – oder zum Kaschber, wie Rita sagen würde. Nein, diesen Triumph würde sie Tom nicht gönnen.

Also schlüpfte sie aus den Schuhen und schlich auf Zehenspitzen wieder hinauf bis ins dritte Stockwerk, in dem Philipp wohnte. Dort hockte sie sich hin, steckte den Kopf durchs Geländer und sah hinunter. Regungslos beobachtete sie, wie die Schwarzhaarige hinter Tom nach oben stolzierte. Behutsam schob Kristina den Kopf noch ein Stück weiter nach vorne, um die beiden besser erkennen zu können. Inzwischen hatten die zwei die Wohnungstür erreicht, und Tom suchte nach seinen Schlüsseln.

„So ein Mist“, fluchte er.

„Was ist?“, fragte seine Begleiterin.

„Ich hab die Schlüssel im Büro liegenlassen. Verflucht.“

Die Frau lachte. „Bin ich froh, dass dir das auch mal passiert.“

„Sehr witzig“, maulte Tom. „Willst du hier warten?“

„Nein, ich komme mit“, sagte sie.

Die beiden gingen wieder die Treppe hinunter. Kristina wartete, bis die Haustür ins Schloss gefallen war. Dann wollte sie aufstehen – und kam nicht von der Stelle. Ihr Kopf steckte zwischen zwei Geländerstreben fest. „Das gibt's doch nicht!“, fluchte sie und versuchte, die Stäbe mit den Händen auseinanderzuschieben und den Kopf herauszuziehen. Die Ohren stellten dabei jedoch ein unüberwindbares Hindernis dar. „Verdammt.“ Sie war doch auch irgendwie hineingekommen. Doch es war sinnlos. Sosehr sie sich auch anstrengte, es gelang ihr nicht, sich aus dieser misslichen Lage zu befreien. Sie saß fest. Bleib ruhig und denk nach, mahnte sie sich im Stillen. Sie musste hier weg, bevor Tom zurückkam. So durfte er sie auf keinen Fall sehen. Ob ich Philipp rufe? Was für eine peinliche Situation, wenn mich mein eigener Sohn so sieht. Nein, das kam auch nicht in Frage. Rita musste her und sie befreien.

Kristina suchte nach ihrer Handtasche. Vorsichtig fischte sie das Mobiltelefon heraus. Nicht fallen lassen, schärfte sie sich ein und wählte mit zittrigen Fingern Ritas Nummer. „Geh ran“, flehte sie, „bitte nimm ab!“ Ihr Flehen wurde erhört.

„Libowski.“

„Rita“, stöhnte Kristina erleichtert, „gut, dass du da bist. Du musst mich retten!“ Daraufhin erklärte sie Rita in aller Kürze, in was für eine Situation sie geraten war. „Bitte beeil dich. Es geht hier um Leben und Tod. Und hör auf zu lachen. Das ist nicht lustig.“

Während Kristina auf ihre Freundin wartete, versuchte sie weiter, sich aus eigener Kraft aus ihrem Gefängnis zu befreien. Ohne Erfolg. Erschöpft ließ sie den Kopf hängen. Irgendwann vernahm sie Schritte im Treppenhaus. Sie spähte in den Abgrund und stellte erleichtert fest, dass es Rita war. Rita legte den Kopf in den Nacken und sah nach oben. Ein leichtes Schmunzeln umspielte ihre Lippen.

„Dande Rida ist im Anmarrrsch“, flötete sie und nahm beschwingt zwei Stufen auf einmal. Vor ihr rannte ein Hund nach oben.

„Was soll dieser Köter hier?“, fragte Kristina unwirsch. Die Promenadenmischung steckte ebenfalls den Kopf durchs Geländer und leckte Kristina das Gesicht ab. Angeekelt wandte sie sich ab. „Pfui Teufel.“

„Das ist Nero. Er gehört Günter.“

„Nero? Günter?“, wiederholte Kristina mit schriller Stimme.

„Beruhige dich doch. Günter ist mein Nachbar. Wir helfen uns gelegentlich aus.“ Rita kicherte. „Aber jetzt hat Günter die Schweinegrippe. Oder war es die Vogelgrippe? Keine Ahnung. Ist ja auch egal. Auf jeden Fall liegt er wie tot im Bett. Und deshalb kümmere ich mich um Nero. Der ist total lieb.“

Nero sprang auf Kristinas Oberschenkel und fing wie wild an, diesen zu begatten. „Rita!“, kreischte Kristina. „Ich verlier gleich den Verstand.“

„Moment.“ Rita stellte ihre Tasche ab und schubste Nero von Kristinas Bein. „Pfui! Aus, Nero. Sitz.“

Der Hund setzte sich brav auf die Hinterbeine. Rita ließ sich daneben nieder und zog die Tasche zu sich heran. „Mann, ist die schwer.“ Sie öffnete sie, zog eine Flasche heraus und schraubte diese auf. Dann zauberte sie noch einen Strohhalm und ein Glas hervor und schenkte es halbvoll. „Auf den Schreck“, erklärte sie, nahm einen kräftigen Schluck und hielt anschließend Kristina das Glas samt Strohhalm unter die Nase. „Trink. Das ist Cognac. Der beruhigt die Nerven.“

„Blödsinn. Ich will nichts trinken, ich will hier raus“, schimpfte Kristina.

„Trink schon“, ermunterte Rita sie. „Cognac hat eine abschwellende Wirkung.“

„Hä?“

Rita grinste. „Bei Günter war’s jedenfalls so.“

Kristina stöhnte, nahm den Strohhalm aber schließlich zwischen die Lippen und trank den Cognac aus.

Rita kramte weiter in ihrer Tasche. „Es gibt drei Möglichkeiten.“ Sie zog einen Wagenheber heraus. „Entweder nehmen wir den hier. Wenn der ein Auto anheben kann, dann müssten wir damit auch diese Stäbe auseinanderbiegen können. Was meinst du?“

Als Rita den Wagenheber daraufhin zwischen den Streben des Geländers plazieren wollte, stieß das Gerät gegen Kristinas Kopf.

„Um Gottes willen", jammerte Kristina entsetzt. „Willst du mich etwa umbringen?"

„Oder wir probieren es mit dem Gleitmittel." Sie packte eine Tube aus.

„Rita!", fauchte Kristina empört. „Ich krieg hier gleich einen Herzinfarkt."

„Oder Möglichkeit Nummer drei. Damit geht's bestimmt." Triumphierend hielt Rita eine Nylonstrumpfhose in die Höhe.

„Hol mich hier raus!" Sie rüttelte hysterisch an den Stäben.

„Mach ich ja. Die hier ziehst du über den Kopf, damit du durchflutschen kannst", erklärte Rita. Nach einem weiteren Schluck aus der Flasche streckte sie die Hände durchs Geländer, dehnte die Strumpfhose und brachte sie in Position, um sie über Kristinas Kopf zu stülpen.

Kristina starrte entgeistert auf den Nylonstrumpf. „Du meinst das ernst, oder?" Am liebsten wollte sie den Kopf zurückziehen, doch sie war ja gefangen und Rita somit hilflos ausgeliefert. „Und du denkst, das funktioniert?"

„Keine Ahnung, aber besser als Gleitmittel oder Wagenheber ist es allemal." Und damit zog sie ihr den Strumpf über. Als sie Kristina schließlich ansah, gluckste Rita.

„Wehe, du lachst!", warnte Kristina sie.

Ihre Freundin verzog das Gesicht, so krampfhaft versuchte sie, ein Lachen zu unterdrücken.

„Rita!", fauchte sie, hob dabei den Kopf und flutschte durch die Stäbe. Sie war frei.

„Geschafft!", lachte Rita und half ihr auf die Beine.

Die Tür der Nachbarwohnung wurde geöffnet, und eine ältere Frau streckte den Kopf heraus. Kristina kannte sie vom Sehen, da sie ja im selben Stockwerk wie Philipp wohnte.

„Hilfe!“, rief die Frau erschrocken, als sie Kristina erblickte, die ihr zuwinkte. „Polizei!“ Dann knallte sie die Tür wieder zu.

„Was ist denn mit der los?“, fragte Kristina irritiert. Erst als ihre Freundin schallend loslachte und auf sie deutete, fiel es ihr wieder ein: Sie trug ja immer noch die Strumpfhose auf dem Kopf.

Plötzlich drangen von unten Geräusche zu ihnen herauf. Rita sah hinunter, und ihr Lachen erstarb. „Das ist Tom.“

Schnell griff Kristina nach der Strumpfhose, um sie sich vom Kopf zu reißen. Sie zerrte an dem Nylonstoff, aber die Hose hatte sich in ihrer Halskette verhakt. Als sie zu Rita sah, bemerkte sie, dass diese sich nicht rührte. Und auch Tom stand auf halber Treppe ganz still da und starrte nach oben. Nero knurrte.

„Nichts wie weg hier“, zischte sie Rita zu und rannte nach unten, an Tom vorbei.

„Kristina?“, fragte Tom und sah entgeistert der Frau mit der Strumpfhose auf dem Kopf hinterher, die wie ein geölter Blitz nach unten sauste. Als er sie im letzten Moment aufhalten wollte, schnappte Nero nach seinem Hosenbein und zerrte wie wild daran. Der kleine Kläffer ließ sich nicht abschütteln.

Kristina stürmte weiter die Treppe hinunter – und stieß auf halber Strecke mit Toms Begleiterin zusammen. Die Frau schrie auf, strauchelte und landete auf dem Hosenboden. Rita, die hinter Kristina hereilte, versetzte Tom einen Boxhieb auf den Arm, als er nach ihr greifen wollte, und hetzte weiter. Als sie bei seiner Begleiterin ankam, die sich gerade wieder aufrappeln wollte, gab sie auch ihr einen Schubs.

„Kristina, bleib stehen!", schrie Tom wütend.

Doch diese hatte inzwischen das Erdgeschoss erreicht. Sie riss die Haustür auf, verharrte noch kurz und rief Tom zu: „Hast dich ja schnell getröstet!" Damit stürmte sie ins Freie, und eine Sekunde später folgten auch Rita und Nero.

Kristina rannte, als wäre ihr der Leibhaftige persönlich auf den Fersen. Rita raste hinterher, konnte aber kaum mithalten: Nero, der das alles als tolles Spiel betrachtete, sprang unentwegt an ihren Beinen hoch.

Zwei Frauen, die gerade auf dem Gehweg gingen, hoben bei Kristinas Anblick verängstigt die Hände. Sie ignorierte die beiden und zerrte im Laufen verzweifelt an der Strumpfhose auf ihrem Kopf. Mittlerweile hatte sie einige Löcher hineingerissen, weshalb sie vermutlich noch furchterregender aussah. „Verdammt noch mal!", fluchte sie. Dann endlich gab die Strumpfhose nach und zerriss.

Mit erhobenen Händen starrten die beiden Frauen ihr nach.

„Krisdina, warde doch!", rief Rita atemlos.

Ein paar Straßen weiter blieb Kristina stehen und versuchte, wieder zu Atem zu kommen. Sie sah Rita, die schnaufend wie ein Walross mit Nero im Schlepptau näher kam. Völlig erschöpft erreichte sie sie schließlich und fiel Kristina wie ein nasser Sack in die Arme.

Kristina wischte sich eine Träne aus dem Augenwinkel. „Jetzt hast du sie mit eigenen Augen gesehen."

„Ich bin zu ald fürrr so was", japste ihre Freundin mit hochrotem Kopf.

In dem Moment entdeckte Kristina Tom am Ende der Straße. Er war ihnen offensichtlich gefolgt. Hektisch schaute sie sich nach einem Ausweg um. Da näherte sich ein Taxi. Sie winkte es heran. „Rein da", befahl sie Rita und zog sie mit ins Auto. Nero sprang hinterher. „Folgen Sie diesem Wagen!", wies sie den Fahrer an und zeigte auf einen roten Flitzer, der gerade an ihnen vorbeibrauste.

„Endlich!“, jubelte der Taxifahrer. „Ich warte schon ewig darauf, dass ich diesen Satz mal höre.“ Er gab Gas, dass die Reifen quietschten.

„Wer ist denn das?“, wollte Rita wissen.

„Keine Ahnung“, antwortete Kristina und lehnte sich zufrieden zurück. „Das war knapp.“

„Aber Tom sitzt doch gar nicht in dem roten Auto. Eigentlich komisch“, meinte ihre Freundin dann, „dass er sich noch nicht mal die Mühe gemacht hat, dieses Weib zu verheimlichen.“

Sie ignorierte Ritas Kommentar. „Sie können die Verfolgung aufgeben“, sagte Kristina zu dem Fahrer, der sich umdrehte und sie enttäuscht ansah. „Der Fall hat sich erledigt.“

25

Was für ein Tag, dachte Kristina, nachdem sie Rita und Nero abgesetzt hatten und sie nun allein im Taxi saß. Der Fahrer brachte auch sie nach Hause und bekam von ihr ein großzügiges Trinkgeld.

Gerade hatte sie das Haus betreten und die Tür hinter sich geschlossen, als jemand klingelte. Sie schaute durch den Spion. Außer einem riesigen Blumenstrauß konnte sie nichts erkennen. Tom, dachte sie erbost. Nicht schon wieder. Es klingelte erneut. Kristina rührte sich jedoch nicht von der Stelle. Dann sah sie den Blumenstrauß verschwinden. Das war ja gar nicht Tom, sondern Sophie! Sofort riss Kristina die Haustür auf.

Sophie drehte sich um. „Mama, ich dachte schon, du bist nicht da, oder du willst mich nicht sehen."

„Sind die für mich?", fragte sie, und als ihre Tochter zustimmend nickte, trat sie zur Seite. „Na dann komm doch rein."

„Mama, ich wollte … Als ich da …", stammelte sie, als sie in der Küche angekommen waren. „Ach Mama, es tut mir so furchtbar leid. Ich wollte dir …" Unvermittelt brach sie in Tränen aus.

Kristina ging zu ihrer Tochter, nahm ihr den Strauß ab, legte ihn auf den Tisch und drückte sie an sich.

Schluchzend wie ein Baby schmiegte Sophie sich an sie und schniefte. „Bitte verzeih mir, dass ich das getan habe, bitte. Ich habe alles falsch gemacht, immer verletze ich die Menschen, die mir eigentlich total wichtig sind. Ich war so eifersüchtig auf dich, als du mit Tom angekommen bist."

„Aber wie kannst du nur auf mich eifersüchtig sein?", fragte Kristina irritiert und reichte ihr ein Papiertaschentuch, das sie in ihrer Jackentasche fand.

Sophie schneuzte sich mit lautem Trompeten die Nase. „Weil du so toll bist, weil dir alles, was du anpackst, auch gelingt und weil sogar junge Männer total auf dich abfahren."

„Warum vergleichst du dich mit deiner alten Mutter?", meinte sie. „Du hast doch so viel, auf das du stolz sein kannst." Sie studierte das Gesicht ihrer Tochter. Es war einerseits blass, anderseits auch irgendwie voller geworden.

„Worauf sollte ich denn stolz sein? Ich bin ein Nichts, ein blöder Niemand, der anderen nur auf die Nerven geht."

Kristina zog einen Küchenstuhl hervor. „Jetzt setz dich mal hin, du angeblicher Niemand." Sie strich ihrer Tochter übers Haar.

Sophie ließ sich auf den Stuhl sinken.

„Möchtest du ein Glas Wein?"

„Nein danke."

Kristina setzte sich neben ihre Tochter. „Bist du schwanger?"

Entsetzt starrte Sophie sie an und schluckte.

Kristina musterte ihre Tochter. „Du bist schwanger, nicht wahr?"

„Woher … weißt du das?"

Kristina tätschelte ihrer Tochter die Hand. „Das sehe ich dir einfach an, mein Kind."

Erneut brach Sophie in Tränen aus.

„Was sagt Sven dazu?"

„Der weiß es nicht." Sie legte den Kopf auf die Tischplatte.

Kristina stand auf. „Bin gleich wieder da." Sie huschte aus der Küche in den Flur und holte ihr Mobiltelefon aus der Handtasche. So schnell sie konnte, tippte sie eine mit Fehlern gespickte SMS für Sven: Sopgie bei mir. Kom schnekl. Musrt rfen. Kristna. Dann schickte sie die Nachricht ab.

Es dauerte wenige Sekunden, bis die Antwort kam: Hä?

Entnervt schrieb sie zurück: Herkomen! Sofiort!

Kristina wartete kurz, erhielt aber keine weitere Nachricht. Na ja, wenn er so gestrickt ist, wie ich glaube, kommt er her. Wenn nicht, soll er bleiben, wo der Pfeffer wächst, dachte sie und ging in die Küche zurück.

Noch immer saß Sophie wie ein Häufchen Elend am Tisch. „Kannst du mir noch einmal verzeihen, Mama?“, fragte sie, als Kristina wieder Platz nahm.

„Ja. In welcher Woche bist du denn?“

„Weiß ich nicht. Ich war noch gar nicht beim Arzt.“

„Dann ist es nicht sicher?“

Sophie schüttelte den Kopf. „Ich habe fünf Tests gemacht, und alle waren positiv.“

„Ja, dann bist du wohl schwanger.“ Schmunzelnd fügte sie hinzu: „Und ich werde Oma.“

„Ich weiß nicht, ob ich dieses Kind behalten soll. Ohne Vater ist das doch total daneben.“ Wieder füllten sich ihre Augen mit Tränen.

„Du musst mit Sven darüber reden.“

„Der!“, stieß sie abfällig hervor. „Der will kein Kind, der will Karriere machen und nicht Windeln wechseln.“

„Das weißt du erst, wenn du ihm von der Schwangerschaft erzählt hast. Gib ihm eine Chance, okay?“

Sophie lächelte schwach. „Okay, irgendwann. Mit Tom habe ich schon geredet.“

Sofort sank ihre Stimmung. „Schön. Dann herrscht ja wieder allerseits Friede, Freude, Eierkuchen.“

Sophie schaute sie erschrocken an. „Ich habe ihn zufällig getroffen, als ich in Philipps Wohnung war. Sonst nichts. So eine Nummer wie da im Bad, das wirst du von mir nie mehr erleben.“

„Ich weiß. Und Tom wird uns auch keine Probleme mehr machen“, erklärte Kristina ernst. „Wir sind nicht mehr zusammen.“

„Das wollte ich nicht“, stöhnte ihre Tochter. „Bitte, ihr müsst euch wieder versöhnen. Ihr passt doch so gut zusammen.“

„Wir passen nicht zusammen.“ Sie räusperte sich. „Und unsere Trennung hat nichts mit dir zu tun.“

„Das sagst du nur so.“

„Nein. Ich habe ihn mit einer anderen erwischt.“

Entgeistert starrte Sophie sie an. „Was? Das glaube ich nicht.“

„Du musst ihn nicht verteidigen.“

„Aber ich glaube nicht, dass Tom dich betrügt“, widersprach Sophie.

„Doch. Ich hab’s mit eigenen Augen gesehen. Am Flughafen. Als ich Philipp dort hingefahren habe, da habe ich Tom mit einer anderen beobachtet. Arm in Arm und sehr verliebt.“

„Oh, Mama!“ Sophie schüttelte den Kopf. „Ich denke, du irrst dich.“

„Quatsch. Ich bin doch nicht blind.“

„Nein, du verwechselst da was.“

„Es ist gut, Sophie“, entgegnete Kristina ungeduldig. „Tom ist Vergangenheit. Punkt.“

„Tom hat mir von seiner Schwester erzählt“, sagte Sophie mit fester Stimme. „Besser gesagt, von seiner Halbschwester.“

Schweigend blickte sie ihre Tochter an.

„Sie heißt Cinzia, ist 26 und lebt in New York. Sie ist überraschend vorbeigekommen – und zwar genau an dem Tag, als du Philipp zum Flughafen gebracht hast. Tom war dort, um sie abzuholen. Du hast Tom mit seiner Schwester gesehen. Sie wohnt zurzeit bei ihm“, erklärte Sophie.

„Seine Schwester?“, krächzte Kristina. „Mir wird schlecht.“

„Mama? Du bist plötzlich so blass.“

„Ich glaube, ich werde ohnmächtig", murmelte sie und griff sich an die Stirn.

„Und du hast geglaubt, Tom geht fremd", stellte Sophie betroffen fest.

„Aber sie hatte überhaupt kein Gepäck dabei!", wandte sie ein.

„Das ist erst einen Tag später angekommen. Das hat Cinzia mir selbst erzählt."

„Cinzia", wiederholte sie zutiefst schockiert.

Es klingelte. Kristina rührte sich nicht.

„Willst du nicht aufmachen?", fragte Sophie.

Sie antwortete nicht. Tausend Gedanken schossen ihr auf einmal durch den Kopf.

„Dann geh ich mal." Sophie erhob sich und verschwand.

Kristina hatte das Gefühl, den Boden unter den Füßen zu verlieren. Seine Schwester! Sie kaute auf dem Daumennagel herum. Ich dumme Kuh habe sie gesehen und die falschen Schlüsse gezogen. Was hatte sie da bloß angerichtet?

Sophie kam wieder in die Küche und baute sich vor ihr auf. „Mama! Sven ist da. Mann!", sagte sie wütend und stemmte die Hände in die Seiten.

Kristina hob den Kopf. „Was?", fragte sie geistesabwesend.

„Mama, weinst du etwa?" Ihre Wut verrauchte augenblicklich. Sophie setzte sich zu ihr und nahm sie in den Arm.

„Ich hab alles kaputt gemacht mit meinem Misstrauen und meinen falschen Verdächtigungen", schluchzte sie. „Es kam mir so vor, als wäre alles genau wie damals mit deinem Papa. Und dabei war's nur seine Schwester."

Es klopfte. Sven stand unschlüssig in der Küchentür. „Stör ich?"

Kristina wischte sich die Tränen aus dem Gesicht und rang sich ein Lächeln ab. „Nein, nein, komm rein. Gut, dass du gekommen bist." Sie nahm ein Papiertaschentuch aus der

Hosentasche und schneuzte sich. „Na, jetzt setz dich schon“, forderte sie Sven freundlich auf, der sich nicht gerührt hatte. „Sophie hat dir was zu sagen.“

Ihre Tochter kaute auf der Unterlippe herum, und auch Sven fühlte sich sichtlich unwohl. Vorsichtig nahm er auf der Stuhlkante Platz.

„Ja, hi, wie geht's denn so?“, fragte er, ohne eine der Frauen direkt anzusehen.

Kristina rang sich ein Lächeln ab. „Wir betreiben hier gerade Vergangenheitsbewältigung.“

„Aha.“ Offenbar verstand Sven nur Bahnhof.

„Ich lass euch mal allein“, meinte Kristina und wollte aufstehen.

Sophie hielt sie zurück. „Nein, Mama, bitte bleib.“

Langsam sank Kristina auf ihren Stuhl zurück.

„Also“, setzte Sophie an und nahm ihren ganzen Mut zusammen. „Ich bin schwanger.“

Sven sagte kein Wort und bewegte sich auch nicht. Anscheinend musste er über diese neue Information erst nachdenken.

„Hast du gehört? Ich bin schwanger“, wiederholte Sophie.

Ein Ruck ging durch Sven. „Wir bekommen ein Baby?“, fragte er ungläubig. „Ich werde Vater?“

Sophie spitzte die Lippen. „Ja, so was in der Art.“

Mit einem Mal sprang er vom Stuhl, packte Sophie und zog sie an sich. „Das ist keiner deiner … Scherze, oder?“

„Seh ich aus, als würde ich mich totlachen?“

„Mann, das ist ja der absolute Hammer“, jubelte er. „Ein Baby! Cool. Wir kriegen einen kleinen Hosenscheißer. Jippie!“

Fassungslos starrte sie ihn an. „Du freust dich darüber?“

„Na klar! Das ist geil, der totale Wahnsinn“, freute er sich und zwinkerte Kristina zu. „Hallo Oma. Was sagst du denn dazu?“

Ein mildes Lächeln breitete sich auf Kristinas Gesicht aus. „Das mit der Oma, das lässt du besser."

Sophie fing an zu weinen. „Und ich dachte, du willst kein Kind – oder jedenfalls jetzt noch nicht."

„Weil du nie zuhörst", sagte er leise und küsste sie. „Könntet ihr beide endlich damit aufhören, mir was vorzuheulen?"

„Aber wolltest du nicht Karriere machen?", schluchzte sie.

„Alles ist gut. Hörst du?" Er zog sie an sich, und Sophie schmiegte sich an seine Brust. „Das kriegen wir schon irgendwie gewuppt."

Kristina sah zu Sven, der selig grinste. Sie legte die Arme auf die Tischplatte und stützte den Kopf in die Hände. „In ein paar Tagen kommt Opa zurück. Er hat alle zu einem Abendessen eingeladen, um uns seine neue Flamme vorzustellen", berichtete sie. „Bei der Gelegenheit könnt ihr ja gleich die tolle Neuigkeit erzählen. Mein Vater wird sich wundern, wenn er erfährt, dass er demnächst sogar Urgroßvater wird. Der wird vielleicht Augen machen!"

Kristina versuchte, ein fröhliches Gesicht zu machen, doch die Traurigkeit ließ sich nicht vertreiben. Ich hab's versaut, dachte sie. Unwiederbringlich versaut.

26

Sophie und Sven warteten Hand in Hand vor dem Ausgang am Flughafen.

„Meinst du wirklich, er findet es so cool, dass wir ihn damit zum Urgroßvater machen?“, fragte Sven.

„Klingt ziemlich alt“, meinte Sophie grinsend. „Und dabei ist er doch gerade frisch verliebt.“

„Du musst es ihm ja nicht gleich heute sagen“, schlug er vor und beobachtete den Ausgang.

Sie nickte. „Ich bin gespannt, wie seine Charlotte so drauf ist. Oh, ich glaube, da kommen sie. Opa!“ Sie winkte ihm fröhlich zu.

Klaus erblickte seine Enkelin und winkte zurück.

Sofort lief sie ihm entgegen und umarmte ihn stürmisch. „Hallo Opa!“

„Sophie, was für eine schöne Überraschung“, erwiderte er erfreut und sah sich um. „Hallo Sven. Schön, euch beide zu sehen.“

„Mama ist auch da, sie ist nur kurz für kleine Mädchen. Und Philipp hängt hier auch irgendwo herum.“

Klaus wandte sich an seine Freundin. „Charlotte, das ist Sophie, meine Enkelin. Und ihr Freund Sven“, machte er sie miteinander bekannt.

Dann tauchten Kristina und Philipp auf. Das Begrüßungs- und Vorstellungsritual zog sich eine Weile hin. Schließlich setzte sich der kleine Tross in Bewegung. Sven schob den Gepäckwagen, Sophie hakte sich bei Klaus ein, und Kristina ging neben Charlotte. Philipp trottete hinterher.

„Da ist ja mein Sohn!“, rief Charlotte, als sie das Flughafengebäude verlassen hatten. „Und meine Tochter!“ Sie stieß einen spitzen Schrei aus. „Cinzia!“

Tom schaute von Kristina zu Sophie, dann weiter zu Philipp und Klaus, schließlich zu Charlotte. „Hallo Mama."

„Du hier? Dich hätte ich hier als Letzten erwartet, mein Sohn." Charlotte umarmte ihn.

„War Cinzias Idee." Tom küsste seine Mutter auf beide Wangen.

„Mama!" Cinzia schloss ihre Mutter herzlich in die Arme.

„Du bist auch hier, was für eine schöne Überraschung!" Charlotte hatte Tränen der Rührung in den Augen. „Ach, wie schön. Jetzt sind wir alle zusammen."

„Das ist deine Familie?", fragte Klaus.

Kristina starrte Tom an. „D…Dein Sohn?"

„Das ist dein Sohn?" Auch Sophie war fassungslos.

„Der Student?" Entgeistert sah Klaus seine Freundin an.

„Student?", wiederholte Charlotte sichtlich irritiert.

„Das kann ja heiter werden", meinte Philipp, der belustigt zusah, wie die allgemeine Verwirrung zunahm. „Hallo Cinzia, hi Tom. Ich fürchte, es hat hier gerade allen die Sprache verschlagen."

Alle schauten sich betreten an und schwiegen.

Schließlich gab Klaus sich einen Ruck. „Ja, äh, wir haben einen Tisch im La Stella reserviert. Kommt ihr denn alle mit?" Er schaute alle nacheinander an, doch niemand reagierte.

„Kann mir mal jemand erklären, was hier eigentlich los ist?" Charlotte konnte sich als Einzige keinen Reim darauf machen.

„Die kurze oder die lange Version?", fragte Cinzia.

„Ich habe Zeit. Also?"

„Dann die lange", schlug Sophie vor. „Opa, Charlotte, ihr fahrt am besten mit uns."

Als hätten sie sich abgesprochen, verteilten sie sich auf die Wagen. Klaus stieg mit Charlotte bei Sophie und Sven ins Auto. Cinzia nahm Tom die Schlüssel ab und zog Philipp mit sich zu Toms Wagen. Während ihr Bruder das Parkticket bezahlte, fuhr Cinzia los und ließ ihn am Flughafen stehen. Kristina ging alleine zu ihrem Auto. Noch während sie überlegte, wie sie Tom ansprechen könnte, stieg dieser in ein Taxi und verschwand. Daraufhin machte auch sie sich auf den Weg. Auf der Autobahn überholte sie das Taxi, in dem Tom auf dem Rücksitz saß. Ihre Blicke trafen sich.

Nach und nach erreichten alle das Restaurant. Charlotte, Klaus, Sophie und Sven kamen zuerst an, dann folgten Cinzia und Philipp. Kristina schloss gerade ihren Wagen ab, als das Taxi neben ihr hielt und Tom ausstieg.

„Hallo, wie geht's?", fragte Tom.

„Geht so." Kristina blieb unschlüssig stehen.

„Dann wollen wir es mal hinter uns bringen", schlug er vor. „Gehen wir rein."

Sie hielt ihn zurück. „Einen Moment, bitte."

„Ja?"

Kristina räusperte sich. „Tom … ich möchte dir etwas sagen."

„Ich höre." Er betrachtete sie erwartungsvoll und lächelte sie an.

„Ich liebe dich."

Sein Lächeln erstarb. „Bist du dir da sicher?"

Sie atmete tief ein und wiederholte: „Ja, ich liebe dich."

„Und was erwartest du jetzt von mir?", wollte er wissen.

„Du könntest etwas sagen. Wie wär's mit: Ich liebe dich auch?"

Doch er schüttelte den Kopf. „Darum geht es hier nicht."

„Worum dann?", fragte sie.

„Es tut mir leid, Kristina", erklärte Tom. „Ich weiß inzwischen, dass du mich mit Cinzia gesehen und falsche Schlüsse gezogen hast. Ich weiß, dass es dir leidtut und dass du am liebsten alles rückgängig machen würdest. Aber so funktioniert das nicht! Du sagst, du *liebst mich – und damit soll nun alles wieder in* Ordnung sein?" Er wollte ins Restaurant gehen, doch Kristina hielt ihn am Arm fest.

„Wie funktioniert es dann?", fragte sie.

„Keine Ahnung. So jedenfalls nicht."

Kristina sah ihm tief in die Augen. „Wie wäre es damit, Tom? Ich liebe dich dafür, dass du morgens nicht aus dem Bett kommst, obwohl es schon elf Uhr ist. Ich liebe dich dafür, dass du manchmal eine Stunde fürs Frühstück brauchst, obwohl du nur einen Espresso trinkst und ein Croissant isst. Ich liebe dich dafür, dass du eine Falte über der Nase kriegst, wenn du über deinen Plänen brütest. Ich liebe dich dafür, dass ich deine Küsse auch am nächsten Tag noch spüre. Ich liebe dich dafür, dass du mich zum Lachen bringst. Ich liebe dich sogar dafür, dass ich hin und wieder für deine Mutter gehalten werde. Und ich liebe dich dafür, dass ich jeden Abend vor dem Einschlafen nur dich sehen will, bevor ich die Augen schließe. Und das liegt nicht daran, dass ich einsam bin. Und das liegt auch nicht daran, dass du so viel jünger bist als ich. Ich habe endlich begriffen, dass ich mein Leben mit dir zusammen verbringen will, und ich wünsche mir, dass dieses Leben so schnell wie möglich beginnt."

Tom rührte sich nicht vom Fleck. Dann schien ein Ruck durch seinen Körper zu gehen. Endlich nahm er ihre Hand und zog sie an sich. „Darf ich dich küssen?"

Für eine Sekunde wich Kristina zurück, doch als seine Lippen die ihren suchten, küsste sie ihn voller Leidenschaft. „Das ist wie damals, bei dir", sagte sie mit heiserer Stimme.

„Das wollte ich die ganze Zeit tun", flüsterte er ihr ins Ohr.

„Es tut mir so leid", sagte Kristina. „Ich habe mich wie eine Idiotin benommen. Ich hatte so viel Angst davor, wieder verletzt, wieder verlassen zu werden. Deswegen habe ich mir selbst und meinen Gefühlen nicht vertraut, obwohl ich wusste, dass ich dich liebe. Ich hatte so lange darauf gewartet – und dann habe ich mich so angestellt."

Tom strich ihr eine Haarsträhne aus dem Gesicht. „Aber es ist nicht entscheidend, wie lange man wartet, sondern nur, auf wen."